dtv

Die Anwältin Rita Morrone ist eine leidenschaftliche Spielerin. Auch vor Gericht hat sie schon so manches Vabanque-Spiel gewonnen. Ihr neuester Fall: Der angesehene Bundesrichter Hamilton, Vater ihres Verlobten Paul, wird von seiner Sekretärin Patricia Sullivan der sexuellen Belästigung beschuldigt. Kurz darauf wird Patricia ermordet, und wer der Hauptverdächtige ist, liegt nahe. Bei der Suche nach Beweisen für Hamiltons Unschuld findet Rita mehr heraus, als ihr lieb ist. Als dann ihr Vater überfallen und schwer verletzt wird, ist sie sicher, daß der Anschlag ihr galt. Jetzt muß sie ihre Karten vorsichtig ausspielen …
Ein spannender Krimi, frech, mit Tempo und intelligent geschrieben.
»Ein gut konstruierter, abwechslungsreicher Plot, lebendige Charaktere und eine rundum amüsante Lektüre. Eine willkommene neue Stimme im Krimiregal!« (USA Today)

Lisa Scottoline war für den U.S. Court of Appeals und in einer der großen Kanzleien Philadelphias als Rechtsanwältin tätig. Sie hat inzwischen vier Romane veröffentlicht.

Lisa Scottoline

Die Lady mischt die Karten

Roman

Deutsch von Dagmar Roth

Deutscher Taschenbuch Verlag

Von Lisa Scottoline
ist im Deutschen Taschenbuch Verlag erschienen:
Die Katze war noch da (20073)

Einmalige Sonderausgabe
August 2000
Deutscher Taschenbuch Verlag GmbH & Co. KG,
München
www.dtv.de

Titel der amerikanischen Originalausgabe:
›Running From The Law‹ (HarperCollins, New York)

Umschlaggestaltung: Beatrice Schmucker
Umschlagbild: PhotoDisk
Druck und Bindung: C. H. Beck'sche Buchdruckerei,
Nördlingen
Gedruckt auf säurefreiem, chlorfrei gebleichtem Papier
Printed in Germany · ISBN 3-423-08534-7

Für Kiki und Peter in Liebe

– 1 –

Jeder gute Pokerspieler wird Ihnen erzählen, das Geheimnis eines erfolgreichen Bluffs bestehe darin, selbst daran zu glauben. Ich weiß, es stimmt, denn als ich den letzten Zeugen ins Kreuzverhör nahm, war ich von genau diesem Glauben durchdrungen. Ich befand mich in tiefer, wenn auch gespielter Trauer. Alles, was mir noch zu tun blieb, war, die Jury zu überzeugen.

»Würden Sie sich bitte dieses Schriftstück ansehen, Sir?« fragte ich mit einer Stimme, die von vorgetäuschtem, aber zutiefst empfundenem Leid heiser klang. Mit den schleppenden Schritten einer Trauernden ging ich nach vorn zum Zeugenstand und überreichte Frankie Costello, einem Brocken von Betriebsleiter mit einem bleistiftdünnen Schnurrbart, ein Beweisstück.

»Sie möchten, daß ich das lese?« fragte Costello.

Nein, ich möchte, daß du daraus einen Papierflieger faltest.

»Ja, bitte lesen Sie es.«

Costello beugte sich über das Dokument, und ich schielte kurz durch meinen imaginären schwarzen Schleier zur Jury hinüber. Einige der Geschworenen erwiderten meinen Blick mit wachsender Sympathie. Die Verhandlung war letzte Woche verschoben worden, weil die Mutter eines Anwalts verstorben war, aber den Geschworenen war nicht mitgeteilt worden, welcher Anwalt der trauernde Hinterbliebene war. Entschlafen war die Mutter des Verteidigers, nicht meine, aber was sollen diese Haarspaltereien? Ich habe ein As in die Hand bekommen, also spiele ich es aus.

»Ich bin fertig«, sagte Costello nach der ersten Seite.

»Bitte lesen Sie die Anhänge durch, Sir.«

»Die Anhänge?« fragte er genervt wie ein Student in der mündlichen Prüfung.

»Ja, Sir.« Ich stützte mich schwer auf den wulstigen Rand des Zeugenstandes und blickte kummervoll seufzend zu Boden. Ich war ganz in Schwarz; schwarzer Hosenanzug, schwarze Pumps, schwarze, mit einem schwarzen gerippten Seidenband zurückgebundene Haare. Selbst meine Augen waren schwarz umrandet wie die eines Waschbären, aber das lag daran, daß mir dieser Prozeß wochenlang den Schlaf raubte, denn er war mir bis zu dem Moment, in dem eine Mutter ihren letzten Atemzug tat, durch die sorgfältig manikürten Finger geschlüpft.

»Lassen Sie mir einen Augenblick Zeit«, bat Costello und verfolgte mit einem seiner Wurstfinger ein Diagramm.

»Nehmen Sie sich alle Zeit, die Sie brauchen, Sir.«

Während sich Costello mit dem Schaubild abmühte, senkte sich Stille über den Gerichtssaal. Das einzige Geräusch war das Todesröcheln der uralten Klimaanlage, die einem Sommer in Philadelphia wahrhaft nicht mehr gewachsen war. Sie gab ihr Letztes, um den großen viktorianischen Gerichtssaal, einen der prunkvollsten Räume des Rathauses, zu kühlen. Die Wände des Gerichtssaals waren ringsum bis auf halbe Höhe mit rosa Marmor verkleidet, die hohe Decke war drosseleierblau gestrichen mit einem golden ausgeformten Kranz. Abermals warf ich einen verstohlenen Blick auf die hinter einem Mahagonigeländer sitzenden Geschworenen. Die alte Frau und die schwangere Mutter in der ersten Reihe waren von Anfang an auf meiner Seite. Aber den Ingenieur mit dem grimmigen Gesicht, der mich den ganzen Morgen nicht aus den Augen ließ, konnte ich nicht einschätzen. War sein Blick teilnahmsvoll oder mißtrauisch?

»Ich bin fertig«, sagte Costello und schob mir mit der Gebärde eines verärgerten Speedy Gonzales das Beweisstück hin. *Wir brauchen den verdammten Mist nicht.*

»Vielen Dank«, sagte ich, und ich meinte, was ich sagte. Es war ein Fehler, das Beweisstück nicht zu behalten. Sie werden gleich erfahren, warum. »Mr. Costello, hatten Sie hinreichend Gelegenheit, das Beweisstück 121 zu lesen?«

»Ja.«

»Sie haben diese Papiere nicht zum erstenmal gesehen, ist das richtig, Sir?« Meine Stimme verursachte ein Echo im leeren Gerichtssaal. Auf den Bankreihen saßen keine Zuschauer, nicht einmal wie sonst die Obdachlosen. In der Bibliothek war es kühler, und dieser Prozeß langweilte bis zum heutigen Tag sogar mich.

»Ja«, antwortete Costello. »Ich habe sie schon einmal gesehen.«

»Sie haben diese Papiere selbst verfaßt, stimmt das?«

»Ja.« Costello drehte sich ein wenig zu seinem Rechtsanwalt hin, George W. Vandivoort IV., dem steifen Typ am Tisch der Verteidigung. Vandivoort trug einen Nadelstreifenanzug, eine Hornbrille und einen strahlenden Ausdruck auf dem Gesicht. Er wirkte keinesfalls wie ein trauernder Sohn, der erst vor ein paar Tagen seine Mutter beerdigt hatte, und das war schön für mich. Ich hatte genug Trauer für uns beide auf Lager.

»Mr. Costello, haben Sie das Beweisstück 121 an Bob Brown geschickt, den Geschäftsleiter von Northfolk Paper, mit einer Kopie für Mr. Saltzman?«

Costello zögerte. Ohne die Papiere einsehen zu können, geriet er in Verlegenheit. Wer kann sich schon erinnern, was er gerade gelesen hat? Wer würde darum bitten, sich die Schriftstücke noch einmal ansehen zu dürfen? Jeder, mit Ausnahme eines Italieners. »Ich glaube schon«, antwortete er langsam.

»Und an Mr. Rizzo haben Sie eine Blindkopie geschickt, ist das korrekt, Sir?«

Er versuchte, sich zu erinnern. »Ja.«

»Damit keine Irrtümer entstehen, eine Blindkopie bedeutet, daß Sie jemandem ein Schriftstück wie eine Aktennotiz oder einen Brief schicken, aus dem aber nicht hervorgeht, daß Sie das getan haben, ist das richtig?« Dieser Punkt war juristisch ohne jeden Belang, aber Geschworene hassen Blindkopien.

»Ja. Das ist gängige Praxis bei Mr. Rizzo, Mr. Dell'Orefice und Mr. Facelli.«

Noch besser, das klang ja richtig nach Mafia. Ich schielte zu einem der schwarzen Geschworenen hinüber, der höchst mißbilligend die Stirn runzelte. Er wohnte im Südosten Philadelphias an der nicht eindeutig definierbaren Grenze zum italienischen Viertel und hatte zweifellos sein gut Teil an Beleidigungen einstecken müssen. Sein Stirnrunzeln besagte, daß ich nun sechs Geschworene auf meiner Seite hatte. Aber was war mit diesem Ingenieur? Ich bemühte mich, einen noch gebrocheneren Eindruck zu machen.

Plötzlich ertönte aus Richtung des getäfelten Richterpultes ein gebieterisches Husten. »Ms. Morrone, ich schätze gar nicht, was Sie da tun«, schnauzte der Ehrenwerte Gordon H. Kroungold, ein überzeugter Demokrat, der vor seiner Berufung zum Richter in einer Anwaltskanzlei tätig war, in der niemand auch nur im Traum daran gedacht hätte, den Tod von irgend jemandem zu seinem eigenen Vorteil auszuschlachten. Zumindest nicht öffentlich vor Gericht. »Mir gefällt *überhaupt* nicht, was Sie da tun.«

»Ich beeile mich, so gut es geht, Euer Ehren«, sagte ich und blickte unschuldig zum Pult hinauf. Es ragte hoch über meinem Kopf empor, denn es war zu einer Zeit errichtet worden, als wir noch überzeugt waren, Richter gehörten auf ein Podest.

»Das habe ich nicht gemeint, Ms. Morrone.« Richter Kroungold strich mit der flachen Hand eine widerborstige Triangel aus krausen Haaren glatt. Jeden Morgen befeuchtete er seine Haare mit Wasser, aber nach dem zweiten Zeugen reckten sie sich unweigerlich wieder zu ihrem von der Natur bestimmten Zustand in die Höhe. »Es ist Ihr *Verhalten*, mit dem ich Probleme habe.«

Ganz ruhig. Deine Mutter ist noch nicht mal kalt, arme Kleine. »Ich fürchte, ich verstehe Sie nicht, Euer Ehren.«

Richter Kroungolds dunkle Augen musterten mich finster. »Treten Sie vor zum Pult, Ms. Morrone. Sie auch, Mr. Vandivoort.«

»Selbstverständlich, Euer Ehren«, sagte Vandivoort, sprang auf und eilte herbei. Der Tod seiner Mutter hatte seinen Schritt derart beflügelt, daß er mich fast gegen das Podest gestoßen hätte. Ein Erbe, kein Zweifel.

»Ms. Morrone, was, zum Teufel, treiben Sie hier eigentlich?« fragte Richter Kroungold und beugte sich über sein Pult. »Ist das irgendein Trick?«

Schluck. »Wie bitte?«

»Tun Sie nicht so, als wüßten Sie nicht, wovon ich rede.«

»Euer Ehren?«

»Bitte.« Richter Kroungold schaute sich suchend nach seinem Gerichtsschreiber um und winkte ihn gereizt herbei. »Wesley, ich möchte, daß Sie das zu Protokoll nehmen.«

Der Gerichtsschreiber, ein älterer Mann mit einer seltsam gräulich aussehenden Haut, packte die Stenographiermaschine an ihrem Stahlstativ, trat zu uns, und wir drängten uns vor dem Pult zusammen. Ein Gespräch am Richterpult ist nicht für die Ohren der Geschworenen bestimmt, kommt aber dem Berufungsgericht sehr wohl zu Ohren. Die Worte *Ausschluß aus der Anwaltschaft* schossen mir durch den Kopf. Ich schob sie weg.

»Ms. Morrone«, fuhr Richter Kroungold fort. »Bitte sagen Sie mir, und es wird protokolliert, daß mich meine Augen trügen.«

»Ich verstehe nicht, was Sie meinen, Euer Ehren. Was sehen Sie denn?«

»Nein, Ms. Morrone. Nein, nein, nein. Nichts da. Sie sagen mir klipp und klar, was Sie eigentlich treiben.« Richter Kroungold beugte sich so weit vor, daß ich einen feinen Regen richterlichen Speichels abbekam. »*Sie* sagen es *mir*. Jetzt, sofort.«

»Ich nehme das Kreuzverhör mit dem letzten Zeugen vor, Euer Ehren.«

Die rotbraunen Lippen des Richters bildeten einen entschlossenen Strich. »So sieht es aus. Aber ich möchte für das Protokoll festhalten, daß Sie heute sehr müde zu sein scheinen, Ms. Morrone. Sehr lethargisch. Man könnte sogar sagen, Sie machen einen *deprimierten* Eindruck.«

Ich hatte keine Ahnung, daß er auf so etwas achtete. »Euer Ehren, ich bin müde. Es war ein langer Prozeß, und ich habe den Fall ganz allein bearbeitet. Ich habe nicht die Mitarbeiter wie Mr. Vandivoort bei Webster & Dunne«, sagte ich so laut, daß die Geschworenen mich hören konnten.

Richter Kroungolds Blick huschte hinüber zu den Ge-

schworenen, dann bohrte er sich förmlich in mich hinein.
»Dämpfen Sie Ihre Stimme, Frau Anwältin. Sofort.«
»Ja, Sir.« Gewinne ein wenig, verliere ein wenig.
»Nie hätte ich erwartet, so etwas in meinem Gerichtssaal erleben zu müssen. Sie tragen sogar einen schwarzen Anzug!«
»Das ist mir allerdings auch aufgefallen«, mischte sich Vandivoort ein, dem langsam etwas zu dämmern begann.
»Euer Ehren,« erwiderte ich. »Ich habe diesen Anzug schon häufig vor Gericht getragen.«
»Aber nicht bei diesem Prozeß«, spuckte er. Wortwörtlich. »Und Sie tragen kein Make-up. Letzte Woche hatten Sie Lippenstift aufgelegt, heute nicht. Was ist denn mit diesem rosa Lippenstift passiert? Ist er zu *hell*?«
Zeit, ihm Contra zu geben. »Euer Ehren, warum diskutieren wir hier vor Gericht über meine Kleidung und mein Make-up? Machen Sie derartige Bemerkungen auch gegenüber den männlichen Kollegen, die vor Ihnen erscheinen?«
Richter Kroungold blinzelte, und gleich darauf wurden seine Augen schmal. »Sie wissen verdammt genau, daß ich keine ... Bemerkungen gemacht habe.«
»Bei allem gebührenden Respekt, Euer Ehren, ich halte Ihre Bemerkungen für unpassend. Ich erhebe Einspruch gegen diese Bemerkungen und gegen den Tenor dieses gesamten Gesprächs, denn es ist ein bedauerliches Beispiel für Vorurteile aufgrund des Geschlechts.«
Richter Kroungolds Mund öffnete sich so weit, daß ich seine Brücken sehen konnte. »Was? Ich bin nicht voreingenommen gegen Sie. In Wahrheit habe ich mich sehr bemüht, daß die Jury *nicht* erfährt, wessen Mutter gestorben ist, damit keine unzulässige Sympathie mit der Verteidigung aufkommt. Sie jedoch, Ms. Morrone, vermitteln den Ge-

schworenen den deutlichen, aber völlig falschen Eindruck, daß Ihre Mutter gestorben ist und nicht die Mutter von Mr. Vandivoort.«

»Wie bitte?« stieß ich so schockiert wie möglich hervor. In der gleichen Nanosekunde bekam mein Kreislauf einen ordentlichen Adrenalinstoß, und ein vertrauter Energiestrom brachte meine Nerven zum Klingen, sie klirrten und schwirrten wie die Saiten einer Elektrogitarre. *Glaube.* »Euer Ehren, so etwas würde ich nie tun! An so etwas würde ich noch nicht einmal denken. Wer kann im voraus wissen, was die Geschworenen denken, geschweige denn versuchen, sie zu manipulieren?«

Richter Kroungolds Augen funkelten. »Ach wirklich. Dann macht es Ihnen sicher nichts aus, wenn ich den Geschworenen zu verstehen gebe, daß sich der Todesfall in Mr. Vandivoorts Familie ereignet hat und nicht in Ihrer.«

Scheiße. Bluffte er auch? Dieses Spiel konnte mich die Zulassung zum Kartenspielen kosten – ich meine, zur Ausübung des Anwaltsberufes. »Ganz im Gegenteil, Euer Ehren. Aber ich werde gegen jeden Versuch Einspruch erheben, der auf seiten der Jury Sympathie für einen männlichen Anwalt, den Sie eindeutig bevorzugen, wecken soll. Tatsächlich stelle ich den Antrag, daß Sie sich unverzüglich als befangen ablehnen, und zwar mit der Begründung der Parteilichkeit mit der Verteidigung, Sir.«

Richter Kroungold lief rot an. »Mich wegen *Befangenheit* ablehnen? Den Fall niederlegen? Am letzten Verhandlungstag?«

Höchster Einsatz. »Jawohl, Sir. Bis heute war ich mir nicht sicher, aber jetzt haben Sie Ihren Sexismus offen und deutlich gezeigt.«

»Meinen *Sexismus*?« Er erstickte fast an dem Wort, denn er

hielt sich für einen Liberalen, der Frauen voll und ganz respektierte. Wie Bill Clinton.
»Lehnen Sie meinen Antrag ab, Euer Ehren?«
»Aber ganz bestimmt! Das ist absurd. Nicht ernst zu nehmen! Sie bringen keine Berufung durch«, schoß Richter Kroungold zurück, aber er war kaum merklich zusammengezuckt.
Es war meine Eröffnung, und ich ging aufs Ganze. Ich hatte einen Straight flush und eine tote Mutter. Ich *glaubte* daran. »Bei allem gebührenden Respekt, Euer Ehren, da bin ich anderer Ansicht. Diese Diskussion vor der Richterbank hat mein Kreuzverhör eines entscheidend wichtigen Zeugen unterbrochen. Jede Minute, die ich hier stehe, wirkt sich auf den Fall meines Mandanten nachteilig aus. Wenn ich unverzüglich fortfahren kann, wäre es mir vielleicht möglich, über diesen häßlichen Vorfall hinwegzusehen. Schließlich hatte Mr. Vandivoort keinerlei Einwände gegen meine Art der Befragung.«
Ruckartig drehte Kroungold den Kopf in Vandivoorts Richtung. »Mr. Vandivoort, erheben Sie keinen Einwand?«
Ich sah Vandivoort an, alles oder nichts. »Glauben Sie wirklich, ich würde so etwas Furchtbares tun, George?« Der Pot gehört dir, wenn du es schaffst, mir ins Gesicht zu sagen, daß ich eine Lügnerin bin. Öffentlich vor Gericht, protokolliert.
Vandivoort blickte von Richter Kroungold zu mir und wieder zurück. »Äh … ich erhebe keinen Einspruch«, sagte er. Er kniff also noch schneller als mein Onkel Sal. Vandivoort war zu sehr Gentleman, das war sein Problem. Biologie ist Schicksal. Daran ist nichts zu ändern.
»Dann darf ich fortfahren, Euer Ehren?«
»Einen Augenblick, ich bin noch nicht fertig mit Ihnen,

Ms. Morrone. Bleiben Sie hier.« Richter Kroungold bedachte Vandivoort mit einem finsteren Blick. »Mr. Vandivoort, setzen Sie sich.«
Was sollte das? Das verstieß eindeutig gegen die Spielregeln.
In dem Moment, in dem Vandivoort davonstürzte, gab Richter Kroungold Wesley ein Zeichen, und diesen überfiel plötzlich der unwiderstehliche Drang, das Tippen einzustellen und seine Fingergelenke knacken zu lassen.
Was liegt an?
Richter Kroungold beugte sich über sein Pult. »Ich habe in den Zeitungen einiges über Sie gelesen, Ms. Morrone, deshalb kann ich nicht behaupten, daß mich Ihr Showtalent überrascht hätte. Aber ich warne Sie. Arbeiten Sie ruhig mit allen Ihren Tricks. In diesem Fall mag das funktionieren, aber nicht im Fall Sullivan. Im Fall Sullivan kommen Sie damit nicht durch.«
Seine Worte versetzten mir einen Schreck, als hätte er mich verhext, aber ich durfte jetzt nicht an Sullivan denken. »Dann darf ich jetzt also fortfahren, Sir?«
»Selbstverständlich, Ms. Morrone«, sagte Richter Kroungold laut. »Ladies first.« Er lehnte sich zurück und gab Wesley ein Zeichen, zurück an seinen Platz zu gehen und mit dem Protokoll fortzufahren.
»Vielen Dank, Euer Ehren«, erwiderte ich, drehte mich um und sah meine Geschworenen an. Aber erst, nachdem ich mich meines schmerzlichen Verlustes erinnert und mir eine Ersatzträne aus dem Auge gequetscht hatte.
In diesem Moment fing ich ein Glitzern hinter den Brillengläsern des Ingenieurs auf.
Gewinner stecken alle in die Tasche.

– 2 –

Ich rutschte auf dem Hocker herum, der bereits in meiner Kindheit mein Hochsitz in der Fleischerei gewesen war. Aus einem Riß im grünen Vinylpolster, durch den man das obere Ende einer Stahlstange sah, quoll gräuliche Füllung. Ich war mir nicht sicher, was mich mehr beunruhigte, die Stahlstange oder das Schweigen meines Vaters. Ehrlich gesagt, ich saß praktisch auf dieser verdammten Stange.

»Dad, freust du dich denn nicht für mich?« fragte ich.

Zack! Er beugte seinen stämmigen Körper über ein Brett, auf dem frisches Lammfleisch lag, und trennte unter Aufbietung unnötig großer Kraft mit dem mir wohlbekannten Hackmesser zwei Koteletts ab.

»Ich habe vierhundert Riesen gewonnen, weißt du.«

Zack! Die dicke Brille mit dem Stahlrahmen rutschte auf seiner Knollennase nach vorn. Bei einem offenen Knopf in seiner weißen Arbeitskleidung lugten graue Brusthaare hervor. Sein kahler Kopf zeigte eine Konstellation von Leberflecken, die aussahen wie Sternbilder in einem Planetarium.

»Die Geschworenen haben lediglich eine Stunde beraten. Eine Stunde, das ist gar nichts.«

Zack! Kein Lamm verdiente eine solche Behandlung. Auch nicht das Fleisch.

»Dad, wenn du nicht mit mir sprichst, gehe ich nach Hause zu meinem Freund, der auch nicht mit mir spricht.«

Er räusperte sich. »Mir gefällt das nicht. Das, was du im Gericht gemacht hast. Das war nicht richtig.«

»Warum nicht? Ich habe gewonnen, oder?«

»So habe ich dich nicht erzogen!« Er schwang das Hackmesser in meine Richtung, aber ich zuckte kaum zusammen. Ich habe mich daran gewöhnt, daß mich mein Vater mit scharfen Gegenständen bedroht. Wie immer sie auch heißen mögen – Entbeiner, Tranchiermesser, Schlachternadel –, ich hatte sie schon alle einen Zentimeter vor meiner Nase gehabt. Das ist eine gute Übung für einen Prozeß.

»Wie hast du mich denn erzogen?«

»Ich habe dich zu einem guten Mädchen erzogen.«

»Gute Mädchen sind schlechte Anwälte, Pop.«

»Ha!« Er widmete sich erneut seiner Arbeit. Mit zusammengekniffenen Augen ordnete er die Koteletts auf einem Tranchierbrett aus Holz an. In der konkav ausgeformten Mitte war das Brett dunkel von Blut, und Messerspuren hatten die Oberfläche gekerbt. »Ha!« sagte er noch einmal, aber dabei beließ er es. *Zack!*

Mein Siegeschampagner verflüchtigte sich. Ich schlug die Beine in dem anstößigen Hosenanzug übereinander, atmete die würzigen Gerüche des Ladens ein und beobachtete durch die Neonbuchstaben von FLEISCHEREI MORRONE und ihrem Markenzeichen, dem leuchtenden orangefarbenen Schwein, den Verkehr. Das Geschäft meines Vaters lag im Italian Market, einem Stadtviertel mit Läden und Ständen, die auf der Straße neben frischen Krabben, Tintenfischen und Geflügel auch Reinigungsmittel, Strumpfhosen und Schwamm-Mops anboten. Die Autos fuhren langsam in der Ninth Street, sie navigierten vorsichtig zwischen den Ständen und dem Unrat wie durch eine innerstädtische Scylla und Charybdis.

»Hier sollte mal gründlich aufgeräumt werden«, sagte ich zu keinem bestimmten Vater. »Der Müll gehört weggeschafft. Findest du nicht auch?«

Zack!

Im Rinnstein türmten sich Holzpaletten und Kartons. Auf den Pappkartons lächelten die Bilder von Äpfeln, und die kalifornischen Orangen wirkten ausgesprochen lebenslustig. Aber das fröhliche Obst auf den Kartons war das einzige, was in letzter Zeit im Market noch lächelte. Ein Brandstifter hatte Palumbos Restaurant bis auf die Grundmauern abgefackelt und damit der Gegend das Herz ausgerissen. Und erst letzte Woche war ein bewaffneter Raubüberfall auf einen vietnamesischen Juwelierladen ein Stück weiter die Straße hinunter verübt worden. Den Laden meines Vaters hatten die Gangster bisher noch verschont. Er glaubte, sie hätten Respekt vor ihm; ich glaubte, sie wußten, daß er am Ende war.

»Dad, wann wirst du den Laden endlich verkaufen?«

Zack! Die schwere Brille rutschte ihm wieder auf die Nasenspitze. Seine Augen verschlechterten sich täglich, er wurde der Mr. Magoo der Fleischer. Eines Tages wird er sich noch selbst erstechen, wenn es nicht ein anderer tut.

»Komm schon, Dad. Du bist nicht sauer wegen des Prozesses, du bist sauer auf mich wegen des Falles Sullivan.«

»Stimmt.«

Vito spricht! »Und wie lange hast du vor, sauer zu sein?«

»Auf ewig.«

Wirklich, ein sehr vernünftiger Mann. »Dad, könntest du zur Abwechslung einmal vernünftig darüber reden?«

»Gut, Miß Grünschnabel.«

Mein vollständiger Name. Normalerweise verkürzte er ihn auf Miß Grün. »Jetzt hör mal, Fiske Hamilton ist Bundesrichter, einer der angesehensten bei Gericht. Er brauchte einen Anwalt, deshalb wandte er sich an mich. Was ist daran falsch?«

»Du lebst mit seinem Sohn zusammen.«

»Ja, und?« Ich lebte mit Paul Hamilton ohne den Segen einer Ehe zusammen. Diese Tatsache nagte immer noch an meinem Vater, obwohl er Paul noch nicht einmal mochte. Nur eines der vielen Paradoxe, aus denen Vito Morrone bestand.

Zack!

»Dad?«

»Wie ich gesagt habe«, erwiderte er hintergründig.

LeVonne Bayson, der Sägemehl in der Ecke zusammenfegte, lächelte vor sich hin. LeVonne war ein schüchterner schwarzer Teenager, der für meinen Vater arbeitete. Wir taten beide so, als wäre LeVonne da, um beim Verkaufen zu helfen, aber das war nicht der wahre Grund. Es kamen nicht einmal genug Kunden, um meinen Vater zu beschäftigen oder meinen Onkel Sal, der von Zeit zu Zeit im Laden herumhing.

»LeVonne«, rief ich, »hast du eine Ahnung, wovon dieser Mann spricht? Kannst du mir seine Worte übersetzen? Würdest du diesem Fleischer da bitte übermitteln, daß ich sehr froh bin, mich in seinem Land aufzuhalten?«

LeVonne lächelte wie eine Person in einem Fernseher ohne Ton und machte sich daran, das Sägemehl erneut zu verteilen.

Zack! »Was? Was is' los, sie versteht kein Englisch, Herr Professor? Sag'n Se ihr, das heißt ›wie ich gesagt habe‹.«

LeVonne schüttelte den Kopf und war so klug, sich nicht zum Schiedsrichter ausrufen zu lassen. Er hatte eine glatte Haut, war ziemlich klein, und wie er so auf das abgenutzte

Ende des Besenstiels hinunterstarrte, wirkten seine Züge noch kindlich. Seine Haare schmiegten sich dicht an den Kopf, und unter seinem Kinn begann ein spärlicher schwarzer Flaum zu sprießen.

»Warum sprichst du nicht einfach mit mir, Dad?«

»Du hättest nein sagen sollen. Nein. NEIN.«

»Den Sullivan-Fall ablehnen? Warum? Das ist der größte Fall von sexueller Belästigung in der Stadt. An so etwas kommt man nur einmal im Leben.«

»Darum machst du es?«

Zum Teil. »Herrgott noch mal, was hätte ich denn tun sollen? Sagen, ›Also, Richter, ich weiß, du steckst in Schwierigkeiten, und ich bin Anwältin für schwierige Fälle *und* so gut wie verlobt mit deinem Sohn, aber kannst du dich nicht an jemand anderen wenden?‹«

»Hm.« Er wischte das Hackmesser an seiner Schürze ab und steckte es in den Schlitz neben dem Tranchierbrett. Anschließend nahm er ein häufig benutztes Sägemesser, schnitt ein Stück schwammiges Fett von einem Kotelett ab und warf das Fett in einen verbeulten Eimer. »Rita, ist dir je in den Sinn gekommen, der Richter könnte es tatsächlich getan haben? Ha?«

Natürlich, aber den Gedanken hatte ich verworfen. »Fiske Hamilton? Er ist eine große Nummer, Dad. Er hat in Yale studiert und war zehn Jahre lang Partner bei Morgan Lewis, bevor er Richter wurde. Er hat sie nicht belästigt. Ich habe ihn gefragt, und er hat es verneint.«

Seine milchigen braunen Augen hinter den Brillengläsern leuchteten auf. »In der Zeitung stand, er sei im Büro hinter ihr hergewesen, mitten im Gericht. Das stand in der *Daily News*, hast du es nicht gelesen?«

»Glaubst du alles, was du liest?«

»Glaubst du alles, was man dir erzählt?« Lachend blickte er hinüber zu LeVonne. »Mr. President, wie hat Ihnen der gefallen?« rief er, und LeVonne lächelte sein geheimnisvolles Lächeln.

»Dad, diese Frau verlangt drei Millionen Dollar Schadenersatz. Vorsätzliche Zufügung emotionalen Schmerzes, das ganze Programm. Sie will lediglich auf die Schnelle ein paar Dollar abkassieren, weiter ist an der Sache nichts dran.«

»Nein, ich habe ein Bild des Mädchens gesehen, ich sah ihr Gesicht, und ich sage dir, sie macht das nicht wegen Geld.« Schwungvoll drehte er das Kotelett um und schnitt die noch vorhandenen Fettstreifen von dem feuchten rosa Fleisch. Ein Rinnsal dünnen Blutes, von hellerer Farbe als die Jackson-Pollock-Blutflecken auf seiner Schürze, sickerte auf das Tranchierbrett. Darum bin ich Vegetarierin geworden, keine Frage.

»Dad, warum bist du deshalb immer noch sauer? Die Sache ist abgemacht und läuft. Morgen ist der Termin für ihre eidliche Zeugenvernehmung.«

»Es ist mir egal, ob dieser Richter eine große Nummer ist oder nicht, es paßt mir nicht, daß er meine Tochter benutzt.«

Das saß. »Er benutzt mich nicht.«

»Der Richter hat seine Frau betrogen, und er denkt, du vertuschst das. Er blufft *dich*, und du merkst es nicht einmal.«

»Er blufft nicht. Ich habe ihn gefragt und ihn genau im Auge behalten, als er geantwortet hat.«

Er drohte mir mit dem Messer. »Behalte nicht den Spieler im Auge, behalte die Karten im Auge. Die Karten liegen vor dir, und du guckst sie nicht an. Er spielt dich aus wie einen Trottel.«

»Ich kenne Fiske. Er ist Pauls Vater. Er gehört zur Familie.«

»Zu wessen Familie? Du bist nicht verheiratet, der Richter ist also kein Familienangehöriger. Ich kenne ihn nicht, ich würde ihn nicht einmal erkennen, wenn ich über ihn stolpern würde.«

Bei diesen Worten mußte ich mir das Lachen verbeißen. Die Augen meines Vaters sind so schlecht, daß er letztes Jahr über zwei Fahrräder und den Fuß eines Kindes gestolpert ist. Bemerkenswert, daß der Fuß heil blieb, die Schwinn-Räder aber hinüber waren.

»Dad, Fiske ist Bundesrichter.«

»Ah ja? Und was hat so einer zwischen den Beinen – einen Hammer?«

Sehr vornehm. Mein Vater liebte schmutzige Wörter; diese Vorliebe kam gleich nach dem Schlachten von Lämmern und kleinen Kindern auf die Füße treten. Seine Derbheit machte meine Mutter wahnsinnig, bis sie uns beide reinlegte und das mit Erfolg.

»Merk dir meine Worte, Süße«, sagte er und malte mit dem spitzen Messer Kreise in die Luft. »Ich bin schon ein paarmal aus dem Viertel rausgekommen.«

»Nicht mit dem Auto, möchte ich schwer hoffen.«

LeVonne lachte tatsächlich richtig laut oder zumindest hörbar. Auch mein Vater brachte ein Lächeln zustande, aber ich glaube, er meinte die Lammkoteletts. Dort auf dem Tranchierbrett, als fleischlicher Tribut an sein Können, prangten zwölf rosarote Koteletts, gleichmäßig geschnitten und arrangiert wie eine Königskrone.

»Ist das nicht hübsch?« fragte er.

»Das ist wahre Kunst, Vito.«

»Miß Grünschnabel.«

»Selber. Jawohl, du.«

Schweigen herrschte, während wir uns beruhigten. Ich

wußte, wir würden uns abkühlen, das taten wir immer. Wie die Tauben an der Straßenecke entfernten wir uns voneinander und kamen wieder zusammen. So lange ich denken kann, war das so. Er hatte mich allein großgezogen, in diesem Laden. Im Alter von acht Jahren nahm ich mein erstes Hühnchen aus, und im Jahr davor hob ich zum erstenmal Karten ab. Eine nicht ganz typische Kindheit für ein Mädchen, aber lassen wir es dabei.

»Na schön, die Koteletts sind hübsch«, lenkte ich schließlich ein.

Er nickte. »So. Möchtest du was mit nach Hause nehmen? Ich habe leckere Delmonicos hinten.«

»Nein danke. Ich esse nichts Totes, erinnerst du dich?« Ich beobachtete ihn, wie er das Lamm auf eine alte weiße Waage legte. Auf der Seite der Waage befanden sich gelbe Aufkleber von Konzessionen und amtlichen Kontrollen und ein goldener Stern von irgend etwas, als ich noch klein war, das ich aber längst vergessen habe. Er starrte durch seine Bifokalbrille hinunter, um die Zahlen auf der Skala abzulesen. »Miß Zimperlich. Rotes Fleisch ist sehr gut für dich.«

Stimmt. »Trotzdem, ich möchte zum Essen ausgehen. Und feiern.«

»Nimm die Steaks mit, Schatz.« Er zwinkerte und wickelte die Koteletts ein. »Bleib zu Hause und feiere.«

Ich zwang mich zu einem Lächeln. Mein Vater wußte nicht, daß zwischen Paul und mir nicht alles zum besten stand. Ich hatte versucht, mir deswegen keine grauen Haare wachsen zu lassen, schließlich kam das in jeder Beziehung mal vor. Ich hatte gehofft, der Fall Sullivan würde alles ändern. Paul stand seinen Eltern nahe und interessierte sich für die Verteidigung seines Vaters. Wir sprachen mehr miteinander als je zuvor. Aus diesem Grund hatte ich den Fall übernommen,

auch wenn manche Richter und Fleischer das offensichtlich mißbilligten.
Und es spielte wirklich keine Rolle, ob Richter Hamilton seine Sekretärin belästigt hatte oder nicht.
Alles, was zählte, war, daß ich gewinnen mußte.

– 3 –

Ich saß im Eßzimmer, vor mir auf dem Tisch ein halbvolles Glas Chardonnay, und wartete, daß Paul nach Hause kam. Die Post von heute lag verstreut auf der glatten Tischplatte aus Nußbaum. Ich hatte die Rechnungen geöffnet und die Kataloge durchgeblättert, die gesamte Post gelesen bis auf den Brief, auf den es ankam. Ich war nicht bereit dazu, noch nicht. Ich trank einen Schluck Wein aus dem Kristallkelchglas mit dem messerdünnen Rand. Der Wein war kalt, zu stark gekühlt, um überhaupt Geschmack entwickeln zu können. Ich sah mich im Zimmer um, das Paul, Architekt und Gutachter für Bauschäden, gestaltet hatte. Die schiefergrau gestrichenen Wände mit der cremefarbenen Leiste harmonierten mit dem grau und burgunderrot gemusterten Täbris. Auf der anderen Seite des Zimmers stand ein Sideboard aus Walnußholz, das sich seit der Trias im Besitz der Familie Hamilton befand. Darüber hing ein Aquarell mit einem Stilleben. Langsam begann ich mich zu fragen, ob die Möbel nicht besser zueinander paßten als Paul und ich. Der ungeöffnete Brief kam von meinem Arzt. Der Umschlag hatte eine Leinenstruktur und war von reinem, kühlem Weiß. Als die Dämmerung einsetzte und der Raum dunkler wurde, erstrahlte er als leuchtendes Rechteck auf dem Tisch. Aber ich stand nicht auf, um das Licht einzuschalten. Es gab nichts, was ich sehen wollte.

Ich trank noch einen Schluck Wein und ließ ihn über die Zunge rollen. Während er sich erwärmte, entwickelte er Geschmack, er schmeckte zu jung. Paul hat mir beigebracht, was »jung« im Zusammenhang mit Wein bedeutete, er brachte mir überhaupt vieles bei, was man auf einem Hocker in einer Fleischerei nicht lernt. Wir waren seit fünf Jahren zusammen, aber einer Heirat nicht näher als bei unserer fünften Verabredung. Es lag an mir, ich zögerte; ich wollte mir erst eine Kanzlei aufbauen, deshalb hatte ich die Entscheidung hinausgeschoben. Jetzt wären wir soweit, und prompt bekommen wir Probleme.

ALEXANDER EHRLMANN, M. D. Während des Prozesses hatte ich es fast vergessen, danach ging es gleich mit dem Fall Sullivan los. Dr. Ehrlmann hatte eine Nachricht auf meinem Anrufbeantworter hinterlassen, aber ich hatte keine Zeit gehabt, um zurückzurufen. Mir nicht die Zeit genommen, zurückzurufen. Weil ich nicht wußte, wie ich mit dem, was er mir eventuell sagen würde, umgehen sollte.

Aber der Knackpunkt war, daß ich nicht wußte, wie ich mit Paul darüber reden sollte, der weiß Gott wo herumschwirrte, obwohl die Zeit fürs Abendessen längst vorbei war. Mir war nicht mehr nach feiern zumute. Mir war danach, dazusitzen und zu trinken, damit er sich schuldig fühlte, weil er an meinem großen Abend zu spät kam. Dann würde ich den Brief öffnen und ihm den Umschlag ins Gesicht werfen, damit er sich auch in dieser Sache schuldig fühlte. Aber ich wußte, nichts von alldem würde ich tun. Seit dem anfänglichen Verdacht hatte ich die Sache für mich behalten und mich mit dem Gedanken vertraut gemacht. Die Sache akzeptiert und mich darauf vorbereitet, ein klärendes Gespräch zu führen. Das heißt, falls es sich um eine schlechte Nachricht handelte.

Vielleicht war es ja eine gute Nachricht.
Mein Blick fiel auf den ungeöffneten Umschlag. Es reizte mich, ihn umzudrehen wie die letzte abgelegte Karte beim Poker. Könnte die schlechteste Nachricht sein, die du je bekommen hast, oder die beste. Komm schon, Superas, du bist eine Spielerin, dreh sie um. *Spiele.*
Ich trank noch einen letzten kräftigen Schluck Wein, und es war mir egal, daß er noch nicht die richtige Reife besaß. Anschließend griff ich nach dem Umschlag und schob einen taupe-glänzenden Daumennagel unter die Klappe auf der Rückseite. Ich brauchte nur eine Sekunde, um ihn zu lesen. Den Inhalt zu begreifen, würde länger dauern. Plötzlich hörte ich Pauls Cherokee in die mit Kies bestreute Einfahrt donnern. Ich steckte den Brief wieder in den Umschlag und schob ihn zwischen den Stapel Kataloge.
Gleich darauf hörte ich, wie Paul die Eingangstür öffnete und irgend etwas abstellte, was immer das sein mochte. Eine Rolle mit Blaupausen, eine Aktentasche. Paul stellte Dinge stets mit Bedacht hin, er räumte Dinge beiseite, um Platz für andere Dinge zu schaffen. Ich beobachtete ihn oft, wenn er mit seinem Vater Schach spielte; beide gingen mit den hölzernen Schachfiguren um, als seien sie hochexplosiv und würden detonieren, falls man sie fallen ließe.
»Rita?« rief Paul. »Wo bist du?« Er trat ins Eßzimmer und machte die elegante Halogenleuchte an, dämpfte aber sofort das Licht, als ich meine Augen zum Schutz vor der Helligkeit beschattete. »Was ist los, hast du verloren?«
Ja. »Nein.«
Er kam an den Tisch, sein Mund drückte Besorgnis aus. Seine Lippen, voll und weich, fielen in seinem Gesicht am stärksten auf, dann seine tiefblauen Augen hinter der randlosen Brille. Ein intelligentes Gesicht mit einem festen

Kinn, eingerahmt von sandbraunen Haaren mit ziemlich langen Koteletten, auf meinen Wunsch hin.
»Es überrascht mich, daß du zu Hause bist«, sagte er. »Ich dachte, du würdest länger arbeiten.«
»Warum sollte ich? Ich habe den ganzen Tag gearbeitet, den ganzen Monat.«
»Aber morgen ist die Zeugenvernehmung in Dads Fall.«
»Ich muß auch mal was essen, oder? Ich dachte, wir könnten ausgehen. Vielleicht ins Carolina's auf einen Caesarsalat. Und dicke Brötchen und Butter, die zu Blüten geformt ist.«
Er seufzte. »Tut mir leid, Liebling. Ich habe bereits gegessen.«
»Wo?«
»Unterwegs.« Er ließ sich vorsichtig auf einen Klappstuhl nieder und schlug die Beine übereinander. Lange, schlanke Beine mit hübsch geformten Knien. »Warum siehst du mich so an?«
»Weil ich dich liebe.«
Er lächelte schwach. »Ich liebe dich auch.«
»Tatsächlich?«
»Natürlich. Was ist denn in dich gefahren?«
Fast hätte ich laut herausgelacht, aber es war nicht komisch. »Ein Virus, genau gesagt. HPV. Nicht H*IV*. H*PV*. Human Papillomavirus. Das ist was ganz anderes.«
Sein Lächeln erlosch. »Ist das dein Ernst?«
»Eine höchst ansteckende Geschichte. Manche Leute bekommen sogar Warzen davon, stell dir vor. Diese Form habe ich nicht, Gott sei Dank. Anscheinend gibt es jede Menge verschiedene Arten. Seit ich sicher bin, daß ich es habe, weiß ich alles darüber.«
»Ist das ein Witz? Rita?« Er wurde blaß unter der Bräune, die er sich bei seinen Baustellenbesuchen holt, wenn er an

den Gebäuden hinaufschaut, um festzustellen, warum Beton rissig war oder Glasscheiben aus dem Rahmen gesprungen waren.

»Dr. Ehrlmann kann nicht mit Bestimmtheit sagen, wann ich mich angesteckt habe, denn das Virus kann monatelang, sogar jahrelang, inaktiv bleiben. In seltenen Fällen sogar bis zu zehn Jahren.«

»Ein Virus?«

»Es gibt im Grunde keine richtige Behandlungsmethode dagegen. Ehrlmann sagte mir, zehn Prozent seiner Patienten hätten es. Bei meiner letzten Vorsorgeuntersuchung gab es Anzeichen dafür, darum wurde noch ein Test gemacht.«

»Fühlst du dich wohl? Bist du krank?«

»Mir fehlt nichts, aber es ist ein Risikofaktor für Gebärmutterkrebs, deshalb meint Ehrlmann, ich müßte jetzt dreimal im Jahr zur Untersuchung statt nur einmal. Er beobachtet die Sache. Sonst geht's mir gut.«

Er fuhr sich mit einer seiner schmalen Hände durch die Haare, die gleich darauf wieder in ihre ursprüngliche Fasson zurückfielen. »Kann ich irgend etwas tun?«

Du hast schon was getan, edler Ritter. »Wenn ich es habe, hast du es wahrscheinlich auch. Aber für Männer ist praktisch kein besonderes Risiko damit verbunden, zumindest ist es so gering, daß es eigentlich nicht ins Gewicht fällt.«

»Ein Risiko für was?«

»Peniskrebs.«

»*Was* hast du gesagt?« Zu meiner Freude schluckte er schwer. Sein Adamsapfel glitt auf und ab wie ein kleiner Aufzug.

»Peniskrebs. Krebs am Penis«, sagte ich, auch auf die Gefahr hin, zu große Betonung darauf zu legen.

Seine Stirn sank auf seine Hände.

»Er fällt dir nicht ab, Paul.«
Er schüttelte den in die hohlen Hände gestützten Kopf. Ich vermutete, er grübelte über seinen abfallenden Körperteil nach. *Pling.*
»Geht's dir gut?« erkundigte ich mich.
Er blickte auf und lachte, sein Gesicht war gerötet. »Mir? Oh, ganz prima.« Er griff über den Tisch und schnappte mein Weinglas. »Darf ich?«
»Sei mein Gast, aber er ist noch minderjährig.«
Paul kippte den Wein in einem Zug. Ich glaube nicht, daß er seine Jugend bemerkte. »Du kannst auch über alles Witze reißen.«
Über fast alles. »Die Leute, die HPV haben, wissen meist gar nicht, daß sie das Virus haben. Deshalb wissen sie auch nicht, daß sie es weitergeben.«
»Wie bekommt man es?«
Wußte er es wirklich nicht? Falls ja, zögerte ich, es auszusprechen, denn dann lag die Sache unvermeidlich offen auf dem Tisch. »Es wird sexuell übertragen«, sagte ich trotzdem.
»Wie Gonorrhöe?«
»Genau, wie Gonorrhöe, aus der guten alten Zeit, als einen sexuell übertragbare Krankheiten noch nicht umbrachten. So wie ich es sehe, steht also nur eine alles entscheidende Frage im Raum. Wie sind wir an eine sexuell übertragbare Krankheit gekommen, wenn ich dir nie untreu gewesen bin?«
Er stellte das leere Glas hin. Sein Gesicht wurde lang, tiefe Furchen bildeten sich um Mund und Augen. Falten, geformt von knapp über vierzig Jahren Freude und Leid, vorgetäuschtem wie echtem. »Was sagst du da?« fragte er mit versagender Stimme.
Behalte die Karten im Auge, nicht den Spieler. »Ich frage dich,

ob du eine Affäre hast. Ich verlange, daß du mir die Wahrheit sagst.«
Sein Mund öffnete sich, er war sprachlos. Bei seinem Anblick erinnerte ich mich daran, wie ich vor Richter Kroungold gestanden hatte. Schlagartig wurde mir klar, warum mein Vater über meine vorgetäuschte Trauer im Gerichtssaal so erbost war. Ich hatte betrogen. Es war kein Bluff gewesen, sondern Betrug. Eine schmale Grenze, und ich hatte sie ignoriert. Hatte Paul mich betrogen? Hatte auch er die Grenze überschritten?
»Wie kannst du mich das fragen?« empörte er sich.
»Sag mir die Wahrheit, Paul. Es ist ja nicht so, daß wir in letzter Zeit besonders gut miteinander ausgekommen wären, ich weiß das.«
»Das heißt noch lange nicht, daß ich fremdgehe.«
»Du hast oft bis spät in die Nacht gearbeitet.«
Er stand auf. »Du auch, und ich beschuldige dich keineswegs irgendwelcher Dinge.«
Da ging mir ein Licht auf. Er beschuldigte mich nicht. Es kam ihm nicht einmal in den Sinn, mich zu beschuldigen. Vielleicht weil er bereits wußte, wo er sich das Virus eingefangen hatte.
»Rita, ich habe keine Affäre. Wirklich nicht, ich schwöre es.«
Ich sah nicht zu ihm auf. Ich war viel zu beschäftigt damit, die Karten nicht aus den Augen zu lassen.
»Du mußt dich angesteckt haben, bevor wir uns kennenlernten. Du hast selbst gesagt, das Virus könne jahrelang latent vorhanden sein, sogar zehn Jahre. Du hast mich nicht betrogen, und ich habe dich nicht betrogen, also mußt du es damals bekommen haben. Vor unserer Zeit. Sagte der Arzt nicht, das wäre möglich?«

»Er sagte, die Chance sei gering.«
»Aber möglich ist es. Und genau das ist passiert, Liebling.«
Ich nickte. Ich kannte mich gut aus mit Chancen. So gut, daß ich ihn immer noch nicht ansehen konnte. Mein Verstand rotierte.
»Rita«, sagte er und berührte meine Hand, »ich liebe dich, ich schwöre es.«
Da blickte ich auf. In seinen saphirblauen Augen stand Verzweiflung. Seine Stirn schien feucht zu sein, aber seine Hand war trocken und sein Griff sicher.
»Ich habe dich nicht betrogen. Ich würde dich nie betrügen. Das mußt du mir glauben. Glaubst du mir?« fragte er und drückte fest meine Hand.
Ich antwortete nicht. Ich konnte mich nicht zu einem Ja durchringen, konnte aber auch nicht nein sagen. Ein Gefühl der Erschöpfung überfiel mich und befahl mir, auszusteigen. Veranlaßte mich sogar dazu, ein phantastisches Blatt auf den Haufen abgelegter Karten zu werfen, in der Hoffnung, er würde sie nicht umdrehen wie Onkel Sal.
»Du brauchst dir keine Sorgen zu machen, Rita. Über gar nichts.« Noch einmal drückte Paul versichernd meine Hand, und seltsam, sein Händedruck tröstete mich ein wenig.
Ich brauchte dringend Trost, ich hatte einen Verlust erlitten. Ich war in Trauer, ganz in Schwarz in schwarzem Anzug, schwarzen Pumps und schwarzem Haarband. Es war ein langer Tag gewesen. Ich hatte gewonnen und verloren. Und war für beide Anlässe passend angezogen.
Mutter wäre stolz auf mich gewesen.

– 4 –

Ich blickte durch das Rauchglasfenster des Besprechungszimmers auf die schicke Kulisse der im Dunst des Sonnenlichts schemenhaft schimmernden Skyline. Neben der Pyramide auf dem Mellon Center ragten die Zwillings-Zikkurats am Liberty Place in den Himmel. Das gläserne Zelt des Blue-Cross-Gebäudes reflektierte die wie falsche Diamanten über dem Commerce Square schwebenden Vierecke. Philadelphia wurde Las Vegas mit jedem Tag ähnlicher, jetzt war sogar von einem Spielcasino auf einem Flußboot auf dem Delaware River die Rede. Nicht einmal ich hielt es für eine so wahnsinnig tolle Vorstellung, daß bald alle so sein würden wie ich.

Ich hatte die Sitzordnung bei dieser Zeugenvernehmung so wohlüberlegt wie bei einem Kartenspiel arrangiert. Ich selbst hatte den Blick auf das Casino, zu meiner Linken saß die Gerichtsstenographin. Patricia Sullivan und ihr Anwalt saßen mir gegenüber, so daß sie auf die Wand hinter mir starrten. Ich hatte ihnen weder Kaffee angeboten, noch die Toilette gezeigt. Ihr verklagt meinen Mandanten, dann müßt ihr euch beherrschen.

Patricia Sullivan saß am Konferenztisch und las das Beweisstück 7 der Klage. Sie war eine außerordentlich hübsche Frau mit blonden, lockigen Haaren, feinen Wangenknochen und zarter heller Haut. Wenig Make-up, natürlich glänzende Lippen. Ihr Parfum duftete nach Teerosen, und ihre geblümte Jacke konnte die volle Brust nicht verbergen. Die Jury würde unweigerlich sofort an Michelle Pfeiffer denken. Ich überlegte, wie ich eine Geschworenenliste zusammenbekam, die ausschließlich aus Frauen bestand.

»Okay«, sagte Patricia. Sie reichte mir das Beweisstück, das sie mit zur Vernehmung gebracht hatte.

Es handelte sich um eine Glückwunschkarte mit dem Text ALLES GUTE ZUM GEBURTSTAG! DU BIST EINZIGARTIG! Ich überflog sie mit nachlassender Begeisterung. Fiske hatte behauptet, ihre Beziehung sei rein geschäftlich gewesen, und ausschließlich darauf durfte auf sein Verlangen hin seine Verteidigung vor Gericht beruhen. Karten wie diese hier waren da nicht unbedingt hilfreich.

»Miß Sullivan«, fragte ich, »an welchem Geburtstag haben Sie diese Karte von Richter Hamilton erhalten?«

»An meinem letzten. Am 12. November. Ich wurde dreiundzwanzig.«

Sie sah nicht einen Tag älter aus als sechzehn. »Wie lange haben Sie für den Richter gearbeitet, als er Ihnen diese Karte überreichte?«

»Ungefähr zweieinhalb Monate. Ich habe die Stelle im September angetreten.«

»Sie waren seine Sekretärin?«

»Ich war eine seiner Sekretärinnen, wir waren zwei. Aber eigentlich bin ich gar keine Sekretärin. Ich bin Malerin, aber allein von der Malerei konnte ich meinen Lebensunterhalt nicht bestreiten.«

»Sie hat schon immer gemalt«, sagte ihr Rechtsanwalt, Stan Julicher. Er war groß und kräftig, hatte runde braune Augen und einen bösen Sonnenbrand, den er sich an den Wochenenden geholt hatte, als er mit seinem Motorboot beim Fischen war. Er war noch nie mein Prozeßgegner gewesen, und auch jetzt war ich nicht gerade erbaut davon. Seine Schriftsätze waren schlampig abgefaßt, und er ließ sie grundsätzlich absichtlich erst gegen Ende der regulären Arbeitszeit von einem Boten überbringen, damit die Frist für die Antwort knapp blieb. Ein so schmutziger Trick, daß noch nicht einmal ich darauf verfallen bin. »Ihre Bilder sind wunderschön, Blumen und solche Sachen«, fuhr er fort. »Und Vasen, mit Früchten außen rum und Büchern. Auf einem ist so eine Art Schale mit etwas Obst. Das Obst sieht tatsächlich so echt aus, daß man fast automatisch die Hand ausstreckt und sich etwas nehmen möchte.«

»Ich male meist Stilleben«, setzte Patricia zur näheren Erläuterung an.

»Wirklich hübsche Bilder«, unterbrach Julicher sie und nickte bekräftigend. »Aber seitdem das mit Richter Hamilton passiert ist, malt sie nicht mehr. Ihre Karriere hatte gerade begonnen. Immer mehr Leute haben ihre Kunst entdeckt. Ihr Stern begann zu erstrahlen. Wer weiß, was für eine Karriere sie hätte machen können, wenn das nicht passiert wäre. Ihr standen alle Türen offen.«

»Vielen Dank«, sagte Patricia bescheiden in der irrigen Annahme, dieser Vortrag zum Thema Schadenersatz sei nur zu ihrem künstlerischen Lob gehalten worden.

Ich beschloß, die Gelegenheit beim Schopf zu packen und zu versuchen, gleich die Schadenshöhe auszuloten, obwohl ich normalerweise zuerst der Reihe nach die vorgebrachten Behauptungen des Klägers durchgehe. »Haben Sie viele Bilder verkauft, Miß Sullivan?«

»Im Laufe der Jahre, ja.«

»Wie viele pro Jahr, würden Sie sagen?«

»Oh, sehr viele.«

»Wie hoch, würden Sie sagen, war Ihr durch die Verkäufe erzieltes Einkommen jährlich?«

»Wir übergeben Ihnen die Steuererklärungen so schnell wie möglich«, warf Julicher ein.

Richtig. »Warum diese Verzögerung, Stan? Es existieren Erklärungen der letzten Jahre, was muß da noch vorbereitet werden?«

»Sie sind eingelagert, weil mein Büro umzieht. Ich bekomme größere Räume in der Walnut Street.«

»Aber es wurde vorausgesetzt, daß Sie sie heute mitbringen, Stan. Ich habe sie mit den schriftlichen Beweisanträgen angefordert, und Sie sagten zu, die Unterlagen fristgemäß zur Verfügung zu stellen. Nehmen wir zu Protokoll, daß dieser Antrag bereits vor zwei Monaten gestellt wurde und der Anwalt der Klägerin die Steuererklärungen immer noch nicht zur Verfügung gestellt hat.«

»Sie waren nicht zur Hand. Ich stelle sie Ihnen zur Verfügung, sobald sie zur Hand sind«, sagte er mit Entschiedenheit.

»Selbstverständlich werde ich noch einmal einen Termin ansetzen, sobald die Unterlagen zur Verfügung stehen, und die Zeugin danach befragen.«

Julicher runzelte die Stirn und machte sich mit einem goldenen Cross-Füller eine Notiz auf seinen Block. Oben am Füller war ein kleines Cadillac-Emblem befestigt, das beim Schreiben hin und her baumelte.

»Miß Sullivan, nur um eine ungefähre Vorstellung von Ihrem mit der Malerei erzielten Einkommen zu bekommen, wie viele Bilder haben Sie letztes Jahr verkauft?«

»Drei. Ich habe auf Straßenausstellungen verkauft, an Boulevards und in Chestnut Hill.« Sie trank einen Schluck Was-

ser aus einem Plastikbecher. Nicht mehr lange, und sie würde zur Toilette müssen.
»Haben Sie die drei Bilder auf einer Straßenausstellung verkauft?«
»Nein, ich habe sie privat verkauft.«
»An wen?«
Sie zögerte. »An Richter Hamilton.«
Julicher machte sich noch eine Notiz, und ich hätte gerne gewußt, ob ihm das neu war. Mir war es neu, obwohl Fiske mir angeblich die Wahrheit und nichts als die Wahrheit gesagt hatte. »Was hat Richter Hamilton für die Bilder bezahlt?«
»Fünfhundert Dollar für jedes.«
Herrje. »Haben Sie zu der Zeit, als Sie ihm die Bilder verkauft haben, mit ihm geschlafen?«
»Einspruch!« rief Julicher. »Sie beleidigen die Zeugin!«
Die Zeugin zu beleidigen war mein Job. »Ich beleidige die Zeugin nicht, ich stelle nur eine sachdienliche Frage. Hier geht es um eine Klage, Stan. Nicht um ein Picknick.«
»Ich verlange, daß diese Frage aus dem Protokoll gestrichen wird!« sagte Julicher an die Gerichtsstenographin gewandt, einen sommersprossigen Rotschopf, die ihren Blick professionell unverwandt nach unten gerichtet hielt.
»Warten Sie einen Augenblick«, sagte Patricia. Sie beugte sich erregt vor, an ihrem schlanken Hals zuckte ein Muskel. »Ich kann darauf antworten, ich *möchte* es. Ich hatte zu dieser Zeit eine sexuelle Beziehung mit ihm, aber sie war mir aufgezwungen. Ich mußte es tun, um meinen Job zu behalten.«
»Das reicht, Patricia«, erklärte Julicher. »Hören Sie auf mich, ich sage Ihnen, wann Sie antworten sollen.«
Ich räusperte mich. »Miß Sullivan, Sie waren im Begriff, mir zu sagen, wie Sie an diese Stellung gekommen sind.«

»Ich las eine Anzeige in der *Suburban & Wayne Times*, daraufhin habe ich angerufen und erfahren, daß es sich um eine Arbeit für Richter Hamilton handelte. Ich hatte schon von ihm gehört.«

»Inwiefern?«

»Daß er so ... großes Ansehen genießt, glaube ich. Und auch von seiner Frau, wegen ihres Gartenclubs. Es stand oft was in der Zeitung über die beiden.«

»Wollten Sie deshalb die Stelle?«

»Einspruch«, fuhr Julicher dazwischen.

»Ich formuliere die Frage anders. Was veranlaßte Sie dazu, sich für die Stelle zu bewerben, Miß Sullivan?«

»Das Gehalt, und außerdem dachte ich, es wäre angenehm, für Richter Sullivan zu arbeiten.«

Julicher schnaubte spöttisch, und ich konnte mir nur mit Mühe verkneifen, ihm zu sagen, er solle sich seine Mätzchen für die Geschworenen aufheben. »Miß Sullivan«, sagte ich, »kommen wir wieder auf diese Geburtstagskarte zurück. In Ihrer Klage behaupten Sie, diese Karte sei der Anfang einer Reihe sexueller Belästigungen durch Richter Hamilton gewesen, ist das richtig?«

»Das ist nur einer der handfesten Beweise«, schnappte Julicher. »Richter Hamilton hat ihr noch eine weitere Glückwunschkarte geschickt.«

Phantastisch. »Stan, sind Sie der Zeuge, oder ist sie die Zeugin?«

»Ich werde den Teufel tun, hier herumzusitzen und mitanzusehen, wie Sie meine Mandantin durcheinanderbringen.«

Ich wandte mich an Patricia. »Ich habe Ihnen bereits zu Beginn dieser Vernehmung gesagt, sobald Sie durcheinander sind, steht es Ihnen selbstverständlich frei, mich zu bitten, die Frage zu verdeutlichen. Haben Sie verstanden?«

»Ja«, antwortete sie.

Julicher seufzte theatralisch.

»Nun, Miß Sullivan, angenommen, diese Karte stammt tatsächlich von Richter Hamilton, warum hat er Ihrer Meinung nach mit Richter Hamilton unterschrieben und nicht mit Fiske?«

»Falls Sie es wissen«, fügte Julicher hinzu.

»Ich habe nie Fiske zu ihm gesagt«, erläuterte Patricia, »ich sagte immer ›Richter‹ zu ihm.«

»Sie nannten ihn nie beim Vornamen?«

»Nein.«

Nicht einmal im Bett? Ich biß mir auf die Zunge. »Mir ist aufgefallen, daß die einzige weitere Glückwunschkarte, die Sie heute mitgebracht haben, eine Weihnachtskarte, ebenfalls mit ›Richter Hamilton‹ unterschrieben ist.«

»›In *Liebe*, Richter Hamilton‹«, betonte Julicher.

»Stan, halten Sie das hier für eine Konversation? Lassen Sie sie antworten.«

»Lasse ich ja.«

»Lassen Sie nicht!«

»Und ob!«

Bei einem Rechtsstreit zeigt sich zuweilen die wahre Reife. »Das Protokoll spricht für sich, Stan.«

»Ist mir nur recht.«

»Gut. Wollen wir nicht versuchen, uns wie erwachsene Menschen zu benehmen?«

Er wurde so rot, daß man es sogar unter seinem Sonnenbrand sah. »Ich schon. Wenn Sie auch dazu bereit sind.«

Jetzt reichte es. Es war unsere erste Konfrontation, und es würde nicht unsere letzte sein. Julicher, frisch aus New York nach Philadelphia gekommen, versuchte, sich mit diesem Fall einen Namen zu machen. Er schob Überstunden, um in die Nachrichten zu kommen, und schickte sogar eine Abschrift der Klage an die Zeitungen.

»Nun, Miß Sullivan, angenommen, diese Karte ist von Richter Hamilton ...«

»Er hat sie mir gegeben«, sagte Patricia. »An der Kaffeekanne.«

»An der Kaffeekanne? Beziehen Sie sich jetzt auf den ersten Vorfall von Belästigung aus Ihrer Klage?«

»Ja.«

»Miß Sullivan, können Sie mir sagen, was an jenem Tag vorgefallen ist, was es mit der Kaffeekanne auf sich hat? In Ihren eigenen Worten.«

»Na ja, wir feierten eine Geburtstagsparty im Büro, wir alle. Die beiden Referendare, die andere Sekretärin und ich. Richter Hamilton hatte Kuchen kommen lassen, und wir aßen alle in seinem Büro. Wir saßen um den Besprechungstisch. Um drei Uhr.«

»Und was geschah mit der Kaffeekanne?«

»Ich spülte die Kaffeekanne an der Spüle direkt neben dem Vorratsschrank aus. Wir waren allein, und er gab mir die Karte. Während ich sie las, berührte er meine Brust. Es war so eine Art Streicheln.« Drei tiefe Falten gruben sich in Patricias makellose Stirn, und sie schien sich in sich selbst zurückzuziehen. Diese Frau konnte jede Forderung wegen Zufügung emotionalen Schmerzes verkaufen, mit Leichtigkeit. In der Ferne hörte ich die Münzen eines Jackpots klingeln.

»Baten Sie ihn, seine Hand wegzunehmen?«

»Einspruch!« krähte Julicher. »Was ändert das, ob sie das getan hat oder nicht?«

»Das ist keine Grundlage für einen Einspruch. Ich habe Anspruch darauf, genau zu wissen, was vorgefallen ist. Beantworten Sie die Frage, Miß Sullivan.«

»Nein, habe ich nicht«, sagte Patricia nervös. »Ich war zu geschockt. Ich sagte gar nichts, und er nahm seine Hand weg und ging einfach in sein Büro. Und später, als ich ein Diktat aufnahm, tat er so, als wäre nichts passiert. Er diktierte mir einen zwei Seiten langen Brief, und er sah mich nicht einmal an dabei. Ich kann mich noch gut an den Brief erinnern. An jedes einzelne Wort.« Sie verstummte und schien aufgeregt zu sein.

Julicher besaß genug Prozeßerfahrung, um diesen Moment für sich wirken zu lassen. Selbst die Gerichtsstenographin schluckte schwer.

»Hat irgend jemand gesehen, daß er Sie angefaßt hat?« fragte ich rasch.

»Nein. Es war niemand da. So lief das am Anfang. Er faßte mich einfach an und sagte nie ein Wort. Bis er mich dann geküßt hat, in seinem Büro.«

»Waren die Türen offen oder geschlossen?«

»Geschlossen.«

»Sie sagten aus, er hätte Sie in seinem Büro geküßt. Haben Sie den Kuß erwidert?«

»Nein«, antwortete sie, ihr glänzender Mund wurde schmal. »Ich versuchte, nein zu sagen, aber er zwang mich. Er drückte mich nach hinten über seinen Stuhl, und seine Hand griff unter meine Bluse. Ich hätte ihn aufhalten sollen, ich weiß. Jetzt hört es sich albern an, aber es war mir peinlich. Ich hatte das Gefühl, ich dürfte kein Wort darüber verlieren, und das hat er später auch zu mir gesagt. Er sagte, alles wäre gut, wenn ich nichts sage.«

»Haben Sie ihm gesagt, er solle aufhören oder nicht? Ja oder nein?«

»Na ja, nein. Und dann rief er mich in der Mittagspause immer zu sich und berührte mich so, tat das mit mir.« Ihre Stimme brach, sie griff nach dem Becher mit Wasser und trank durstig. »Und eines Tages machte er alles.«
Es klang nicht aufrichtig. »Wollen Sie damit sagen, er hatte Sex mit Ihnen?«
»Ja. Ja, das meine ich. In der Mittagszeit, in seinem Amtszimmer. Manchmal wollte er Sex mit mir, manchmal wollte er, daß ich ... Dinge mit ihm mache, Sie wissen schon. Er sagte, er würde sich um mich kümmern und ich müsse mir über gar nichts Sorgen machen, wenn ich das weiterhin tue. Und zu niemandem etwas sage.«
Ein Ausdruck von Besorgnis huschte über Julichers feistes Gesicht, und ich wußte, warum. Das klang gar nicht nach dem typischen Muster sexueller Belästigung. Trotzdem, da war etwas, ein Körnchen Wahrheit steckte darin. Ich riskierte einen Vorstoß. »Miß Sullivan, hat Richter Hamilton Ihnen je Blumen geschickt?«
»Was?« blaffte Julicher. »Was soll das denn?«
»Das ist eine Frage.«
»Ich dachte, wir halten uns bei der Befragung an die Reihenfolge in der Klageschrift.«
»Es ist meine Zeugenvernehmung. Ich schreibe das Drehbuch.«
»Es ist leichter für die Zeugin, wenn Sie die Reihenfolge in der Klage einhalten.«
Weil du sie darauf gedrillt hast? Ich ignorierte ihn und sah die Zeugin direkt an. »Miß Sullivan, meine Frage lautete, hat Richter Hamilton Ihnen je Blumen geschickt?« Manche Männer schicken Karten, manche Männer schicken Blumen, und manche Männer sind Stoffel. Fiske war ein Blumenkavalier.

»Äh ... ja.«
Überrascht sah Julicher sie an. An diese Möglichkeit hatte er offensichtlich nicht gedacht. Vielleicht, weil er zu den Stoffeln gehörte.
»Hat er Ihnen die Blumen nach Hause oder ins Büro geschickt?«
»Nach Hause.«
Ich sah in meinen Notizen nach. »Wie oft hat Richter Hamilton Ihnen in den ungefähr sieben Monaten, die Sie für ihn gearbeitet haben, Blumen geschickt?«
Ihre Stirn legte sich erneut in Falten. »Ich weiß es nicht. Ich kann mich nicht genau erinnern.«
»Würden Sie sagen, eher oft oder eher selten?«
»Ah, oft, glaube ich.«
»Stellen Sie keine Vermutungen an«, knurrte Julicher anständigerweise.
Und lügen Sie nicht. »Miß Sullivan, würden Sie sagen, Richter Hamilton hat Ihnen in den sieben Monaten dreimal Blumen geschickt?«
»Ah, nein.«
»Häufiger oder weniger häufig?«
Sie rutschte auf ihrem Stuhl hin und her. »Ich kann mich nicht erinnern.«
Sie erinnerte sich, jeder Idiot konnte das sehen. »Hat Ihnen der Richter in den sieben Monaten mehr als dreimal Blumen geschickt? Bevor Sie antworten, möchte ich Sie daran erinnern, daß Sie unter Eid stehen.«
»Einspruch!« dröhnte Julicher. »Dazu besteht keinerlei Veranlassung.«
»Häufiger«, antwortete Patricia sichtlich aufgeregt. »Öfter als dreimal. Aber ... ich weiß nicht mehr, wie oft. Wie viele Male.«

Julichers dickliche Lippen verzogen sich freudlos, und er kritzelte eine weitere Notiz auf seinen Block.
»Miß Sullivan, von welchem Blumenhändler kamen die Blumen?«
»Von Cowan, glaube ich.«
Der Beste in Wayne. Ich machte mir eine Notiz, damit ich nicht vergaß, einen Assistenten hinzuschicken, der prüfen sollte, ob es sich um einen Dauerauftrag handelte. Plötzlich durchzuckte mich ein Gedanke. Fiske hatte einen Tick in bezug auf Spinnenchrysanthemen. Seiner Ansicht nach symbolisierten sie die wahre Liebe. Diese Blumen waren Gegenstand zahlloser Geschichten, die seine hingebungsvolle Gattin Kate aus der Zeit erzählte, als er um sie warb.
»Welche Blumen hat Ihnen der Richter geschickt, Miß Sullivan?«
»Einspruch wegen Unerheblichkeit!« rief Julicher und warf seinen Füller auf den Tisch, wo er unter den Stapel von Beweisunterlagen rutschte.
»Beantworten Sie die Frage, Miß Sullivan.«
Patricia blickte von mir zu Julicher. »Muß ich darauf antworten? Spielt das eine Rolle, Stan?«
»Natürlich nicht«, sagte Julicher. »Lassen Sie das, Rita. Die Fragen in dieser Richtung sind irrelevant.«
»Sie sind von höchster Relevanz, außerdem können Sie bei einer Zeugenvernehmung ohnehin keinen Einspruch aufgrund der Relevanz der Fragen einlegen. Erlauben Sie Ihrer Mandantin, die Frage zu beantworten, oder ich wende mich an Richter McKelvey, damit er diesbezüglich eine richterliche Entscheidung fällt.«
Er bedachte mich mit einem finsteren Blick, bevor er sich abwandte. Er schien zu kochen. »Also los, Patricia. Es ist lächerlich, aber beantworten Sie die Frage.«

Sie strich die Haare aus dem Gesicht. »Der Richter schickte mir Spinnenchrysanthemen.«
»In welcher Farbe?« Gelb.
»Gelb, glaube ich.«
»Wie viele, jedesmal?« Achtzehn.
»Achtzehn.«
Achtzehn, nicht zwölf, weil er wollte, daß die Vase üppig gefüllt war. »Warum nicht ein Dutzend, wissen Sie das?«
Julicher explodierte. »Was spielt es für eine Rolle, welche Farbe, wie viele? Das ist doch reine Zeitverschwendung! Das alles hat absolut nichts mit ihren Aussagen zum Fall zu tun!«
»Wie viele, Miß Sullivan? Ich erinnere Sie noch einmal daran, daß Sie unter Eid stehen.«
»Ich kann mich nicht erinnern!« sagte Patricia verwirrt.
Alles Lügner. Fiske hatte also eine Affäre. Und es war eine Liebesaffäre, es ging nicht nur um Sex. Hatte er ernsthaft erwartet, ich käme nicht dahinter? Was, zum Teufel, ging da vor? »Hat Richter Hamilton Ihnen noch etwas anderes geschenkt?«
»Ja«, sagte sie mit einem ängstlichen Blick auf Julicher.
»Was hat er Ihnen geschenkt?«
»Er hat mir ein paar Ölfarben und Malutensilien geschickt.«
Julichers Gesichtsausdruck wurde immer finsterer, und das Cadillac-Emblem tanzte Watussi. Vielleicht hatte er Patricia die Story von der sexuellen Belästigung von Anfang an abgekauft, aber wahrscheinlicher schien, er war gar nicht so scharf auf die Wahrheit, daß er Patricia eingehend ins Gebet genommen hätte. Andererseits setzte er vermutlich voraus, daß sich Fiske nicht mit einer auf beiderseitigem Einverständnis beruhenden Liebesaffäre verteidigen wollte. Er

wußte, in jedem Fall war er auf der Gewinnerseite. Ich war diejenige in der Verliererposition. Und Fiske.

»Miß Sullivan, wie oft hat Ihnen Richter Hamilton während dieser sieben Monate Farben und Malutensilien geschickt?«

»Ein oder zweimal. Ah ... einmal.«

Fiske malt nicht, er spielt Tennis. »Woher wußte er, was er Ihnen schicken sollte?«

»Keine Ahnung. Ich habe ihn nie um diese Sachen gebeten. Niemals.«

»Sie haben sie aber nicht zurückgeschickt, oder doch?«

»Nein.«

»Hat Ihnen Richter Hamilton je Geld gegeben?«

Ihre Augen blitzten abwehrend. »Absolut nicht. Er bot mir an, mir Geld zu leihen, aber ich lehnte ab.«

»Geben Sie nicht unaufgefordert Informationen!« brüllte Julicher so laut wie ein Schulhofrowdy. »Das habe ich Ihnen klar und deutlich gesagt!«

»Tut mir leid. Tut mir leid«, stammelte sie, aus der Fassung gebracht.

»Miß Sullivan, hat Ihnen Richter Sullivan das Geld angeboten, bevor oder nachdem er die Bilder gekauft hat?«

»Vorher.«

Als sie das Geld abgelehnt hatte, kaufte Fiske also ihre Bilder. Ich zählte zwei und zwei zusammen, leider ohne die Unterstützung meines Mandanten. »Hat er je ein Bild bei Ihnen in Auftrag gegeben?«

Sie antwortete nicht, sondern griff mit zittriger Hand nach ihrem Wasserbecher. Die Hände der Gerichtsstenographin schwebten abwartend über der Stenographiermaschine, deren unbeschriftete Tasten jedermann außer ihr ein Rätsel blieben. Im Raum wurde es sehr still, und Julicher blickte von seinen Notizen auf, als die Stille bis zu ihm durchdrang.

»Der Richter hat mir allerdings einen Auftrag für ein Bild gegeben«, antwortete Patricia schließlich. »Für ein Porträt.«

»Von wem?«

»Von Ihnen und dem Mann, mit dem Sie zusammenleben.«

Was? Mir blieb die Luft weg. »Das Bild war von mir?«

»Nach einem Foto, das auf den Bermudas aufgenommen worden war, hat der Richter, glaube ich, gesagt. Sie standen unter einem halbmondförmigen Tor.«

Paul und ich. Unsere erste gemeinsame Reise. Es war nach dem Abendessen, an unserem ersten Abend. Ein Mann aus Iowa hatte das Foto gemacht.

»Sie trugen ein weißes Kleid, es sah aus wie Seide«, fügte Patricia hinzu.

Paul hatte dieses Kleid sehr gemocht. Ich wettete mit ihm, daß er den Reißverschluß nicht mit den Zähnen öffnen könnte. Dann hat er es gemacht.

»Ich glaube, das Porträt war als Geburtstagsüberraschung gedacht.«

Ich erinnerte mich, wie Paul aus seinem Jackett geschlüpft war und dann sein Smokinghemd aufgeknöpft hatte. *Warum ziehst du dich selbst aus?* hatte ich ihn gefragt. *Weil ich es schneller kann,* hatte er lachend geantwortet.

Im Besprechungszimmer erklang Gelächter. »Erde an Rita«, sagte Julicher mit einem dämlichen Grinsen, und ich kämpfte um Haltung.

»Miß Sullivan, wo befindet sich dieses Bild jetzt?«

Julicher beugte sich vor. »Und worin besteht jetzt *dabei* die Relevanz?«

In nichts, aber ich wollte es wissen. »Miß Sullivan, wo ist das Bild jetzt?«

Julicher legte in übertriebener Manier eine Hand auf den Arm seiner Mandantin. »Einspruch! Bei dieser Frage muß sie spekulieren. Es ist absolut irrelevant für dieses Verfahren!«

»Haben Sie das Bild behalten, Miß Sullivan?« fragte ich lauter. Wenn ihr eigener Rechtsanwalt sie einschüchtern konnte, konnte ich das auch.

»Ich ... weiß es nicht«, sagte Patricia. Ihre zarte Haut färbte sich rosa, ihre Stimme klang schrecklich nervös. »Stan?«

»Einspruch!« schrie Julicher und schlug so heftig auf den Tisch, daß Patricia zusammenzuckte. »Sie bringen die Zeugin durcheinander!«

Zeit für ein Contra. »Das ist erst der Anfang, Stan. Sie verklagt meinen Mandanten auf ein Vermögen. Es wäre gut gewesen, ihr vorher klarzumachen, was das bedeutet.«

Julicher sah wütend aus. »Das bedeutet nicht, daß sie diesen Mist schlucken muß!«

»Tut mir leid, Kumpel. Aber genau das bedeutet es!« feuerte ich zurück. Da hörte ich ein Wimmern. Es war Patricia. In ihren Augen standen Tränen, und sie suchte in der Tasche ihrer Jacke nach einem Kleenex. Du lieber Himmel. Diese Frau war entweder ein wahrer Engel oder eine perfekte Schauspielerin. Während sie ihre Augen betupfte, beschloß ich, zurückzuschalten. Ich hatte meinen Punkt gemacht.

»Tut mir leid«, sagte sie heiser. »Ich wußte nicht ...«

»Schon gut, Miß Sullivan. Kehren wir zur Klage zurück«, sagte ich und ging mit ihr die einzelnen Punkte ihrer Aussage durch. Sie beruhigte sich. Die Zeugenvernehmung verlief ohne weiteren Zwischenfall, weil sich alle wieder beruhigt hatten, und meine Gedanken wanderten.

Patricia und Fiske waren also ein Liebespaar gewesen, auch wenn keiner von beiden vor Gericht die Wahrheit eingestehen würde. Mein Problem bestand darin, daß ich einen Fall gewinnen mußte, und der beste Weg dazu wäre der Beweis, daß sie eine Affäre miteinander hatten. Aber das würde Fiske nie zulassen. Denn dann würde man ihm nahelegen, sein Richteramt niederzulegen, und Kate würde es umbringen. Ich hatte mir ein wertloses Blatt eingehandelt, konnte es aber nicht ablegen.

Ich dachte darüber nach, wie ich Fiske vielleicht überzeugen könnte, sich auf einen Vergleich einzulassen. Ich fragte mich, warum ich diesen verdammten Fall überhaupt angenommen hatte. Und später, während ich Patricia meine letzten Fragen stellte, dachte ich an das weiße Kleid, das Paul so geliebt hatte.

Vorbei.

– 5 –

Ich ignorierte den Stoß gelber Zettel auf meinem Schreibtisch, den Stapel Briefe, der auf Unterschrift wartete, und die Morgenpost, die immer noch in steifen Umschlägen steckte. Patricias Vernehmung hatte den ganzen Tag gedauert, und ich hatte tausend Dinge zu tun, aber als allererster Punkt auf der Tagesordnung stand ein Anruf bei meinem Lieblingsrichter – meinem vom Präsidenten berufenen, ehebrecherischen, verlogenen, hinterlistigen Mandanten, der mich manipuliert und in seinen Schlamassel hineingezogen hatte. Alle Welt haßt Rechtsanwälte, aber niemand registriert, daß es sich bei Richtern lediglich um aufgestiegene Rechtsanwälte handelt. Denken Sie mal darüber nach.

»Rita, wie geht es dir?« fragte Fiske seelenruhig, nachdem er den Hörer abgenommen hatte.

Beschissen. »Gut. Hör mal, wir müssen miteinander reden.«

»Alles gutgegangen?«

»Für eine Schlägerei, ja.«

»Was ist denn passiert?«

»Ihr Rechtsanwalt ist ein Scheißkerl, und sie ist eine Lügnerin. Der ganze Prozeß ist eine einzige Heuchelei.«

»Ich habe dir gesagt, daß sie die ganze Geschichte nur erfunden hat.«

Wie drückt man gewisse Dinge höflich aus? »Nicht direkt. Du bist mir auch nicht gerade entgegengekommen, Fiske.«

Mit anderen Worten, du hast das Blaue vom Himmel heruntergelogen.
»Was meinst du damit?«
Wo anfangen. »Patricia hat über die Malutensilien gesprochen, die du ihr gekauft hast, und von den Blumen, die du ihr geschickt hast. Es waren Spinnenchrysanthemen.«
»Oh?«
»Ich kenne also die Wahrheit.«
Er zögerte. »Verstehe.«
Fast hätte ich gelacht. Also so reagierten Amerikas angelsächsische Protestanten auf Neuigkeiten, die bei Italienern eine Explosion auslösen würden. »Ich kann dich in diesem Fall nicht verteidigen, wenn ich nicht die Wahrheit sagen darf.«
»Das ist keine Alternative.«
»Du bist Richter, Fiske. Die Wahrheit sollte zumindest *eine* Alternative sein.«
Am anderen Ende der Leitung herrschte Schweigen.
»Tut mir leid«, sagte ich, ohne es zu meinen.
»Habe verstanden. Aber die Verteidigung auf dieser Grundlage ist unmöglich, Rita. Dabei käme in jedem Fall ein Pyrrhussieg heraus. Ich muß an meinen Ruf denken, an meine Karriere als Jurist und an meine Ehe.« Er klang angespannt, aber aufrichtiger als bisher. Endlich bekannte er Farbe.
»Dann lautet mein Rat, einen Vergleich vorzuschlagen. Sie wird sich darauf einlassen, denn sie hat nicht die Nerven für einen Prozeß. Sie weinte sogar schon bei der Vernehmung.«
»Wirklich?« fragte er mit scheinbar bedauernder Stimme.
Gib mir eine Chance. »Laß dich auf einen Vergleich ein. Ich wette, Julicher ruft morgen an und macht ein Angebot, und wenn nicht, rufe ich ihn an und fühle ihm auf den Zahn. Er kann nicht hundertprozentig sicher sein, daß wir die Affäre

nicht groß herausstellen, und wenn wir das tun, verliert er den Fall. Und sein Erfolgshonorar.«

»Nein. Keinen Vergleich. Kommt nicht in Frage. Das käme einem Geständnis gleich.«

Ich rieb mir die Stirn. »Nein, überhaupt nicht. Du würdest damit gar nichts zugeben. Du wärst den Fall los und das Mädchen.«

»Nein.«

»Du bringst mich in eine unmögliche Situation, Fiske. Das ist die einzige Lösung.«

»Da bin ich anderer Ansicht. Ich werde eine bessere Lösung finden.«

Scheißkerl. »Hör mal, wir müssen das später besprechen, unter vier Augen.« Damit ich dir einen Schlag auf den Kopf verpassen kann.

»Gewiß. Kate und ich gehen heute abend essen. Ich glaube, Paul schließt sich uns an, aber du kommst wohl nicht, richtig?«

»Richtig.« Ich hatte was Besseres zu tun. Bei meiner miesen Laune erschien es mir sogar sinnvoller, mich am Hintern zu kratzen.

»Na gut. Ich werde gegen zehn zu Hause sein. Wir können oben in meinem Arbeitszimmer miteinander plaudern.«

Plaudern? »Gut.«

»Bis dann«, sagte er und hängte ein.

Fast unmittelbar nach diesem Gespräch rief Paul an, er klang besorgter wegen Fiske als Fiske. Er telefonierte aus seinem Wagen, den er als sein eigentliches Büro zu bezeichnen pflegte. »Sie nageln meinen Vater öffentlich ans Kreuz, wußtest du das?«, fragte er wütend. »Ich habe es eben im Radio gehört. Sie versuchen, an die Abschriften der Zeugenvernehmung heranzukommen.«

»Keine Panik, die sind unter Verschluß.« Ein leicht durchzusetzender Beschluß, ein Richter schützt den anderen. »Da kommen sie nicht ran.«
»Was hat sie gesagt? Wie rechtfertigt sie das, was sie tut?«
Darüber konnte ich nicht mit ihm sprechen. Nicht jetzt, vielleicht nie. »Gar nicht, ehrlich. Wie lief das mit der Garage da?«
»Du willst mit mir über eine Tiefgarage sprechen an einem Tag wie heute? Kam bei ihrer Vernehmung denn nichts Interessantes heraus?«
»Doch, aber erzähl mir lieber, was mit dieser Garage los war. Wir beide haben auch noch ein Privatleben, oder?«
Ha.
»Durch die Asphaltdecke über der Garage ist Salz eingedrungen und hat die darunterliegende Folie beschädigt. Darum hat sie geleckt.«
»Du hattest also recht.«
»So was passiert. Rita, erzähl mir kurz das Wichtigste. Wie verlief die Vernehmung?« Im Telefon knisterte es, das brachte mich auf eine Idee.
»Wir können jetzt nicht darüber reden, nicht über das Autotelefon. Das ist nicht sicher. Da kann jeder mithören.«
»Richtig. Verdammt. Ich habe mit Mom gesprochen, sie ist ganz schön durcheinander.«
Da könnte ich wetten. Wie nennt man das, wenn man einer Frau Hörner aufsetzt? Oder war das so unbedeutend, daß es dafür keine spezielle Bezeichnung gab?
»Vor dem Haus drängten sich die Reporter«, rief er, die atmosphärischen Störungen übertönend. »Sie sind im Garten herumgetrampelt, deshalb hat sie eine Stinkwut.«
Sie wird noch weit mehr Ungemach erdulden müssen als die Begonien. »Wo bist du überhaupt?«

»Ein paar Besorgungen machen. Wann sehe ich dich? Um sieben? Im Restaurant?« Seine Hupe quäkte. »Fahr schon vorbei, du Trottel!«

»Ich gehe nicht mit zum Essen. Es ist Dienstag, hast du das vergessen? Pokerabend.«

»Was? Du gehst heute abend *Kartenspielen*?«

Da haben wir's. »Ich bin gegen zehn Uhr bei deinen Eltern.«

»Das ist unglaublich! Du gehst Karten spielen! Dad wird mit Anrufen von den Zeitungen bombardiert, sogar von AP hat jemand angerufen. Der Teufel ist los, Rita!«

Wenn der Teufel los ist, spielt man am besten Karten. Das verschafft einen klaren Kopf. »Ich sehe dich dann zu Hause.«

»Rita, das ist doch wohl ein Scherz! Scheiße!« schimpfte er, aber ich wußte nicht, ob das auf mich oder auf den Verkehr gemünzt war. »Hör mal, bist du immer noch sauer wegen gestern abend? Falls ja, können wir darüber reden. Ich möchte mit dir darüber reden.«

Ich nicht mit dir.

»Du warst so still heute morgen.«

»Alles bestens. Ich muß jetzt weg.«

»Klar. In Ordnung«, sagte er. Nicht überzeugt. Verletzt.

Nicht zu ändern. Ich wimmelte ihn eilig ab und reagierte nicht auf seinen Abschiedsgruß: »Ich liebe dich.«

Ich wußte nicht, was ich sagen sollte.

Wir fünf – ich, mein Vater, Onkel Sal, Herman Meyer und Cam Lopo – saßen um den Kunststofftisch in der stickigen, engen Küche meines Vaters und warteten auf eine beschlußfähige Spielerzahl. Sieben sind für ein Pokerspiel am besten, aber soviel bekamen wir nie zusammen. Das

Durchschnittsalter unserer Gruppe lag bei zweiundsiebzig, deshalb war immer der eine oder andere Spieler im Krankenhaus. Trotzdem wurde auf das Spiel am Dienstagabend nicht verzichtet. Nur die Prostata könnte uns ein für allemal davon abhalten.

»Also, wo steckt er? Er kommt schon wieder zu spät«, maulte Herman. Herman Meyer, ein koscherer Fleischer, war für sein Alter von neunundsechzig noch gut in Schuß und kerngesund und hatte volle graue Haare. Herman war verrückt nach Poker, er sammelte sogar Spielmarken. Wie gewöhnlich drängte er darauf, endlich anzufangen. »Was ist bloß los mit dem Jungen, kann er nicht pünktlich sein?«

Herman sprach von David Moscow, einem jungen Werbetexter, der sich unserer Runde gerne als Vollmitglied anschließen wollte. David war schwul, aber die betagten Männer waren über das Alter hinaus, in dem solche Dinge eine Rolle spielten. Es störte sie nur, daß David zu spät kam. »Er wird bald da sein«, sagte ich und mischte die Karten. »Warten wir noch ein bißchen.«

Mein Vater, am Kopfende des kleinen Tisches sitzend, fummelte mit ein paar Plastikchips herum. »Was macht es für einen Unterschied, ob David ein bißchen zu spät kommt? Mickey kommt auch zu spät.«

Herman machte ein finsteres Gesicht. »Mickey hat einen Termin beim Arzt, er hat uns vorher gesagt, daß er später kommt. Aber dieser Junge kommt andauernd zu spät und sagt nie Bescheid.«

»Dann macht es doch keinen Unterschied, dann ist das so, als ob er uns Bescheid sagen würde«, erwiderte mein Vater. An seiner braunen Bierflasche lief Kondenswasser herab. »Es ist das gleiche.«

Herman schüttelte den Kopf. »Nein. Er will in unsere

Runde rein, dann soll er auch dasein. Was ist daran so schwer? Er wohnt gerade mal eine Straße weiter.«

»Entspann dich, Herman«, sagte der Mann neben ihm, Camille Lopo. »Draußen regnet's. Alle kommen zu spät, wenn's regnet. Reg dich nicht auf!« Cam hatte bei einem Unfall in einer Maschinenhalle einen Arm verloren und sagte immer, seitdem könne ihn nichts mehr erschüttern. Er war siebzig, groß und hager, und sein Gesicht war von Aknenarben aus seiner Teenagerzeit gezeichnet. Aber ein sympathisches Lächeln milderte die derben Züge, und er würde Ihnen voller Stolz erzählen, daß er noch alle seine eigenen Zähne hat.

»Ich kann da nicht einfach drüber weggehen.« Herman gab keine Ruhe. »Auf diesen Jungen ist kein Verlaß. Wenn er für mich arbeiten würde, hätte ich ihn längst gefeuert.«

Cam lehnte sich auf seinem Stuhl zurück. »Warst du am vergangenen Wochenende bei dieser Verkaufsausstellung, du weißt schon, wegen der Pokerchips?«

Herman nickte. »Ja, aber da gibt's nicht nur Pokerchips. Auch Casinochips und Dealers' Chips. Auch Marker. Das ist alles was anderes.«

Cam lächelte. »Oh, verstehe. Sehr kompliziert.«

»Ja, allerdings, und um deine Frage zu beantworten, ich habe ein paar schöne Marken erstanden.« Herman drehte sich zur Vordertür, so daß ich die auf seine Yarmulke gemalte Casinomarke sehen konnte. Es handelte sich um einen grauen Chip, auf dessen äußerem Rand in fröhlichen roten Buchstaben CLUB BINGO stand. Als ich Herman einmal fragte, ob dies kein Sakrileg sei, meinte er, das käme auf die Religion an. »Wo, zum Teufel, bleibt dieser verfluchte Bengel?«

»David kann nichts dafür, daß er zu spät kommt«, sagte Onkel Sal. »Sie beuten ihn aus, weil er noch jung ist. Er wird ausgenutzt.« Sal war kleiner und schmächtiger als mein Vater, trug aber die gleiche Bifokalbrille. Er hatte dünne Unterarme, seine Ellenbogen ragten wie blasse Astknorren aus dem kurzärmeligen Hemd, und sein Hals war so mager wie der eines jungen Vogels. Sal hatte nie geheiratet, er war so etwas wie der ewige kleine Bruder.

»Was für Marken hast du gekauft, Herm?« erkundigte sich Cam.

»Ich habe ein paar schöne erwischt. Eine aus Perlmutt, eine wirklich hübsche in Lila, und eine neue aus Elfenbein habe ich gekauft. Mit feinen Schnitzereien.«

»Ist da so was wie ein Schiff drauf?«

»Ne, in der Mitte ist ein Fleurs de lis.«

»Was für'n Ding?« fragte Sal.

Herman verdrehte die Augen. »Das ist ein Muster, Sal. Ein französisches Muster. Von 1870, also dein Jahrgang.«

Mein Vater lachte. »Wieviel hast du für diese französische Marke bezahlt, Herman?«

»Geht dich das was an?«

Mein Vater lächelte. »Sie plündern dich aus bis aufs Hemd, das weißt du.« Die Plastikchips, mit denen er herumgespielt hatte, fielen klappernd auf den Tisch, ein Geräusch, an das ich mich aus meiner Kindheit erinnerte, wenn ich mich in dem winzigen, nach hinten liegenden Schlafzimmer schlafen legte. Sie ließen mich erst mitspielen, als ich dreizehn war und nachdem ich meine Pflichten – Bier und Pepperoni holen – erfüllt hatte.

»Das ist eine Geldanlage«, erklärte Herman. »Das sind Antiquitäten.«

»Ha! Gebraucht sind die.«

Ich warf eine Karte nach meinem Vater, sie segelte wie ein Kreisel über den Tisch. »Dad, bleib fair. Er hat ein Hobby. Hast du auch ein Hobby?«

»Ja, ich lese die Nachrufe, das ist mein Hobby. Ich trinke Kaffee, das ist noch ein Hobby von mir. Hast du das von Lou gehört, Miß Grün?«

»Lou wer?«

»Terazzi, aus der Daly Street. Bekam mitten im Essen einen Herzanfall. Er starb, bevor er die Spaghetti runter hatte.«

»Du bist ein Dichter, Dad.«

Cam schüttelte den Kopf.

»Im Ernst«, sagte Herman überrascht. »Lou, ha?«

Onkel Sal betupfte seine knochige Stirn mit einem Papiertaschentuch. »Heiß hier drin. Die Karten werden langsam klebrig. Ich hasse das, wenn die Karten klebrig sind.«

»Heute abend meckert aber auch jeder«, bemerkte mein Vater.

Cam stand auf und holte eine Reynolds-Wrap-Schachtel aus der Schublade. Er hatte nicht vor, irgend etwas einzuwickeln, er benutzte sie vielmehr als Kartenhalter, indem er die Karten in den Schlitz hinter dem Metallstreifen steckte.

»Hört auf mit eurem Gemecker. Ihr regt Vito auf.«

Sal betrachtete kritisch prüfend seine arthritischen Finger. »Ich meckere nicht, ich sage ja nur: Wir sollten uns eine Klimaanlage anschaffen.«

Herman rieb sein das T-Shirt ausbuchtende Bäuchlein. »Vito Morrone und eine Klimaanlage? Das kostet Geld.«

»Ha! Ich gebe Geld aus, ich gebe viel Geld aus. Ich mag nur keine Klimaanlage. Mir ist noch lange genug kalt, wenn ich tot bin.«

»Es liegt an der Feuchtigkeit«, sagte Onkel Sal friedlich. »Die Feuchtigkeit macht die Karten klebrig.«

Mein Vater warf ihm einen finsteren Blick zu. »Das kommt davon, weil wir die Fenster geschlossen haben, deshalb fehlt der Durchzug. Sonst haben wir immer Durchzug. Also hör auf zu jammern, Sallie.«

»Ich hab' ja nur gesagt, es ist feucht, finde ich, weiter nichts.«

Cam setzte sich wieder an seinen Platz. »Hört auf zu streiten, ihr beide. Wir kommen gut ohne Klimaanlage klar. So heiß ist es auch wieder nicht, hört einfach auf, darüber zu reden. Und wie läuft das Fleischgeschäft, Herm?«

»Mies. Könnte nicht schlechter sein. Früher gab es in dieser Stadt vierhundert koschere Fleischer. Jetzt sind es gerade noch eine Handvoll. Eine Handvoll.«

»Es müssen mehr Juden gezeugt werden«, sagte Cam.

Herman lachte. »Mich brauchst du nicht anzusehen, ich habe meinen Teil dazu beigetragen.« Er hatte drei Töchter, die er heiß und innig liebte. Die mittlere, Mindy, hatte seine Yarmulke bemalt. Ich lernte sie bei der Beschneidung ihres Sohnes kennen und traf sie später bei einem Sorgerechtsprozeß für ebendieses Kind wieder. Sie war eine clevere Brünette, so klug und munter, daß sie es mit ihrem Rechtsanwaltsgatten aufnehmen konnte und den Prozeß gewann.

»Wie geht's Mindy und dem Baby?« erkundigte ich mich.

»Gut, wirklich gut. Und sie verdient anständig mit der Gerichtsstenographiererei. Wirklich anständig, Rita.«

»Wunderbar. Sag ihr, sie soll mir noch ein paar von ihren Geschäftskarten zukommen lassen. Also, was spielen wir? Sieben Karten? Kein Hoch-Tief?«

Herman und Cam nickten, aber mein Vater mäkelte: »Dauernd willst du das spielen.«

»Verklag mich. Mindy wird die Abschriften machen.«

»Gut, Stud-Poker, sieben Karten«, bekräftigte Cam. Er war der beste Spieler am Tisch; er sagte oft, er würde uns noch schlagen, wenn man ihm die eine Hand hinten auf den Rücken bindet. »Wenn meine Rita das spielen möchte, dann wird das gespielt.«

»Danke, edler Ritter«, sagte ich, und er grinste.

Stud-Poker mit sieben Karten war mein Spiel. Vier Karten werden mit der Bildseite nach oben ausgegeben, drei mit der Bildseite nach unten. Das war kniffliger, als keine der Karten zu kennen. Phantasie, Spekulation und Angst gehörten dazu, um die Lücken zu füllen, und die Kunst bestand darin, die eigenen Illusionen und die Realität ins richtige Verhältnis zu setzen. Sobald ich mich von allem anderen losgelöst hatte, war ich an diesem Tisch zu Hause mit Cams Armstumpf, Hermans Spielmarken und Sals Gejammere. Ich war froh, daß ich gekommen war.

Unten an der Tür klingelte es. »Das ist David«, bemerkte Onkel Sal.

»Nein so was, ich dachte, es wär' der Weihnachtsmann«, brummte mein Vater. Er stand auf und ging die Treppe hinunter.

Herman schnaubte. »Laß ihn im Regen stehen. Ich habe nicht vor, das jede Woche mitzumachen.«

»Er wird ausgenutzt«, sagte Sal noch einmal.

Gleich darauf hörte ich meinen Vater zusammen mit David die knarrenden Stufen heraufsteigen, dann ein *klirr*, als David seinen Schirm in die Blechkanne neben der Wohnungstür stellte. Ich wußte, mein Vater ließ ihn gern aus dem Regen herein, ich erinnerte mich, wie er das gleiche für mich als Kind getan hatte. Meine roten Stiefel aufgeknöpft, die Gummischlaufe um den Knopf knallend geöffnet, dann meine feuchten Socken ausgezogen. Die legte er auf die Heizung im Wohnzimmer, wo sie zu wolligen Gebilden trockneten, die mit der Furche in der Mitte und ihrer gebogenen Form an einen gekrümmten Rücken erinnerten.

»Tut mir leid, daß ich zu spät komme«, sagte David im Hereinkommen. Sein Polohemd und die formlose Sportjacke sahen ziemlich feucht aus. Er schaute mich überrascht an. »Was machst du hier?«

»Darauf warten, daß ich in ein paar runzlige Hintern treten kann.«

Cam lachte. »Ah ja?«

»Ha!« protestierte mein Vater. »Ich habe einen Popo wie ein Baby.«

David sah mich unverwandt an. »Ich dachte, wegen des Falles mit der Belästigung wärst du ...«

»Ich habe mir den Abend freigenommen.«

»Gerade habe ich das von der Frau gehört, der Klägerin.«

»Setz dich, Junge«, sagte Herman. »Ich warte, daß es endlich losgeht.«

»Was hast du gehört?« fragte ich. »Daß sie Pfadfinderin war, eine am Beginn ihrer Karriere stehende, berühmte Malerin, oder ...«

»Du weißt es nicht?« David zog den Kunststoffstuhl unter dem Tisch hervor.

»Was weiß ich nicht?«

»Sie ist tot.«

»*Tot?*« sagte ich verblüfft. »Wer?«

»Sie ist umgebracht worden. Ich habe es im Autoradio gehört.«

»Patricia Sullivan, ermordet?«

David strich sich die regennassen Ponyfransen aus der Stirn. »Anscheinend hat ihr jemand die Kehle durchgeschnitten. Man hat sie zu Hause gefunden.«

Es schien unmöglich. Patricia tot? Der Blick meines Vaters

traf meinen. Die Besorgnis in seinen Augen setzte mir fast ebenso zu wie das, was ich eben gehörte hatte. »Ich muß weg«, sagte ich und spürte eine warme Hand auf meiner. Es war Cam. »Alles in Ordnung, Rita?«

Ich hätte ihm gerne geantwortet, aber zum zweitenmal an diesem Tag hatte ich keine Ahnung, was ich sagen sollte.

– 6 –

Vielleicht lag es daran, daß ich gerade vom Pokern kam, aber als ich die Hamiltons vor mir sah, erinnerten sie mich schlagartig an König, Dame, Bube. Allesamt Bildkarten, satt und privilegiert, saßen sie behaglich in einer Ecke des exklusiven Restaurants in der Innenstadt. Überrascht hoben sie die Köpfe, als ich mich zu ihrem Tisch durchschlängelte. Aus ihrer Reaktion schloß ich, daß sie noch nichts von dem Mord an Patricia gehört hatten. Die Nachrichten hatten die Stadt in Spannung versetzt, aber niemals würde das Personal die Hamiltons beim Hauptgericht stören. Das war mein Job.

»Liebling!« sagte Paul. Er und sein Vater erhoben sich wie auf Kommando. »Schön, daß du da bist. Hast du früher mit Spielen aufgehört?«

Machst du Witze? Das Spiel fängt gerade erst an.

»Hallo, Rita«, begrüßte mich Kate herzlich. Trotz der Falten, die die Sonne hineingebrannt hatte, hatte sie ein schönes Gesicht mit hohen Wangenknochen und einem fast maskulinen Kinn. Die silbern glänzenden Haare fielen weich auf ihre Schultern, und ihre weit auseinanderstehenden Augen unter den dunklen Augenbrauen hatten eine ungewöhnliche Grauschattierung. Eine Halbbrille aus Schildpatt an einer stilisierten Lorgnette hing um ihren Hals, damit sie die Speisekarte lesen konnte. Alles so or-

dentlich, aber im Begriff, in Unordnung zu geraten. Sie tat mir sehr leid.
»Möchtest du dich nicht zu uns setzen?« fragte Fiske. Er stand immer noch neben dem Stuhl in seinem dunklen Anzug, die Serviette in der Hand. Paul ebenso. Ich setzte mich, erst dann nahmen auch die Männer wieder Platz. »Was möchtest du essen, Rita? Der Lammbug war köstlich, aber wir bestellen dir gerne eine Gemüseplatte.«
»Nichts.«
»Unsinn«, widersprach Fiske. »Wir bestellen das Dessert, während du beim Hauptgang bist.«
»Nein, vielen Dank.«
»Du willst gar nichts essen?« fragte Kate.
»Du bist also früher vom Pokern weggegangen«, sagte Paul noch einmal, für ihn war es anscheinend ein Liebesbeweis. Ich unterstützte ihn nicht in dieser Ansicht. »Ich habe es nicht gerne getan.«
Fiske lächelte. »Ich hoffe, du hast nicht verloren. Ich sagte zu Paul, ich setze jederzeit auf dich.«
Ha. Er schien sich der Ironie nur undeutlich bewußt. Ich sah ihm einen Augenblick lang direkt ins Gesicht. Auf seiner Stirn zeigte sich nicht der geringste Anflug von Sorgen, und die blauen Augen unter den grau werdenden Augenbrauen blickten gelassen. Er hatte ein großflächiges, ebenmäßiges und deshalb ansprechendes Gesicht. Aber es lag keine Wärme darin, nur sein Mienenspiel wechselte von Zeit zu Zeit. Sein Auftreten war perfekt für einen Richter, für einen Menschen konnte es nicht schlimmer sein. Ohne genau zu wissen, warum, verspürte ich den Wunsch, diese Fassade zum Einsturz zu bringen.
Ich sagte rundheraus: »Patricia Sullivan wurde heute abend ermordet.«

Kate schlug die Hand vor den Mund. Fiske blinzelte einmal, dann noch einmal. »Du meine Güte«, sagte er. »Bist du sicher?«
Was war das wieder für eine Frage? »Selbstverständlich. Die Nachrichten von KYW sind sicher. Channel Six ist sicher. Channel Three und Channel Ten vermutlich auch, aber die kriege ich im Autoradio nicht rein. Man hat ihr die Kehle durchgeschnitten. Die Polizei hält ein Jagdmesser für die Tatwaffe, aber bis jetzt wurde es noch nicht gefunden.«
»Ich verstehe nicht«, sagte Paul und lehnte sich in seinem Windsor-Stuhl zurück.
Ich begann es selbst gerade erst zu verstehen. Fiske hatte mich angelogen, er hatte mich mitten in etwas Furchtbares hineingeritten. »Im Radio hieß es, ihr Schmuck und ihre Wertsachen seien nicht angerührt worden. Raub war folglich nicht das Motiv.«
»O Gott«, sagte Kate. Sie sah sich im Speisesaal um. Ich konnte ihre Gedanken lesen: Wissen es schon alle? Weiß es irgend jemand?
»Wurde gesagt, wann es passiert ist?« fragte Paul.
»Ungefähr gegen sechs, glaubt die Polizei. Vor dem Haus warten bestimmt Reporter auf uns, deshalb fände ich es gut, wenn wir zusammen nach Hause gehen. Die Presse weiß offensichtlich nicht, daß ihr hier seid, oder?«
»Ich bin zuerst zum Club gefahren, dort bin ich durch den Hinterausgang wieder raus«, berichtete Kate.
»Gut.« Ein hübscher Trick mit einem schwarzen Jaguar, der Fiskes Wagen fast aufs Haar glich. Beide fuhren ihren eigenen Sovereign, der einzige Unterschied zwischen den beiden Wagen bestand darin, daß Fiske, der Anglophile, seinen Jaguar direkt aus England importiert hat. »Fiske, würdest du

kurz mit mir wegfahren? Paul und Kate sollten hierbleiben, bis wir zurück sind.«

»Warum?« fragte Paul. Auch Kate machte ein erstauntes Gesicht.

»Es ist wichtig«, drängte ich, aber Fiske hatte bereits seine Serviette vom Schoß genommen und sich erhoben.

»Rita und ich müssen miteinander sprechen, Paul. Das ist ein gefundenes Fressen für die Presse. Wir müssen irgendeine Erklärung abgeben. Was meinst du, Rita?«

Ein geübter Lügner. »Ich sehe es auch so. Kate, ich muß ihn mir für zwanzig Minuten ausborgen.«

»Ich glaube, dann bestellen wir jetzt das Dessert«, meinte Kate unsicher, Paul runzelte die Stirn.

»Essen? Jetzt? Ich kann doch nicht in aller Seelenruhe hier sitzen und essen, als wäre nichts passiert.«

Fiske trat vom Tisch zurück und legte eine Hand auf Pauls Schulter. »Du hilfst mir jetzt am meisten, wenn du bei deiner Mutter bleibst.« Er winkte einen jungen Kellner an den Tisch.

»Ja, Richter Hamilton?« fragte der Kellner und warf mit einer ruckartigen Kopfbewegung seine Ponyfransen aus den Augen. Er trug ein enges Lederband um den Hals, und das erinnerte mich fatal daran, wie Patricia umgebracht worden war. Einer der Reporter sagte, man habe sie fast enthauptet.

»Meine Frau und mein Sohn hätten gerne noch Kaffee. Und Dessert.«

Ich beobachtete Fiske. Er wirkte völlig gefaßt, und ich ertappte mich bei der Frage, wann er wohl heute sein Büro verlassen hatte. Patricias Haus lag auf seinem Heimweg; er wohnte nur fünfzehn Minuten von ihr entfernt. Und Fiske wußte, wie man mit einem Jagdmesser umging. Er hatte seiner ganzen Familie das Jagen beigebracht und machte sogar Jagdurlaub in Texas.

»Bei der zweiten Tasse sind wir wieder zurück, Liebes«, beteuerte Fiske. Er beugte sich vor und gab Kate einen trokkenen Kuß auf die Wange. Ihre Hand griff nach seiner, und er drückte sie.

Meine Gedanken überschlugen sich. Fiske hatte ein einleuchtendes Motiv. Patricia und ihre Klage drohten ihn bloßzustellen, seine Karriere und sein Privatleben zu ruinieren. Und er wußte, daß die Affäre publik werden könnte. Ich selbst hatte ihm bei unserem Telefonat im Anschluß an Patricias Zeugenvernehmung geraten, die Verteidigung auf dieser Basis aufzubauen. Darauf hatte er geantwortet, er werde eine bessere Lösung finden. Mich überlief es eiskalt, und das lag keineswegs an meinen feuchten Kleidern.

»Gehen wir, Rita?« fragte Fiske.

»Wir nehmen meinen Wagen«, erklärte ich genau in dem Moment, in dem ich mir gestattete, das Undenkbare zu denken: Hatte Fiske Patricia umgebracht? Könnte es sein, daß er tatsächlich überzeugt war, damit sein Problem zu lösen? Wir verließen das Restaurant und rannten durch den Regen zu meinem roten BMW 325. Wir sprangen hinein, und ich bedachte Fiske mit einem kalten Blick.

»Fiske«, sagte ich, während ich den Zündschlüssel drehte, »du nimmst diese Neuigkeit reichlich gefaßt auf.«

»Für mich ist es keine Neuigkeit.«

»*Was?*«

Der Motor summte. Ich trat aufs Gaspedal, und der Wagen schoß aus dem Parkplatz.

– 7 –

Wir parkten auf einem Privatweg direkt neben dem Teich beim Haverford College. Bis auf die flackernden Gaslichter entlang des Weges herrschte Dunkelheit, und der Regen trommelte auf das straffe Stoffverdeck des Wagens. Bei dem Lärm konnte ich kaum einen klaren Gedanken fassen. Ich sprach mit dem Mann auch nicht gerade in wohlgesetzten Worten. »Was, zum Teufel, geht da vor, Fiske? Weih mich ein, ich stecke mittendrin.«

»Ich wußte, daß Patricia tot war. Sie mußte tot sein.«

»Hast du sie umgebracht?«

»Natürlich nicht. Wie kannst du mich das fragen?« Ich konnte sein Gesicht nicht sehen, aber an seinem Tonfall hörte ich, daß er erschüttert war.

»Wie könnte ich dich das nicht fragen?«

»Du verdächtigst *mich*?«

»Woher wußtest du, daß sie tot ist?«

Er wandte sich ab und sah aus dem Fenster durch die Regentropfen hinaus in die Nacht. »Ich könnte Patricia nie Schaden zufügen.«

»Du hattest eine Affäre mit ihr, stimmt's?«

»Ja. Es dauerte ungefähr sechs Monate.«

Es war also eine Liebesaffäre, und sie schrie sexuelle Belästigung. Warum? Eine verschmähte Frau? »Wie ging die Affäre zu Ende?«

»Sie hat Schluß gemacht.«
»*Sie?*«
Er beobachtete den Regen. »Ich hätte Kate nie verlassen, Patricia wußte das von Anfang an. Ich sagte es ihr. Deshalb machte sie eines Tages Schluß. Sie ist so. Eine Künstlerin. Impulsiv, unberechenbar. Leidenschaftlich.« Seine Stimme klang abwesend. »Es war das beste so. Ich hatte Kate.«
»Warum hast du mir kein Wort davon gesagt? Hast du gedacht, ich käme nicht dahinter? Ein Jurastudent im ersten Semester ...«
»Ist sie wirklich tot?«
»Patricia? Selbstverständlich.«
Ich merkte, wie er im Halbdunkel zusammenzuckte. »Es scheint mir unmöglich.«
Begreif's, Kumpel. »Es ist nicht nur möglich. Es ist passiert.«
»Ich sah den Krankenwagen, die Streifenwagen. Ich konnte es nicht glauben. Es waren so viele.« Langsam schüttelte er den Kopf.
»Welche Streifenwagen? Wo?«
»Draußen, auf dem Rasen.«
»Wo draußen?«
»Vor ihrem Garagenhaus.«
»Wann hast du Autos vor ihrem Haus gesehen?«
»Patricia hätte das gar nicht gefallen, direkt auf dem Rasen. Es war nicht notwendig.«
Ich berührte den feuchten Ärmel seines Trenchcoats. »Fiske, sieh mich an. Bist du gerade im Begriff, mir zu erzählen, daß du vor Patricias Garagenhaus gewesen bist?«
In einer Art Schock starrte er mir ins Gesicht. »Ich habe sie nicht umgebracht, Rita. Das mußt du mir glauben.«
Großer Gott. Regentropfen groß wie Kugeln hämmerten auf das Dach. Im Auto wurde es heiß, die Windschutzschei-

be beschlug. »Wann bist du zu dem Garagenhaus gegangen?«

»Ich hielt auf dem Heimweg dort an, nachdem wir beide miteinander telefoniert hatten. Nach der Zeugenvernehmung.«

»Warum bist du hingegangen?«

»Um Patricia davon zu überzeugen, die Klage zurückzuziehen. Unsere Affäre wäre herausgekommen, alles wäre herausgekommen. Es gab keine andere Möglichkeit, das war die einzige Lösung.«

Ich wich zurück, ließ seinen Arm los und blickte ihm in der Dunkelheit forschend ins Gesicht. »Und als sie sich weigerte, die Klage zurückzuziehen, hast du sie umgebracht?«

»Nein! Als ich hinkam, standen überall Polizeiautos. Die Nachbarn waren draußen. Ich wußte, es mußte etwas Schreckliches passiert sein. Ich bin weitergefahren.«

»Wo bist du hingefahren? Nach Hause?«

»Nein, nur so in der Gegend herum.«

»Wo?«

»Nur so herum. Ich weiß es nicht mehr genau. Ich bin nur gefahren und versuchte, dahinterzukommen, was mit Patricia passiert ist. Ich kam ein wenig zu spät zum Essen. Kate ist mit Paul in ihrem Wagen zu Samuels gefahren.«

Ich wußte nicht, was ich sagen sollte. Ich konnte das alles nicht schnell genug verarbeiten.

»Du weißt, daß ich es nicht getan habe, Rita.«

»Woher soll ich das wissen?«

»Weil du weißt, daß ich Patricia liebe. Geliebt habe. Das weißt nur du. Du weißt von den Spinnenchrysanthemen. Warum sollte ich sie umbringen, wenn ich sie geliebt habe?«

»Such dir eins von den Motiven aus, irgendeins.«

»Rede nicht so daher, Rita.«

Scheißkerl. »Weil sie die Affäre beendet hat.«

»Aber ich wußte, daß es einmal aufhören würde. Ich wußte, daß es nicht ewig dauert. Ich bin kein Kind mehr.«

»Weil sie versuchte, dich zu ruinieren.«

»Nein, das hat sie nicht.«

»Aber natürlich! Warum sonst hätte sie dich verklagen sollen?«

»Ich weiß es nicht. Sie ist ... war eine sehr komplizierte Frau.«

»O bitte.« Wann hören Männer endlich auf, manipulierende Frauen als *kompliziert* zu bezeichnen?

»Findest du das nicht? Du hast sie doch kennengelernt.«

»Patricia und ich waren nicht zusammen beim Essen, Fiske. Ich habe sie als Zeugin befragt, weil sie dich verklagt hat. Sie hat dafür gesorgt, daß dein Name und dein Foto in drei Staaten in jeder Zeitung veröffentlicht wurden. Denk realistisch. Patricia wurde ermordet, und es kann passieren, daß man dich verdächtigt. Du hast immerhin ein erstklassiges Motiv und ein absolut nicht wasserdichtes Alibi.«

»Hältst du mich für einen Verdächtigen?«

Hallo? Jemand zu Hause? »Ja. Wenn ich mich mit Strafsachen befassen würde, was ich aber nicht tue, würde ich sagen, für den Hauptverdächtigen. Du brauchst einen Strafverteidiger, Fiske. Du kennst bestimmt einige, die besten.«

»Du bist meine Rechtsanwältin.«

»Nicht mehr.«

Er sah zornig aus. »Du willst mich nicht mehr vertreten? Warum nicht?«

»Du hast mich angelogen, erstens.«

»Ich habe nicht gelogen. Ich habe nur nicht alles ... Ich dachte nicht, daß alles herauskommt. Es tut mir leid. Aber ich möchte, daß du mich vertrittst.«

»Das ist nicht mein Fachgebiet. Ich hasse Strafrecht, das ist eine schmutzige Arbeit. Du brauchst Leslie Abraham, nicht Rita Morrone.«
»Aber ich will Rita Morrone.« Er drehte sich zu mir her. In dem ledernen Schalensitz wirkten seine Schultern massig. »Wir haben Zeit. Ich bin Richter, ein angesehenes Mitglied des juristischen Berufsstandes. Man wird mich nicht anklagen, sofern nicht hieb- und stichfeste Beweise gegen mich vorliegen.«
»Welche Beweise, wo du doch unschuldig bist?«
»Zufälligkeiten, Beweise, die du auch hast.«
»Du meinst die Malsachen, den Blumenhändler?«
»Ja.«
»Existieren Hotelrechnungen?«
»Wir waren nie in einem Hotel.«
Ist das Amtszimmer eines Richters besser? Es sind Ihre Steuergelder.
»Ich war ein- oder zweimal bei ihr zu Hause, abends«, fuhr er fort. »Aber sie war nie in meinem Haus. Unserem Haus.«
Ein toller Typ. »Wie sieht es mit den Telefonrechnungen aus?«
»Daraus sind keine Anrufe an sie ersichtlich, wir wohnen im gleichen Vorwahlbereich. Ich habe sie ohnehin nicht oft angerufen. Sie hat mich darum gebeten, und ich habe das respektiert. Sie mußte malen, wenn sie nicht gearbeitet hat.« Er zögerte kurz. »Aber heute habe ich sie angerufen, bevor ich das Büro verließ. Bevor ich hinfuhr.«
»Warum?«
»Um zu fragen, ob sie mich sehen möchte. Ich sagte ja bereits, ich respektierte ihre Unabhängigkeit.«
Wunderbar. »Dieser Anruf taucht auf der Rechnung auf, weil der Vorort eine andere Vorwahl hat.«

»Ja.«
»Das sieht nicht gut aus, Fiske. Ein Anruf, kurz bevor sie ermordet wurde.«
»Ich wußte doch nicht, daß sie ermordet wird! Wenn ich zu ihr gefahren wäre, um sie umzubringen, hätte ich dann vorher angerufen?«
Ich dachte darüber nach, und er offensichtlich auch, nur war er mir ungefähr zehn Schritte voraus. Fiske war Schachspieler von nationalem Rang. Er spielte auch per Post, das heißt, er verschickte Postkarten mit irgendwelchem Kauderwelsch wie Be3 und Bg7. Plötzlich machte es Klick, und mir wurde eiskalt. »Fiske, weißt du, was ich glaube? Ich glaube, du wußtest, daß genau das passieren würde.«
Er sah mich im Dunkeln an. »Ich wußte, daß Patricia ermordet werden würde?«
»Nein, du wußtest, daß ich hinter diese Affäre kommen würde.«
»Ich habe das nicht geplant.«
»Vielleicht nicht, aber es war unvermeidlich, nicht wahr? Niemand in der Familie weiß von diesem Verhältnis, oder?«
»Nein. Kate hegt nicht den geringsten Verdacht. Sie hält Patricia für eine Absahnerin.«
»Und Paul?«
»Hat selbstverständlich keine Ahnung.«
»Vor der Familie hast du die Sache also geheimgehalten. Aber du hast eine Anwältin engagiert, die der Familie sehr nahesteht. Du hast dich für eine Anwältin entschieden, die praktisch zur Familie gehört.«
»Nun ja.« Fiske schien sich seiner eigenen diesbezüglichen Gedanken nur undeutlich bewußt, aber ich glaubte das nicht eine Sekunde lang. Hatte mein Vater recht gehabt?
»Du hast mich beauftragt, weil du mich benutzen wolltest,

Fiske. Du hast mich damals benutzt, und du benutzt mich jetzt.«
»Das ist nicht wahr!«
»Warum mußte es dann ausgerechnet ich sein, die deine Affäre aufdeckt? Weil du dachtest, ich behalte es für mich?«
»Das hätte jeder andere Anwalt auch getan. Es handelt sich schließlich um eine vertrauliche Information.«
»Du dachtest, ich stünde loyal zu dir, egal was kommt. Sogar bis zu dem Punkt, wo es darum geht, im Zusammenhang mit einem Mord den Mund zu halten. Welchen anderen Rechtsanwalt hättest du darum bitten können?«
»Ich habe Patricia nicht umgebracht!«
»Warum dann ich?«
»Ich hätte nie gedacht, daß sich die Dinge so entwickeln, das versichere ich dir.«
Lügner. Betrüger. Schweinehund. Ich griff nach dem Zündschlüssel, aber Fiske packte mich am Unterarm.
»Warte. Vielleicht ... wollte es ein Teil von mir. Irgendwas in mir muß gewollt haben, daß du es erfährst. Damit es endlich kein Geheimnis mehr ist.«
»Scheiße. Drei-Groschen-Psychologie.« Ungeachtet seines festen Griffs, drehte ich den Zündschlüssel. »Du wolltest dein Leben verpfuschen? Deine Ehe kaputtmachen?«
»Ich ... glaube, es muß so gewesen sein«, sagte er mit gequälter Stimme. »Ja.«
Ich sah ihn an, der Motor dröhnte. Sein Gesicht war nur schemenhaft zu erkennen, und er gab keinen Laut von sich, aber ich hatte das Gefühl, er stünde kurz vor dem Weinen.
»Ich glaube ... ich *wollte* es Kate sagen«, fuhr er fort, fast so, als dächte er laut. »Ich wollte, daß sie es erfährt. Es ist einfach ... außer Kontrolle geraten. Ich liebte Patricia, Rita, und jemand hat sie umgebracht. Ich möchte wissen, wer.«

Es klang aufrichtig. Er schien zugleich entschlossen und verwirrt. Eine natürliche Reaktion angesichts der Umstände. Vielleicht war er unschuldig. Zu Unrecht angeklagt, oder jedenfalls kurz davor. Wenn ja, dann stand seine Welt aufgrund seines eigenen Verhaltens vor dem Zusammenbruch. Er sackte nach vorn und stützte den Kopf in die Hände. Ungewollt erinnerte er mich wieder an eine Bildkarte. Aber diesmal nicht an den Karokönig, sondern an den Herzkönig, den Selbstmordkönig. Fiske war entweder das oder ein kaltblütiger Mörder.

Warum waren Männer so verdammt *kompliziert*?

– 8 –

»Dazu haben sie kein Recht«, sagte Paul, während er wütend auf den Fernsehschirm starrte.

Ein schwarzer Reporter stand auf dem regennassen Plattenweg, der zur Eingangstür von Hamiltons riesigem Haus führte, einem zweigeschossigen Steinpalast im Tudorstil mit Fenstern mit rautenförmigen Scheiben, einer gewaltigen Bogentür und spitzen Türmchen auf beiden Seiten. Jeder Idiot konnte sehen, daß es sich bei diesem Anwesen um ein Minischloß handelte, und das war keineswegs vorteilhaft für die öffentliche Meinung.

»Das sind doch keine Nachrichten, das ist schiere Belästigung«, schimpfte Paul. Er war nackt bis auf das Handtuch um seine Hüften. Er hatte eine heiße Dusche genommen, aber es hatte ihn nicht im geringsten entspannt. »*Das* ist Belästigung!« Er zielte mit der Fernbedienung wie mit einer Waffe auf den Fernseher und drückte den Ton lauter.

Der Reporter schrie nun fast. »Wir haben versucht, Richter Hamilton zu erreichen, aber er steht für einen Kommentar nicht zur Verfügung.«

»Er schläft, du Arschloch!« brüllte Paul zurück. »Er soll wohl die ganze Nacht aufbleiben, bloß um mit dir zu reden?«

»Bleib ruhig, Paul«, sagte ich, aber ich wußte, dieser Fall brach wie ein Sturm über uns herein. Sämtliche Rundfunk- und Fernsehnachrichten brachten Meldungen darüber. Unser Anrufbeantworter hatte jede Menge Anrufe von der Presse aufgezeichnet sowie drei vom geschäftsführenden Partner meiner Firma. Dessen letzte Nachricht lautete, ich solle morgen früh als erstes in sein Büro kommen. Ich freute mich nicht gerade darauf.

»Sie bringen es noch mal«, polterte Paul. »Ist das nicht unglaublich? Das gleiche verdammte Band wieder und wieder. *Meine* Familie, um Gottes willen.«

Ich sah auf den Bildschirm, wo gerade der Film mit Paul, Fiske und Kate und mir anlief. In der eben gezeigten Szene marschierten wir unter Regenschirmen quer über den Rasen des Vorgartens. Wir hatten das Restaurant unter meiner Regie verlassen, und ich konnte nicht anders, ich mußte die Szene objektivieren. Fiske, vital und selbstbewußt, sah nicht die Spur nach einem Mörder aus, sondern agierte wie Blake Carrington mit überzeugend aufrichtiger Geschäftsmäßigkeit. Als die Reporter ihn vom Bürgersteig aus mit Fragen bombardierten, lehnte er jeden Kommentar mit einem Winken nach Windsor-Art und dem Lächeln eines Mehrheitsaktionärs ab.

»Wie Leute in ein Haus gehen, das sollen Nachrichten sein?« sagte Paul. »Ich geb's auf.« Er ließ sich auf das Fußende des Bettes fallen und stellte den Ton leiser. »Meine arme Mutter.«

Ich warf einen Blick auf Kates Bild, das eben über die Mattscheibe flimmerte, doch ich konnte seine Mutter nicht so sehen wie er. Kate sah in Großaufnahme keineswegs arm aus. Im Gegenteil, sie sah reich und hochmütig aus mit diesen Wangenknochen, die Hartkäse durchschneiden könnten. Genau der Typ Frau, den man mit seiner hübschen jungen Sekretärin betrügt, deren liebreizendes Bild mit vom Wind zerzausten Haaren als nächstes erschien. Ich

betrachtete Pauls Rücken, während er in den Fernseher starrte. Auf seinen Schultern glitzerten Wasserperlen, und unter dem Handtuch lugte die Trennlinie zwischen gebräunter und ungebräunter Haut hervor.
»Rita, sieh mal«, sagte er. »Da bist du wieder.«
Jetzt war ich an der Reihe. Braune Augen mit verschmiertem Lidstrich, eine kräftige Nase, die nach Puder schrie, Krähenfüße, die nur eine Operation bessern könnte, und eine Masse langer, dunkler Haare, die in der Feuchtigkeit nicht zu bändigen waren. »Wieder ein schlechtes Jahr für Haare.«
»Quatsch. Du bist schön.«
Scheiße. Ich beobachtete ihn, wie er mich auf dem Bildschirm beobachtete, wo ich gerade sagte: »Miß Sullivans Tod hat uns alle sehr getroffen. Unsere Gedanken weilen in dieser schweren Zeit bei ihrer Familie. Weiter kein Kommentar.«
»Du warst großartig«, sagte Paul zum Fernsehapparat. »Du warst wundervoll, Rita. Du mußtest aber auch wundervoll sein. Ohne dich hätten wir das nie geschafft.« Unvermittelt drehte er sich um, und ich wußte nicht, ob er mich dabei ertappte, wie ich auf die braunweiße Trennlinie starrte.
»Doch, bestimmt.«
»Kannst du nicht einmal ein Kompliment annehmen? Ich versuche, dir zu sagen, wie sehr ich dich schätze.« Er schob sich auf dem Bett näher an mich heran und rieb den Spann meines Fußes, aber ich wollte weder von seiner Berührung noch von seinen Worten in Stimmung gebracht werden.
»He, hör auf.«
»Nein, ich mache dir jetzt Komplimente. Bist du bereit?«
»Laß das, Paul.«
»Nein. Halt still. Es tut nur eine Sekunde weh. Ich halte

dich für eine großartige Frau und für eine großartige Anwältin.«
»Paul, hör auf. Dir imponiert nur das Honorar.« Ich rutschte zur Seite, aber seine Finger griffen nach meinem Knöchel und erwischten ihn.
»Oh, wirklich? Bist du der Meinung, du bist billig?«
»Billig? Ich bin gratis.«
»Du und *gratis*? Sieh dich bloß mal in diesem Zimmer um.« Mit der Fernbedienung klickte er den Apparat in dem Moment aus, in dem Patricias Anwalt, Stan Julicher, an die Reihe kam und vor dem großen Firmenschild seiner Kanzlei Krokodilstränen weinte. Jetzt, da Patricia tot war, hatte sich die Klage wegen sexueller Belästigung erledigt. Julicher würde sein Erfolgshonorar mehr vermissen als seine Mandantin.
»He, ich wollte das sehen«, protestierte ich.
»Was ist mit diesem Bett, ha? Glaubst du, das war billig?« Er deutete auf unser Himmelbett mit den gedrechselten Beinen, die sich bis hinauf zu einem anmutig gewölbten Baldachin schwangen.
»Dieses Bett hat gar nichts gekostet. Du hast es selbst gebaut.«
»Es hat trotzdem was gekostet, Liebling. Das ist massives Kirschholz. Die Arbeit habe ich umsonst gemacht, weil ich dich so gern hatte.«
»Du bist ein toller Typ.« Das Bett war ein Geburtstagsgeschenk, Paul hatte es in der Garage seines Vaters zusammengebastelt. Als er mit mir hinfuhr, um es mir zu zeigen, verliebte ich mich auf der Stelle in dieses Bett; gleich darauf versorgte ich ihn mit Wein und Schraubenschlüsseln, während er das Monstrum zerlegte, damit er es durch die Garagentür bekam. Er war nie auch nur ein annähernd so guter

Planer wie sein Vater, und das machte einen beträchtlichen Teil seines Charmes aus.

»Und was ist mit dieser Kommode, ha?« Mit einer Kopfbewegung deutete er auf das Kirschholzschränkchen auf der anderen Seite des Zimmers. »Gemacht auf Bestellung, ganz nach Wunsch. Mit großen Fächern für die Hemden meines Lieblings, und kleinen Fächern für ihre hübsche Unterwäsche. Genau, wie du es haben wolltest, stimmt's?«

Ich schwieg. Ich erinnerte mich deutlich, wie er die Kommode zum Schluß noch auf Hochglanz gebracht hatte. Er hatte sie mühsam mit einem Leder von Hand poliert. Ich versuchte zu ignorieren, wie gut sich seine Fingerspitzen auf meinem Bein anfühlten.

»Ist sie nicht genau nach deinen Wünschen ausgefallen? Ist sie nicht haargenau so, wie du es dir vorgestellt hast? Mit der Schublade für deinen Kartenvorrat?«

Ich versuchte zu lachen, aber das Lachen blieb mir in der Kehle stecken. »Nicht für Karten, du.«

»Dann eben für Pokerchips. Für Pokerchips nach deines Herzens Lust.«

»Auch nicht für Chips, nein.«

»Aber es ist eine Schublade, oder etwa nicht?«

»Paul ...«

»Euer Ehren, bitte sagen Sie der Zeugin, daß sie diese Frage beantworten muß.« Er streichelte mein Bein. »Euer Ehren sagt, du mußt die Frage beantworten. Ja oder nein.« Er spielte gerne Anwalt, und er beherrschte dieses Spiel, denn sein Leben lang gehörten Richter, Anwälte und Gerichte zu seinem Alltag.

»Ja.«

»Ich schließe meine Beweisführung ab. Rufen Sie Ihren nächsten Zeugen auf.«

»Ich beantrage eine Unterbrechung.«
Das Licht der Nachttischlampe verlieh seinem Gesicht, das sich belustigt verzog, einen weichen Glanz. Er rollte sich auf die Seite und spielte mit meinem Knie. »Magst du das immer noch?« fragte er leise.
Ich gab mir Mühe, die durch seine Berührung ausgelösten Empfindungen zu unterdrücken und seine nackte Brust zu übersehen, denn er lag mir zugewandt auf der weißen Tagesdecke. Ich konzentrierte mich in Gedanken völlig auf den Brief des Arztes.
»Ha? Gefällt dir das, Rita? Früher hat es dir gefallen, wenn ich das gemacht habe.«
Ich wußte, was nun kam. Ich hatte eine blasse Erinnerung daran, die nun lebendiger wurde, denn jedes Streicheln seiner Hand war wie ein Funke, der eine Flamme entfacht.
»Mir hat viel gefallen, Paul.«
»Ich weiß. Ich erinnere mich an alles.« Seine Hand wanderte hinauf zu meinem Oberschenkel. »Es ist noch nicht so lange her, weißt du.«
»Doch, ist es.«
»Nein, ist es nicht.«
»Es ist sehr lange her. Als du mich liebtest, und ich dich liebte.« Ich hörte die Bitterkeit in meiner Stimme.
Mit dem Zeigefinger zog er eine Linie über mein Knie. »Ich habe nie aufgehört, dich zu lieben. Ich liebe dich immer noch. Aber du liebst mich nicht mehr, und ich versuche, dich zurückzuerobern.« Er schob sich zu mir hoch, und das Handtuch glitt von seinem Körper.
Ich wandte die Augen ab, als wäre er ein Fremder. »Du kannst mich nicht zurückerobern.«
Bevor ich protestieren konnte, küßte er mein Knie. »Du wolltest mich gleich bei unserem ersten Rendezvous, erin-

nerst du dich? Ich hatte einen Salat für dich gemacht, und du warst total hin und weg, hast du gesagt, und wolltest mich lieben. Bei der ersten Verabredung, bei der *allerersten* Verabredung. Ein schnelles italienisches Mädchen, dachte ich.«

Ich lachte, diese Erinnerung kam völlig unerwartet. Aber sie hellte sich unaufhaltsam auf wie der Tag nach der Morgendämmerung und ebenso unwiderruflich.

»Weißt du noch, was ich zu dir gesagt habe, als du mich frei heraus gefragt hast?«

Ich schloß die Augen, ich erinnerte mich. Sein Kuß wanderte weiter auf die Innenseite meines Knies, langsamer dieses Mal, ein wenig feucht.

»Miß Morrone, beantworten Sie die Frage, oder muß ich den Richter bitten, Sie ins Gefängnis zu stecken?« Sein Mund bewegte sich auf der Innenseite meines Beines. Er küßte mich wie in jener Nacht in seinem Apartment. Damals waren die Lichter aus gewesen. Ich hatte sie ausgemacht, weil ich es so lieber hatte.

»Nein«, sagte ich. »Paul ...«

»Ich sagte zu dir, du hättest die schönsten Beine, die ich je gesehen habe, und daß ich mir sehnlichst wünsche, sie besser kennenzulernen, aber daß ich dich bereits zu sehr liebe, um damit gleich bei der ersten Verabredung anzufangen.«

Mit geschlossenen Augen überließ ich mich der Erinnerung. Seine Küsse wanderten über mein Knie und folgten weiter der Innenseite meines Schenkels. Ich merkte, wie ich mich sacht gegen das Kissen lehnte, während er mich mit seinen Küssen in die Zeit unserer ersten Verabredung zurückversetzte, die so vielversprechend gewesen war. Ich war hingerissen von ihm. Ein Architekt mit einer Ahnentafel und einem aufrichtigen Herzen.

»Ich sagte zu dir, daß ich glaube, ich hätte mich in dich verliebt, erinnerst du dich? Daß ich mir was Dauerhaftes vorstellen könnte.« Ich spürte, wie sein Mund unter meinen Bademantel und über meinen Oberschenkel glitt. Der Notizblock rutschte von meinem Schoß, und das Geräusch, als er auf den Teppich fiel, kam aus einer anderen Zeit an einem anderen Ort. »Ich mußte dich aus dem Haus werfen wie eine Katze.«

Das sagte er immer, *wie eine Katze*. Ich pflegte dann zu lachen. Ich fühlte, wie mir heiß wurde.

»Ich liebe dich«, sagte er, und ich gestattete mir, die Worte zu hören. Wenigstens einen Augenblick lang wollte ich sie glauben. Es verdrängte meine Probleme, verscheuchte Fiske und Patricia, den geschäftsführenden Partner meiner Firma und mein neues HPV-Virus. Ich wollte das alles vergessen, mich für eine Weile verlieren. Mich davonstehlen. Niemand brauchte es zu wissen, niemand mußte es sehen. Nicht einmal ich. Ich hob die Hand und löschte das Licht.

»Weißt du, was ich an jenem Abend noch zu dir gesagt habe?« fragte er mit leiser Stimme in der Dunkelheit. So vertraut. Wie sein Seufzer und der heisere Laut, der später folgen würde. »Daß es nicht für eine Nacht ist, sondern für immer.« Sein Mund war oben an meinen Schenkeln angelangt, und er küßte sie, bis sich meine Beine öffneten.

Ich erinnerte mich. An unsere erste Verabredung, an das erste Mal, als wir uns liebten. An die Zeit danach, und dann wieder an die Zeit danach. All diese Zeitabschnitte, alle nahtlos aus dem gleichen Stoff. Als die Liebe noch gegenwärtig und so greifbar war, daß du sie spürtest wie die Knochen seines Rückens, wenn er auf dir lag. Du hörtest sie in den Lauten, die du ausstießt, und auch, tiefer, in seinen. Du fühltest sie in der Feuchtigkeit Bauch an Bauch

mit ihm im Sommer und im Winter, wenn sie dir die Füße wärmte, egal, wie kalt es war.
Daran erinnerte ich mich, alle diese Erinnerungen kehrten zurück, erfüllten mich, überschwemmten mich mit angenehmen Empfindungen.
In einem Punkt hatte er recht. Ich liebte ihn noch.
Wenn ich zurückdenken konnte.
Und die Lichter aus waren.

– 9 –

Die Wand des Büros war über und über mit Diplomen und Urkunden bedeckt, und in der auf Hochglanz polierten Schreibtischplatte spiegelte sich die untersetzte, allgewaltige Silhouette von einem Musterexemplar eines einzigartigen Menschenschlages: der geschäftsführende Partner einer Anwaltsfirma. Als ich Ed »Mack« Macklin kennenlernte, war ich noch eine junge Mitarbeiterin, und er hatte gerade seine vorige Firma verlassen, weil man dort nicht auf jeden Nieser von ihm mehr Geld rausrückte. Mack wurde mein Mentor, aber bis jetzt war mir noch nie aufgefallen, welch große Ähnlichkeit er mit Edward G. Robinson hatte. Aber vielleicht empfand ich das auch nur so, weil ich mir vorkam wie Cincinnati Kid.

»Warum haben Sie den Sullivan-Fall abgegeben?« fragte Mack, der entspannt in seinem gemütlichen Ledersessel lehnte. Sein Büro war das größte in der Firma, und es war gut ausgestattet. Eine teuere Ledercouch mit dazu passenden Sesseln gruppierten sich um einen gläsernen Couchtisch, und auf einer englischen Anrichte, die die Länge einer ganzen Wand einnahm, standen ordentlich aneinandergereihte Aktenordner sowie ein teuerer, noch nie benutzter Laptop. Der jungfräuliche Laptop war das neueste Requisit der Macht. Unübersehbar kündete er von Macks großem Einfluß, der die Firma dazu bewog, ihm ein

Spielzeug zu kaufen, und gleichzeitig zeigte seine Jungfräulichkeit, daß er eine zu bedeutende Position innehatte, um damit zu spielen. Wer das PowerBook tatsächlich benutzte, besaß keine Macht.

»Den Fall Sullivan gibt es nicht mehr. Die Klägerin ist tot.«

»Der Richter rief mich gestern abend an, Rita. Er war sehr enttäuscht. Er sagte, er erwarte, daß wir hinter ihm stehen, falls Mordanklage gegen ihn erhoben wird.«

»Richter Hamilton hat Sie zu Hause angerufen?« Fiske zog alle Register, und ich war das Bauernopfer. »Wann hat er angerufen?«

»Was macht das für einen Unterschied? Er ist ein Freund.«

»Von Ihnen? Seit wann?«

»Seit gestern abend.« Mack lachte kurz auf. »Richter Hamilton ist einer unserer prominentesten Bundesrichter. Er war nicht sehr glücklich, daß unsere Firma ihn im Stich lassen will.«

»Er wird darüber hinwegkommen.«

»Ich bin nicht glücklich, wenn er nicht glücklich ist. Ich bin überhaupt nicht glücklich, wenn irgendein Bundesrichter unglücklich ist, ganz besonders, wenn es sich um einen aus unserem Distrikt handelt. Möchten Sie mich nicht glücklich machen?« Er sprach in dem jovialen Tonfall eines Mannes, der ganz selbstverständlich eine positive Antwort erwartet.

»Nein.«

»Sie tun mir weh.«

»Auch Sie werden darüber hinwegkommen.«

Mack starrte durch mich hindurch zu einem der drei großen Rauchglasfenster, die auf die Büros der Anwaltsfirma hinausgingen, für die er vorher gearbeitet hatte. Er hatte speziell diese Aussicht verlangt, weil er wollte, daß seine alte

Firma zusah, wie er Geld für eine andere scheffelte. »Also«, fuhr er unbeeindruckt fort, »ich sagte dem Richter, er könne sich darauf verlassen, daß Averback, Shore & Macklin von Anfang an sein Anwalt waren und daß wir sein Anwalt bleiben bis zum Schluß. Alles klar?«

»Was ist das? Muskeltraining?«

Er lächelte nicht unfreundlich. »Nur ein bißchen Flexing. Gefällt es Ihnen?«

»Schweig still mein Herz.«

»Gut. Also abgemacht.« Er grinste, als wäre es kein Scherz. Ich spürte, wie Wut in mir hochkochte.

»Nicht ganz, Mack. Es ist mein Büro. Ich führe es, wie ich es will.«

»Der Richter ist Mandant dieser Firma.«

»Nein, der Richter ist mein Mandant. Er hat nicht die Firma beauftragt, sondern mich. Ich war seine Anwältin, jetzt bin ich es nicht mehr. Von heute an.«

Er ließ sich in seinen Schreibtischsessel zurückfallen. Damit erweckte er den Eindruck von Resignation, aber ich wußte es besser. Wie eine Kobra wich Mack immer erst zurück, bevor er zustieß. »Sie haben recht, Rita. Es ist Ihr Büro. Sie können es führen, wie es Ihnen beliebt. Ich kann Sie nicht zu etwas zwingen, was Sie nicht wollen. Aber Sie wissen, der Ausschuß war entzückt, als Sie mit der Hamilton-Angelegenheit betraut wurden.«

»Ich erinnere mich.« Ein kollektives Reiben weicher, blasser Hände.

»Ich brauche Ihnen nicht zu sagen, wie enttäuscht die Leute sein werden, wenn ich ihnen berichten muß, daß Sie das Mandat niedergelegt haben.«

Ich brach reihenweise Herzen. »Ein Mädchen muß tun, was es tun muß.«

»Sie müssen wissen, der Ausschuß hat darüber diskutiert, ob die Verträge mit den Partnern auf mittlerer Ebene einer Korrektur unterzogen werden sollen. War Ihnen das bekannt?«
Firmenpolitik war nicht gerade mein dringlichstes Anliegen. Im Gerichtssaal spielte die Musik, nicht im Konferenzzimmer. »Korrektur der Verträge auf mittlerer Ebene?«
»Ein paar von uns ist aufgefallen, daß die gegenwärtig praktizierte Verteilung nicht angemessen den tatsächlich von uns geleisteten Beiträgen entspricht.«
»Wollen Sie sagen, Sie verdienen nicht genug, Mack?«
»Mit einem Wort? Abverdammtsolut.«
Wir lachten beide ohne jede Fröhlichkeit.
»Das hätte Auswirkungen auf alle unsere Verträge«, setzte er hinzu. »Ehrlich gesagt, Ihr Name war der einzige aus Ihrer Gehaltsstufe, der im Zusammenhang mit einer Erhöhung genannt wurde. Ich könnte das deichseln, Rita. Sie könnten zwei Stufen auf einmal überspringen. Echt großes Geld.«
Der Trick eines Anwalts; wann immer möglich, wedle mit einem Scheck. Ich bin ohne Geld aufgewachsen, so daß ich gegen eine derartige Versuchung fast immun war. Fast. »Sie meinen, wenn ich Richter Hamilton nicht vertrete, kann ich meiner Gehaltserhöhung Adieu sagen.«
»Mit einem Wort?«
Arschloch. »Sehr lustig.«
»Sehen Sie, Rita, die Situation untersteht völlig Ihrer Kontrolle. Wie gesagt, ich kann Sie zu nichts zwingen.«
»Gut. Keine Gehaltserhöhung. Ich bin zufrieden mit meinem jetzigen Los.«
Mack formte mit den Fingern ein stabiles Zelt. »Schön, aber bedenken Sie, daß Ihr Rang in der Partnerschaft nicht

so bleiben muß, wie er momentan ist. Wenn es zu Korrekturen kommt, werden einige aufsteigen. Aber einige werden auch absteigen.«

Ich hatte einen bitteren Geschmack im Mund. »Sagen Sie nichts, lassen Sie mich raten. Wenn ich den Richter nicht vertrete, werde ich zurückgestuft? Mit einem Wort?«

Er öffnete die Hände. »Ich kontrolliere den Ausschuß nicht.«

»Belieben Sie zu scherzen, Mack? Die gehen noch nicht mal aufs Klo, ohne Sie vorher zu fragen.«

»Rita ...«

Es kotzte mich an. »Was Sie sagen, heißt im Klartext, wenn ich das Mandat niederlege, teilt der Ausschuß den Kuchen neu auf. Und wenn er mit meinem Stück fertig ist, kann ich die Eiscreme beiseite legen und vergessen. Glauben Sie, es wird mir gelingen, wenigstens noch einen Löffelvoll auf meinem Kuchenstückchen unterzubringen?«

»Sie überreagieren. Die ganze Angelegenheit untersteht völlig Ihrer Kontrolle.«

»Warum fühle ich mich dann derart kontrolliert?«

»Keine Ahnung. Großes Stück oder kleines Stück? Die Wahl liegt ganz allein bei Ihnen.«

Ich verschränkte die Arme und sah dabei sicher nicht furchteinflößender aus als ein gereizter Teenager. »Okay, ich gehe auf Diät.«

Er lehnte sich in seinem Sessel zurück und starrte auf die diskret in die Decke eingelassenen Lampen. Nach einer Weile sagte er: »Sie sind diesmal sehr dickköpfig, und ich habe einen Anspruch darauf, zu wissen, warum.«

»Nein, haben Sie nicht.«

»Begreifen Sie doch, das ist kein Spiel. Das ist Ernst.«

»Ein Spiel ist immer ernst, Mack. Das wissen Sie.« Mack

spielte Blackjack mit hohen Einsätzen in Atlantic City und Vegas. Nur so als Übung für die Leitung meiner Anwaltsfirma.

»Rita, Sie treffen eine folgenschwere Entscheidung. Der Richter ist Ihr Mandant, er braucht Sie jetzt. Sie sind eine phantastische Anwältin, eine kreative Anwältin. Dieser Erfolg letzte Woche vor Gericht ...«

»Oh, küssen Sie mir jetzt den Hintern? Dann möchte ich Ihnen sagen, ich mag es ein Stückchen weiter links.«

Das Telefon summte, und Mack griff nach dem Hörer. »Was? Schicken Sie ihn herein.« Der Hörer klapperte auf die Gabel, und Mack lehnte sich wieder zurück. »Ich habe Verstärkung angefordert.«

»Wen?«

Die Tür öffnete sich, und herein trat ein grauer Armani-Anzug, ein in einer messerscharfen Spitze endender silberner Paisley-Schlips und blauschwarzes Haar, das ausgerechnet auch noch zu einem kurzen Pferdeschwanz zurückgebunden war. Es war Jake Tobin, der Firmencasanova. Seine dunklen Augen funkelten leicht belustigt.

»Sie kennen Jake, nicht wahr?« fragte Mack.

»Nur seinen Ruf.«

»Ich nehme das als Kompliment«, erwiderte Tobin und machte leise lachend die Tür hinter sich zu.

Mack erklärte: »Ich bat Jake her, weil er sich umfassend mit Strafsachen beschäftigt hat. Er war Pflichtverteidiger, bevor er zu uns kam. Stimmt's, Jake?«

»Fünfzehn Jahre lang«, bestätigte Tobin. Er lehnte sich an die Anrichte und schielte neidisch auf den Laptop. Ich vermutete, er wußte, wie man mit dem Ding umging.

Mack fuhr fort: »Jake, ich sagte gerade zu Rita, daß Sie mit einer Menge Mordfälle zu tun hatten.«

»Mit ungefähr hundert, plus minus Extra-Abschaum. Die meisten verließen als freie Menschen den Gerichtssaal.«

Fürwahr eine Karriere, auf die man stolz sein konnte. »Ich bin beeindruckt. Möchten Sie Richter Hamilton vertreten? Wie ich hörte, braucht er jemanden wie Sie.«

Mack schüttelte den Kopf. »Nein, Rita. Falsch. Ich hatte mir gedacht, Jake könnte Sie bei diesem Fall aus dem Hintergrund heraus unterstützen. Fiske sagte zu mir, entweder Sie, oder er wendet sich an Goldbergs Firma.«

Tobin nickte. »Jetzt bin *ich* beeindruckt.«

»Nicht nötig, ich habe abgelehnt.«

Mack seufzte. »Rita, bei mir haben Reporter von *The American Lawyer* und *The National Law Journal* angerufen. Joanne teilte mir mit, allein gestern seien fast vierzig Anrufe gekommen. Und dieser Anwalt der Klägerin, Julicher, erscheint in sämtlichen Nachrichten.«

»Julicher?« fragte Tobin. »Nie von ihm gehört.«

»Ich habe seinen Lebenslauf überprüft, eine Sekunde.« Mack blätterte die ordentlich an der Schreibtischkante gestapelten Papiere durch, zog ein Blatt heraus und überflog es. »Er kommt aus New York, war aber nicht bei einer der renommierten Firmen. Ein Niemand. Er graduierte an einer staatlichen Universität, anschließend war er auf der juristischen Fakultät in Fordham, Jahrgang '77, bla, bla, bla. Eine Eintagsfliege, erledigt Schadenersatzfälle für Arbeiter. Ein Rabauke, ein *Nichts*, und der war gestern abend ständig in der Glotze präsent.«

»Er erhofft sich dadurch weitere Mandanten, Mack.«

»Ist er ein guter Anwalt?« fragte Tobin und sah dabei mich an.

»Kein Gelehrter, aber ein Kämpfer. Hätte er noch den Fall wegen sexueller Belästigung, würde er bestimmt dafür sorgen, daß ich mich für mein Geld ganz schön abrackern muß.«

Mack legte den Lebenslauf beiseite und erhob sich. »Aber jetzt ist daraus ein Mordfall geworden, der die gesamte Aufmerksamkeit auf sich zieht. Gott und die Welt verfolgen ihn. Wenn Sie jetzt das Mandat niederlegen, erfahren es alle. Es wird so aussehen, als sei Richter Hamilton schuldig.«

Und wenn er es ist? »Nein, sicher nicht.«

»Also, was mich angeht, ich würde zunächst einmal auf gar keinen Fall einen Bundesrichter der Meute zum Fraß vorwerfen. Sämtliche Rundfunk- und Fernsehsender sind hinter der Story her, die Zeitungen ebenfalls. Rita, wir haben eine Menge miteinander erlebt. Ich bitte Sie hiermit um einen persönlichen Gefallen. Behalten Sie den Fall.«

»Warum?«

»Wegen der Publicity, sonnenklar«, bemerkte Tobin.

Bestätigung heischend sah ich zu Mack hinüber, sein Lächeln wurde zusehends breiter. »Wie bereits gesagt, bekam ich gestern vierzig Anrufe. Vierzig – ich habe sie gezählt –, *vierzig*. Einer kam von *Good Morning America*. Bundesrichter bringt Sekretärin um? Wir sprechen hier über Enthüllungen von nationalem Interesse!«

»Bringt sie *angeblich* um«, setzte Tobin hinzu.

Mack lachte. »Wir profitieren davon, Rita. Ich habe sogar schon eine Public-Relations-Agentur angeheuert, die alles regelt. Das ist eine Goldmine.«

Moment mal. Das Unaussprechliche mußte ausgesprochen werden. »Aber was ist, wenn Fiske tatsächlich der Mörder ist?«

Beide sahen mich verständnislos an. »Na und?« fragte Tobin, und Mack nickte.

Ich war verblüfft. »Das ist eine sehr zweischneidige Sache, Jungs. Es könnte auch eine schlechte Publicity werden.«

Mack lachte. »So was gibt's nicht, Kleines.«
»Ganz meine Meinung«, ergänzte Tobin.
Ich sah die beiden an, und mir wurde bewußt, daß ich, solange es Anwälte wie diese beiden gab, immer die Zweitbeste sein würde.
Und ich bin noch nie in Cincinnati gewesen.

– 10 –

Der Geruch nach Cholesterin erfüllte die winzige, vollgepfropfte Küche hinter dem Fleischerladen, als mein Vater eine prasselnde Pfanne mit hausgemachten Würsten rüttelte. Er trug seine ICH BIN ITALIENER UND DU NICHT-Schürze, aber ich konnte die Vorderseite mit der Schrift nicht sehen. Alles, was ich zu sehen bekam, war sein massiger Rücken mit dem weißen Schürzenband über ausgebeulten weißen Hosen. Wieder einmal wurde ich mit Schweigen bedacht.

»Also Dad, erklär mir das. Du bist stocksauer, wenn ich mich entschließe, den Richter zu vertreten, und du bist stocksauer, wenn ich das Mandat niederlege? Woran liegt's? An meinem Aftershave?«

LeVonne, der seine Gabel durch Drücken auf die Zinken hin und her schaukeln ließ, lachte leise. Er aß jeden Morgen mit meinem Vater an diesem uralten weißen Tisch mit den herunterklappbaren Seitenteilen, und beide taten so, als hätte LeVonne bereits gefrühstückt und leiste meinem Vater nur nettigkeitshalber Gesellschaft.

»Du lachst, Professor?« fauchte mein Vater, ohne sich umzudrehen. »Ich hoffe nicht, denn es ist nicht komisch. Sie nimmt nichts ernst.«

»Wer? Ich? Sagst du nicht Miß Grün zu mir?«

Nur die Wurst antwortete. Zischend entlud sie eine aromatisch nach Olivenöl, frischem Knoblauch und grünem Pfeffer duftende Qualmwolke.

»Komm schon, Dad, mir gefällt es, wenn du mich Miß Grün nennst. Dann weiß ich wenigstens, du bist es höchstpersönlich und nicht irgendein Vito-Imitator.« Ich wandte mich an LeVonne. »LeVonne, was glaubst du? Ist er es wirklich? Er muß es sein, wer sonst würde diese Schürze tragen?«

LeVonnes weiche Lippen strafften sich, weil er sich ein Lächeln verkneifen wollte. Er sah frisch aus an diesem Morgen, in seinem übergroßen T-Shirt mit dem verwaschenen Bild von Kriss Kross. Eine leichte Falte zwischen den Zwillingen verriet mir, daß das Hemd gebügelt worden war. Ich fragte mich, wer es wohl gebügelt hatte, denn seine Eltern waren längst tot, und seine Großmutter konnte nicht mehr für ihn tun, als ihn bei meinem Vater unterzubringen. Mir fiel auf, wie wenig ich von LeVonne wußte.

»LeVonne, redest *du* wenigstens mit mir? In welche Klasse gehst du jetzt? In die zehnte?«

Er nickte und senkte den Blick auf den schweren weißen Teller. Der war absolut leer und hätte sein Interesse höchstens einen winzigen Moment lang fesseln dürfen, aber er starrte gebannt darauf und schwieg, während die Wurst und mein Vater im eigenen Saft brutzelten.

»Gehst du gern zur Schule, LeVonne?«

Er zuckte die Achseln.

»Wirst du dich nächstes Jahr für eine Sprache entscheiden?«

Er schüttelte den Kopf.

Normalerweise mache ich eine bessere Konversation. »LeVonne, ich möchte dir sagen, daß mir dein ... ah, wie nennst du das, Bart, gefällt? Läßt du dir einen Bart wachsen?«

Schüchtern faßte er sich ans Kinn.

»Ist das ein Bart? Oder was?« Nur um zu sehen, ob er redet.
»Was es halt is'«, sagte LeVonne.
»Das ist ein Spitzbart«, schnappte mein Vater. »Ein Bart umschließt das ganze Gesicht.«
Danke, Dad. »Egal, wie man das auch immer nennen mag, mir gefällt es.«
LeVonne ließ den Kopf noch weiter hängen, bis sein Kinn praktisch zwischen den dampfgebügelten, verkehrt herum aufgesetzten Baseballkappen auf seinem T-Shirt-Bild versank.
»Mir gefällt es auch«, sagte mein Vater.
»Ich habe es zuerst gesagt, Pop. Deshalb bin ich der nettere Mensch von uns beiden.«
»Hm.« Wieder rüttelte er an der Pfanne.
»Tatsächlich bin ich ein so guter Mensch, daß ich, wenn ich einen Gast zum Frühstück habe, ihm nicht so lange den Rücken zukehre, bis ich meinen Kopf durchgesetzt habe.«
Die Wurst knallte laut. »Hörst du das, Dad? Die Fleischgötter geben mir recht.«
LeVonne lachte, es klang fast wie das Kichern eines Kindes. Er legte eine Hand vor den Mund, aber das Kichern ging weiter. Mein Vater drehte sich um und durchbohrte die Luft zwischen uns mit den Zinken seiner großen Gabel. »Es geht nicht darum, meinen Kopf durchzusetzen, es geht darum, was *richtig* ist.«
»Was ist *richtig*?«
»Richtig ist, wenn du zu Ende bringst, was du angefangen hast. Der Richter wird eventuell des Mordes beschuldigt. Du hast ihm versprochen, ihn zu verteidigen, also verteidigst du ihn.«
»Ich sagte zu, ihn in einer Klage wegen sexueller Belästigung zu vertreten, nicht in einem Mordfall.«

Mit dem Handgelenk schob er seine Brille hoch. »Du hast gesagt, du bist seine Anwältin, also bist du seine Anwältin. Bring zu Ende, was du angefangen hast.«

»Aber was ist, wenn ich mich erst gar nicht darauf hätte einlassen dürfen? Was, wenn er mich nur benutzt, wie du gesagt hast?«

»Das spielt keine Rolle.«

»Darf ich meine Meinung nicht ändern? Vielleicht hattest du ja von Anfang an recht, Dad.«

Er richtete sich zu voller Größe auf, was heißt, auf knapp einen Meter fünfundsechzig. »Ich *hatte* recht. Ich hatte von Anfang an recht, und ich habe auch jetzt recht. Du läufst nicht davon, nur weil es schwieriger ist, als du gedacht hast.« Er zog mit der Gabel eine horizontale Linie durch die Luft. Ich hatte keine Ahnung, was das zu bedeuten hatte, außer daß die Linie vielleicht den 38. Breitengrad darstellen sollte, und ich Nordkorea war und er Südkorea.

»So einfach ist das nicht, Dad.«

»Nein? Warum nicht?«

»Es ist nicht schwieriger geworden, sondern die Sachlage hat sich völlig verändert.«

Er drehte sich zu LeVonne und deutete mit der Gabel auf ihn. »Verstehst du, was sie meint, Mr. President?«

LeVonne schüttelte den Kopf.

»Es bedeutet, daß es sich nicht um die Sache handelt, für die ich engagiert wurde, Dad. Ich bin kein Strafrechtler. Was ist dabei, wenn sich der Richter einen guten Strafverteidiger nehmen soll?«

»Es ist falsch.«

»Warum?«

»Grundlegende Prinzipien.«

»Grundlegende Prinzipien?« Ich schlug mir an die Stirn.

»Wie konnte ich nur die grundlegenden Prinzipien vergessen?«
»Mach nur weiter so, mach dich ruhig lustig.«
»Du solltest die grundlegenden Prinzipien irgendwo aufschreiben, Dad, wie man es mit den Gesetzen der Vereinigten Staaten gemacht hat. Dann könnten wir alle nachschlagen und wüßten, wie wir uns zu verhalten haben. Dann müßten wir nicht jedesmal in die Ninth Street kommen, wenn wir eine Frage haben. Überleg mal, wieviel Zeit uns das ersparen würde!«
Er schüttelte die Gabel in meine Richtung. »Du könntest ruhig öfter kommen. Das wäre nicht das Schlechteste.«
Ich rieb mir die Augen und begann mich zu fragen, warum ich eigentlich hierher gekommen war. Hatte ich ernsthaft geglaubt, er könnte mir helfen? Ich aß nicht einmal Wurst.
»Zurück zu den grundlegenden Prinzipien. Von welchem grundlegenden Prinzip sprechen wir gerade? Es gibt so viele, und man findet nie das Stichwortverzeichnis.«
»Du weißt, welches ich meine, Miß Klugscheißer.«
»Nein, weiß ich nicht. Ich hatte auf der Universität kein Fach Grundlegende Prinzipien. Vielleicht war es ein Wahlfach?«
LeVonne drehte sich auf seinem Stuhl nach hinten und verrenkte sich fast den Hals beim Blick durch die Fliegengittertür auf den winzigen betonierten Hinterhof des Geschäfts. Keine Ahnung, wonach er so angestrengt Ausschau hielt, es gab nichts weiter zu sehen als eine Betonmauer, zwei verbeulte Mülltonnen und einen Feigenbaum, der aus dem betonierten Boden wuchs. Bei näherer Überlegung gab es also durchaus einiges zu sehen.
»Das Prinzip, Miß, heißt, man läuft nicht davon. Ich habe keinen Drückeberger großgezogen. Das meine ich.«

»Was hat das damit zu tun, wie du mich großgezogen hast? Das hat gar nichts mit dir zu tun. Welche Entscheidung ich treffe, fällt schließlich nicht auf dich zurück.«

»Natürlich. Alles, was ich tue, alles, was *du* tust – was hast du gesagt? Wie lautete das Wort?«

»Zurückfallen?«

»Fällt auf uns zurück. Auf uns alle.« Er malte mit der Gabel einen Kreis in die Luft, und daraus schloß ich, daß wir jetzt über die Welt als Ganzes sprachen, nicht mehr nur über Korea. »Alles *fällt* auf uns *zurück*. Auf den Namen unserer Familie.«

»Den was?« Die Vorstellung war derart absurd, daß ich die Worte nicht wiederholen konnte. »Wir sind die Morrones, nicht die Kennedys. Und nicht die Rockefellers.«

Er hieb mit der Gabel auf die Besteckablage. »Wie kommst du darauf, daß man Geld haben muß, um einen Familiennamen zu haben?«

Seine Heftigkeit bestürzte mich, und LeVonne drehte sich noch weiter zur Hintertür hin.

»Wo immer du das her hast, es ist falsch! Unsere Familie hat einen Namen – Morrone. Das war der Name meines Vaters, der hierherkam und 1914 diesen Laden eröffnete. Er war einer der ersten, der rüberkam, der in den Market kam. Mein Vater, Vito Morrone senior. Dein Großvater, hast du mich verstanden?«

»Klar, aber …«

»Er hatte einen Namen, und der zählte soviel wie der von irgend jemand, und jeder respektierte ihn. Er brachte nie Schande über seinen Namen. Als er keine passende Arbeit fand, eröffnete er sein eigenes Geschäft. Er und meine Mutter arbeiteten tagein tagaus in diesem Laden, bis zu ihrem Tod. Mein Vater, er gab nie auf. Er ist nie, nie *davonge-*

laufen. Und ich auch nicht, und LeVonne auch nicht«, sagte er, hochrot im Gesicht unter der frischen Rasur.

»Dad, beruhige dich.«

»Wir alle hier schaffen uns einen eigenen Namen. Niemand hat ihn uns geschenkt, aber wir richten uns jeden Tag danach. Und du auch. Du wirst keine Schande über unseren Namen bringen. Du *läufst nicht davon*.« Immer noch mit dem Rücken zu mir, nahm er die Gabel wieder in die Hand und stach damit in die Wurst. Das Fleisch zischte protestierend. Schwarzer Qualm stieg aus der Pfanne auf. Verbrannt.

Ich spürte eine leichte Berührung am Arm.

LeVonne. Vor dem weißen Tisch sahen seine schlanken Finger aus wie eine flinke Spinne. Er schüttelte den Kopf.

»Was?« Tonlos bewegte ich die Lippen.

Der Blick seiner fast schwarzen Augen wanderte nach links. Ich folgte ihm bis zu den Fotos, die mit Reißnägeln auf ein Schwarzes Brett aus porösem Kork geheftet waren. Ich sah die Fotos schon längst nicht mehr: der alte Köter meines Vaters, ich bei der heiligen Kommunion, mein Großvater und meine Großmutter mit zusammen vielleicht noch drei Zähnen. Aber ich ahnte, welches Bild LeVonne meinte, und das war keines dieser Fotos.

Ihre Haare umgaben ihren Kopf wie ein weißgoldener Wirbel, ihr Hochzeitskleid umgab ihre Füße wie ein weißgoldener Wirbel. Mein Vater überragte sie turmhoch, er mußte bei der Aufnahme auf einer Trittleiter gestanden haben. Sein weißes Jackett war geliehen, seine Haare an der Seite mit Pomade geglättet. Er sah aus wie ein schwer verliebter junger Mann, der nie glauben würde, daß die geschmeidige Frau an seiner Seite eines Tages weglaufen könnte.

Mein Vater sprach nie von ihr, und ich hörte irgendwann auf, ihn dazu zu drängen. Ich wußte nicht, warum sie fortgegangen war. Erst als ich zehn war, sagte es mir einer der Espositos, daß es nämlich einen anderen Mann gegeben habe. Zuvor hatte ich geglaubt, sie wäre fort, weil sie Kanadierin war, denn Jimmy DiNardo hatte gesagt, es wäre nie passiert, wenn mein Vater ein italienisches Mädchen und kein kanadisches Mädchen geheiratet hätte. Mein kindlicher Verstand hielt Kanada für ein exotisches Land, daher das auffallende Äußere und das eigenwillige Verhalten meiner Mutter. Sogar ihre Kleidung war anders – steifleinene Kleider, orangefarbene Caprihosen, zweiteilige Sachen, die den Bauchnabel freiließen. Sie war das Gesprächsthema im Market, aber ich hatte das, was sie meinem Vater angetan hat, bis zu dieser Minute nie mit Schande in Verbindung gebracht. Davor hatte er mich geschützt, wie auch vor der Tatsache, daß sie bald, nachdem sie uns verlassen hatte, gestorben war.

Es mußte LeVonne kommen, der Schweigsame, der kein Wort über die Lippen brachte, um mir begreiflich zu machen, was mit meinem eigenen Vater los war. Ich schielte zu LeVonne hinüber. Er hatte den Kopf gehoben und leicht schräg gelegt, als würde er lauschen. Der Blick seiner dunklen Augen glitt über den Rücken meines Vaters, als suche er in seiner Körperhaltung und seiner Körpersprache nach Anhaltspunkten.

Auch ich beobachtete meinen Vater. Ich hörte, wie er das Gas ab- und die angebrannte Wurst umdrehte. Und nachdem er die Wurst unablässig herumgeschubst hatte und ich mich nun nicht mehr darüber wundern konnte, warum er sich nicht umdrehen konnte, gab ich ihm ein stillschweigendes Versprechen, genauer gesagt, seinem Rücken. Ich

würde Hamilton als Anwältin vertreten, egal, was passierte. Kein Davonlaufen mehr. Nie mehr.
Schließlich hatte ich einen Familiennamen, den es in Ehren zu halten galt.
Nicht Rockefeller. Nicht Kennedy. Morrone.
Zumindest nach den grundlegenden Prinzipien.

Als ich ins Büro kam, saß meine Sekretärin an meinem Schreibtisch. Ihre schwarzen Clogs auf meine Post gelegt, quasselte sie in mein Telefon. Janine Altman war die personifizierte Schlafmütze, es sei denn, ein Telefonhörer kam mit ihrem dreimal gepiercten Ohr in Kontakt. Dann drehte sie ihr kupferrotes Haar um einen abgekauten Fingernagel und schnatterte animiert und beschwingt drauflos wie Ann-Margret am Telefon in *Bye-bye Birdie*. Ich behielt Janine, weil ich mir vorgenommen hatte, sie zu einer eigenverantwortlichen erwachsenen Frau zu erziehen, und aus diesem Grund streckte ich nun auch die Hand aus und drückte die Telefongabel brutal nach unten.
»Plappermund zur Morgenstund'?« sagte ich zu ihr. »Wozu der Wortschwall, Nachtigall?«
Ihr blieb der mit lila Lippenstift bemalte Mund offenstehen. »Rita?« quetschte sie heraus und rutschte herum, bis sie einigermaßen aufrecht dasaß. »Warum haben Sie das getan?«
»Kind, ich habe Sie gebeten, keine Drogendeals von meinem Telefon aus zu machen. Können Sie nicht Ihr eigenes benutzen?«
»Es war kein Privatgespräch?« sagte sie mit der für sie typischen Betonung. Bei ihr klang jeder Satz wie eine Frage. Es machte mich wahnsinnig.
»Janine, fragen Sie mich etwas, oder sagen Sie mir etwas?«

»Ich sage Ihnen was? Ich habe am Telefon mit Richter Hamilton gesprochen? Er sagt, Sie sollen schnell kommen?«

Mein Magen schlug einen Purzelbaum. »Was?«

»Er ist festgenommen worden? Er sitzt im Gefängnis?«

Großer Gott. »Wo?«

Sie zog einen gelben Notizzettel zu Rate. »Auf der Polizeistation im Verwaltungsbezirk Radnor?« Sie blätterte die anderen auf der Unterlage liegenden Zettel durch. »Vorher hat der *Enquirer* angerufen und die *Daily News*? Und Jim Hart, Sie wissen schon, der Reporter von Channel 10? Der mit den Haaren?«

»Die Presse? Wissen die von der Verhaftung?«

Sie nickte. »Ja?«

Scheiße. »Sie haben zu allen gesagt, kein Kommentar, stimmt's?«

Sie wirkte irgendwie schuldbewußt unter ihrem alternativen Make-up.

»Was haben Sie getan, Janine?«

»Nichts?«

»Sagen Sie mir bloß nicht, Sie hätten mit der Presse gesprochen.«

»Nur mit Hart?« Sie duckte sich, als erwarte sie den Schlag, den ihr zu verpassen ich auch tatsächlich kurz in Erwägung zog. »Ich habe aber nicht über den Fall gesprochen?«

»Was haben Sie ihm mitgeteilt?«

»Meine Telefonnummer?«

Ich atmete etwas Sauerstoff ein, aber nicht viel. »Janine, sprechen Sie nicht mit Reportern. Treffen Sie sich nicht mit Reportern. Füttern Sie keine Reporter. Die Kacke ist am Dampfen, *capisce*?«

»Aber er ist so geil?«

Irgendwann werde ich resignieren. »Sicher«, sagte ich und

warf einen Schreibblock und eine Ausgabe des Strafgesetzbuches von Pennsylvania in meine Aktentasche.

»Tut mir leid?«

»Erledigen Sie ein paar Sekretariatsarbeiten für mich. Rufen Sie Mack an und sagen Sie ihm, er soll meine Fälle an irgendein junges Genie übergeben. Und sagen Sie ihm, ich hätte gesagt, ›ich bitte zur Kasse‹.«

»Okay?« Sie machte sich mit Kugelschreiber eine Notiz auf die Innenfläche ihrer Hand. Noch so was, worum ich sie gebeten hatte, es zu unterlassen.

»Anschließend sagen Sie alle Termine für heute ab. Und für morgen.«

»Morgen auch?«

Ich ließ meine Aktentasche zuschnappen und griff nach meiner Handtasche. »Morgen, und morgen, und dann wieder morgen. Haben Sie das schon mal gehört? Wissen Sie, woraus das ist?«

»*Macbeth*?«

Ich konnte es erst nicht fassen. »Richtig.«

Sie grinste schief und hob lässig eine Hand. Darauf stand: JUNGES GENIE.

– 11 –

Die Straße hinaus zum Polizeirevier des Bezirks Radnor schlängelte sich durch die teuerste Wildnis westlich von Philadelphia. Steinerne Herrenhäuser, die so weit von ihren Briefkästen entfernt lagen, daß sie eigentlich eine andere Postleitzahl hätten haben müssen, waren typisch für die Gegend. Die Anwohner bezeichneten die sündteuren Wälder als »Jagdrevier«, und soweit ich weiß, jagten sie dort Füchse, nicht Italiener oder andere obskure Typen.

Wäre ich nicht auf dem Weg zu einem wegen Mordes verhafteten Mandanten gewesen, hätte ich die Fahrt vermutlich genossen, mit dem elegant durch meine Finger gleitenden, handgefertigten Lenkrad und in meinem Auto, das die Kurven nahm, als klebte es auf dem Asphalt. Statt dessen versuchte ich mir die juristischen Grundlagen im Zusammenhang mit dem Gewaltverbrechen Mord ins Gedächtnis zu rufen, während ich an Briefkästen mit illustren Namen vorbeijagte, die wie ein Echo der HIER UNTERSCHREIBEN-Zeile der Unabhängigkeitserklärung klangen.

Hancock, Morris, Lynch.

Ich versuchte, Kate über das Autotelefon zu erreichen, um ihr zu sagen, was los war, aber niemand nahm ab, auch kein Anrufbeantworter. Kate verabscheute diese Apparate, sie warf sie in einen Topf mit anderen Scheußlichkeiten wie Videorecorder, Personal Computer und Kugelschreiber.

Wolcott, Clark, Stone.
Kate war zäh genug, das alles durchzustehen. Ich hatte gesehen, wie sie wie der Terminator persönlich auf Efeu losging. Ich vermutete, daß sie nicht auf dem Polizeirevier sein würde. Fiske beschützte sie aus Tradition und aus Instinkt, und sie schien mit diesem Arrangement zufrieden. Ich war stets überzeugt gewesen, ihre Ehe basiere auf einer behaglichen, natürlich-selbstverständlichen Übereinstimmung, ganz instinktiv wie bei einem treuen Seetaucherpaar. Daran sehen Sie, wieviel ich weiß.
Adams, Ross, Smith.
Ich versuchte auch, Paul zu erreichen, aber er war nicht in seinem Büro und nicht zu Hause. Ich rief sein Autotelefon an, aber ohne Erfolg. Ich gab mir Mühe, nicht darüber nachzudenken, wo er war, was er tat, oder mit wem er was tat. Ich mußte seinen Vater gegen Kaution aus dem Gefängnis holen.
Wilson, Taylor, Chase.
Am Waldrand hinter einem riesigen, sehr gepflegten Baseballplatz tauchte das Polizeirevier auf. Unwillkürlich legte ich eine Vollbremsung hin, als ich den Aufruhr sah.
ABC, NBC, CBS.
Die Spieler der Jugendliga hatten den Baseballplatz geräumt, sie und ihre Familien waren vor dem dampfenden Teer ihrer kreisförmig angelegten Auffahrten in ihre Strandhäuser geflüchtet. Ihren Platz hatten Reporter eingenommen, vorgeblich Erwachsene mit Kameras und Mikrophonen. Weiße Fernseh-Übertragungswagen, beschriftet mit auffälligen Logos, parkten auf dem Reviergelände, und ihre silbernen Satellitenschüsseln reflektierten die Mittagssonne. Selbst das Spielfeld hatte die Medienmeute mit ihren glitzernden Spielzeugen überrannt.

Ich atmete tief durch, brachte meine sämtlichen sechs teutonischen Zylinder auf Touren und raste die Straße hinunter direkt auf den Parkplatz. Ich ignorierte die Blitzlichter und die Videokameras, die meinen exzellenten Fahrstil aufzeichneten. Ich rauschte auf den ersten verbotswidrigen Parkplatz, und die Reporter fielen über mich her, noch ehe ich die Zündung ausgeschaltet hatte.

Frage einer Reporterin mit einem Diktaphon: »Miß Morrone, geben Sie einen Kommentar zur Verhaftung des Richters ab?«

Wie wär's mit Himmel, Arsch und Wolkenbruch? »Kein Kommentar.«

Frage eines aufgestylten Fernsehreporters: »Man sagt, der Richter würde sein Amt niederlegen. Stimmt das?«

Machst du Witze? »Warum sollte er? Richter Hamilton ist einer der besten Richter am Bezirksgericht. Wir brauchen ihn.«

Frage von einem Connie-Chung-Verschnitt: »Welche Auswirkungen hat das auf den Prozeß wegen sexueller Belästigung?«

Sie ist tot, damit ist der auch gestorben. »Kein Kommentar. Entschuldigen Sie mich, ich möchte hier durch, und zwar möglichst ohne ernsthafte Körperverletzung. Ihrerseits.«

Frage eines schwarzen Reporters: »Wird sich Richter Hamilton schuldig bekennen?«

Scheißt der Papst in den Wald? »Natürlich nicht.«

Und eine Nachfrage von ganz hinten aus der Menge gerufen: »Ist der Richter schuldig, Ms. Morrone?«

Du weißt soviel wie ich, Freundchen. »Absolut nicht. Mein Mandant ist unschuldig, und zwar in sämtlichen Punkten der gegen ihn erhobenen Anklagen.«

Ich zwängte mich durch das Gedränge, ignorierte tausend weitere Fragen und betrat endlich das Revier. Ich war noch

nie in einem Polizeirevier gewesen, aber nie hätte ich erwartet, daß es darin aussieht wie in der Zentrale einer Versicherungsgesellschaft. Die Wände strahlten eierschalen-weiß, und der harmonisch darauf abgestimmte, geflieste Fußboden funkelte auf Hochglanz poliert. Die Fußleisten waren in einem dunklen Graublau gehalten, ebenso die Türrahmen und die anderen Gestaltungselemente. Im Vorraum herrschte absolute Ruhe, kein Mensch weit und breit. Ich gelangte zu dem Schluß, sämtliche Versicherungsvertreter müßten außer Haus sein, um Leute wie Sie und mich zu belästigen.
»Kann ich Ihnen helfen?« fragte in diesem Moment eine grauhaarige Empfangsdame und blickte von dem Kriminalroman auf, in dem sie gerade gelesen hatte. Sie saß mit dem Rücken zu einem großen Fenster, gegen das sich Reporter drückten wie Schimpansen im Zoo.
»Ja. Können Sie dafür sorgen, daß diese Reporter verschwinden?«
»Selbstverständlich.« Sie stand auf und ließ die Jalousie vor ihren Gesichtern herabsausen. Kriminalromanleser machen keine Gefangenen.
»Ich bin Rita ...«
»Ich weiß, ich habe Sie im Fernsehen gesehen. Setzen Sie sich bitte ins Wartezimmer. Lieutenant Dunstan erwartet Sie.«
Die Farbkombination gebrochenes Weiß und Graublau beherrschte auch das Wartezimmer. An den Wänden hingen Gruppenbilder der Polizei von Radnor ab der Jahrhundertwende. Sie wurden vorgezeigt wie Familienfotos. Auf jedem Bild standen in stolzer Haltung große weiße Männer mit Schnauzbärten und Uniformmänteln vor einem bewaldeten Hintergrund.
»Sie müssen Ms. Morrone sein«, sagte eine tiefe Stimme.

Ich erhob mich und schüttelte Lieutenant Dunstan die Hand, einem großen weißen Mann mit Schnauzbart. Es gelang mir, mich zu beherrschen.
»Äh, ja.«
»Möchten Sie Kaffee? Hankie kann uns was bringen.« Er wedelte mit der Hand zu der Empfangsdame hinüber, die abwartend aufblickte.
»Nein, danke. Ich möchte nur zu meinem Mandanten, Richter Hamilton.«
»Also, Sie sind das. Ich habe einiges über Sie gelesen«, sagte er in heiterem Ton. Er hatte ein offenes, ernstes Gesicht, große blaue Augen und ein liebenswürdiges Lächeln.
»Wie geht es dem Richter?«
»Es geht ihm gut. Ja, gut. Er ist hinten in seiner Zelle.«
»Sie haben ihn in eine Zelle gesperrt?«
»Wo hätten wir ihn denn sonst hinbringen sollen?«
Meine Unerfahrenheit, peinlicher sichtbar als ein hervorlugender Büstenhalterträger. »Haben Sie ihm Handschellen angelegt?«
»Nein, in der Regel entscheiden wir uns entweder für die Zelle oder für Handschellen, aber nicht für beides gleichzeitig«, antwortete er mit einem leichten Lächeln. »Gürtel und Hosenträger, finden Sie nicht auch?«
Ich glaubte, Hankie kichern zu hören, aber vielleicht bildete ich mir das nur ein. »Richter Hamilton ist Bundesrichter«, verkündete ich. »Er braucht nicht in eine Zelle gesperrt zu werden.«
»Nicht vergessen, er wurde verhaftet wegen Mord ersten Grades, Ms. Morrone. Wir können ihm keine Sonderbehandlung angedeihen lassen.«
Zumindest nicht, solange die Presse zuschaut. »Ist er in einer Zelle mit anderen … Inhaftierten?«

»Nein. Er ist allein. Bei uns gibt es nicht viele Gewaltverbrechen, wissen Sie. Der Bezirk Lower Merion wirkt wie eine Pufferzone zwischen uns und der Stadt.«
Verbindlichsten Dank, ich wohnte im Bezirk Lower Merion. »Wie viele Morde passieren hier, sagen wir, in einem Jahr?«
»Normalerweise nicht einer. In den letzten fünf Jahren hatten wir lediglich zwei Morde, das heißt, wenn Sie den Reporter nicht mitrechnen, den ich heute morgen umgebracht habe.« Er lachte, und Hankie stimmte mit ein.
»Rechtmäßige Tötung«, sagte ich, und erneut lachten beide. »Wie hat die Presse übrigens Wind von der Verhaftung bekommen?«
»Ihre Antennen sind auf sämtliche Reviere gerichtet. Sie erfahren alles im gleichen Moment wie wir, wir sind machtlos dagegen. Wir geben jetzt eine Presseerklärung heraus. Darin heißt es, daß Richter Hamilton der Tötung durch Erstechen an Patricia Sullivan aus Wayne beschuldigt wird.«
»Haben Sie die Mordwaffe gefunden?« Ich kam mir albern vor, als ich diese Frage stellte, wie in einem Detektivquiz im Fernsehen. War es Professor Plum mit der Pfeife im Gewächshaus?
»Nein, und wir haben gesucht. Es steht weiter nichts drin, das heißt, besser gesagt, weiter hat Hankie nichts geschrieben. Sie ist gut in Englisch. Sie verfaßt alle unsere Pressemitteilungen.« Dunstan schien geneigt, Hankie ein Weilchen mit Lobpreisungen einzudecken, aber ich war nicht in der Stimmung, mich auf den Mist einzulassen.
»Kann ich zu Richter Hamilton?«
»Natürlich. Folgen Sie mir.« Er geleitete mich durch einen weiteren weißen Flur und öffnete schließlich eine grau-

blaue Tür, die in einen kleinen weißen Raum führte. Am anderen Ende des Zimmers befand sich eine Theke, auf der ein kleiner brauner Kühlschrank mit der Aufschrift NUR BEWEISMATERIAL stand, und ein verwaister Schreibtisch mit einer neuen blauen Selectric-Schreibmaschine. Neben dem Schreibtisch stand eine zierliche Holzbank, um deren Beine stählerne Handschellen geschlossen waren. Die Handschellen schienen in diesem gediegenen Ambiente völlig fehl am Platz, bis mir wieder einfiel, wo ich mich befand. Dies war ein Gefängnis, Fiske war inhaftiert, und alles war gar nicht mehr komisch.

»Welche Beweise hat die Polizei zur Erhärtung der Mordanklage gegen Richter Hamilton, Lieutenant?«

Sein Lächeln erlosch. »Haben Sie keine Kopie der Anklage bekommen mit den Erläuterungen über den hinreichenden Tatverdacht?«

»Nein.«

»Ich sorge dafür, daß Sie eine bekommen, der Richter hat seine erhalten. Aber soviel kann ich Ihnen gleich sagen, wir haben eine Zeugin.«

»Wer hat was gesehen?«

»Sie sah seinen schwarzen Jaguar ungefähr zur Tatzeit in der Auffahrt zum Garagenhaus.«

»Richter Hamilton ist nicht der einzige, der in Wayne einen schwarzen Jaguar besitzt, Lieutenant.«

»Er ist der einzige mit der Zulassungsnummer GARDEN-2. Auch das Kennzeichen hat sie gesehen.«

O nein. Das spezielle Kennzeichen, das Kate ausgesucht hat; auf ihrem Nummernschild stand GARDEN-1. »Die Zeugin ist sicher, daß es GARDEN-2 war?«

Er nickte. »Außerdem sah sie, wie er in den Wagen stieg und sehr schnell wegfuhr.«

»Hat sie Richter Hamilton zweifelsfrei identifiziert?« fragte ich, das Herz sank mir tiefer in die Hosen, als es beruflich zu rechtfertigen war.

»Ja, aus einer Reihe von Fotos. Wir befragten den Richter im einzelnen danach, als wir ihn zum Verhör holten.«

»Sie haben den Richter ohne einen Anwalt verhört?«

»Er verzichtete auf seine Rechte, ich war dabei. Er sagte, er brauche keinen Anwalt, er habe nichts zu verbergen. Sein Alibi und seine Antworten auf einige unserer Fragen stellten uns allerdings nicht zufrieden, deshalb wurde er verhaftet. Wir sind sicher, daß wir den Richtigen haben, Ms. Morrone.« In seiner Stimme schwang fast so etwas wie Bedauern mit, und ich beförderte ihn augenblicklich zur ersten Amtsperson, die mir je sympathisch war.

»Wer war diese Zeugin?«

»Ich kann Ihnen nicht alle Details darlegen. Ich bringe Ihnen die Papiere, sobald Hankie die Kopien hat. Die Voruntersuchung findet innerhalb von zehn Tagen statt.«

»Wann erfolgt die Vernehmung zur Anklage?«

»Der Bezirksrichter wird in einer Stunde hier sein.«

»Hier? Auf dem Revier?«

»Anklageerhebungen können wir hier erledigen, besonders in einem Fall wie diesem, wo sich die ganze Presse draußen herumtreibt. Ich möchte mich nicht mit diesen Leuten prügeln, Sie?«

»Aber wo ist der Gerichtssaal?«

»Es gibt keinen. Wir machen es gleich hier.« Mit diesen Worten öffnete er eine Tür, hinter der sich drei nebeneinanderliegende Gefängniszellen befanden. Zwei der Zellen waren leer, in der mittleren Zelle saß auf einem mickrigen Bett der Ehrenwerte Fiske Harlan Hamilton.

Bei meinem Eintreten erhob sich Fiske, und ich sah kurz

die Anspannung auf seinem Gesicht, aber sofort setzte er wieder seine gleichmütige Miene auf. »Rita, wie schön, daß du gekommen bist.«

»Aber das ist doch selbstverständlich«, sagte ich. Die völlige Widersprüchlichkeit des Anblicks bestürzte mich, ich brachte die Bilder nicht miteinander in Einklang. Ich hatte Fiske meist in seiner Bibliothek gesehen, jetzt saß er in einer Gefängniszelle. Ich hatte ihn in der schwarzen Richterrobe gesehen, jetzt trug er einen dünnen weißen Gefängnisoverall. Es erschien unwirklich.

»Richter Hamilton, wie geht's Ihnen da drin?« erkundigte sich Lieutenant Dunstan.

»Gut, Sir«, antwortete Fiske. »Darf Rita zu mir herein?«

Lieutenant Dunstan zögerte. »Normalerweise erlauben wir das nicht. Es ist eher eine Sache der Sicherheit. Sie verstehen, die damit verbundenen Vorschriften und all das.«

»Verstehe, Sir«, sagte Fiske. »Besten Dank.«

»Ich komme Sie holen, sobald der Bezirksrichter da ist«, sagte Dunstan und schloß mit einem lauten Knall die Tür.

Wir waren allein. In einem solchen Moment hätte die Familie Morrone oscarreife Leistungen vollbracht, zumindest hochanständiges Repertoiretheater in Reinkultur mit Umarmungen und Tränen. Aber die Hamiltons waren nicht die Morrones, heute spielte kein Verdi im Hintergrund. Ich trat näher an das Gitter heran, Fiske blieb regungslos hinter einem kleinen Schild mit der Aufschrift VAN DORN EISENWAREN stehen. Eine Minute lang sahen wir einander schweigend an.

»Kennst du den ›Mikado‹?« fragte Fiske.

»Hat da Ann-Margret mitgespielt?«

»›Das ist eine schöne Geschichte‹«, sang er eine Zeile.

Er singt? Forschend blickte ich in sein Gesicht. Aus der

Nähe betrachtet, wirkte er grimmig, er brauchte dringend eine Aufheiterung. »Ich hol' Sie raus, Mr. Big.«
»Yeah?« sagte er und spielte mit, soweit es seine gute Kinderstube erlaubte. »Wie denn?«
Ich hielt meine Aktentasche hoch. »Sehn Se das? Brauchen das Zeug bloß aufzuessen. Da hab ich 'ne Feile reingebakken.«
»Ein toller Plan.« Er verzichtete auf den Jargon, und ich auch.
»Du bekommst, wofür du bezahlst.«
»Heißt das, ich habe einen Strafverteidiger?«
»Nein, du bist mit mir geschlagen.«
Sein Gesicht hellte sich auf. »Du machst weiter? Ehrlich? Ich bezahle dich gern, weißt du. Das ist kein Problem.«
»Vergiß es. Ich bin deine Anwältin, obwohl du Mack meinetwegen angerufen hast.«
»Das hätte ich vielleicht nicht tun sollen.«
»Das Vielleicht kannst du vergessen, Fiske.«
Er zögerte. »Hat er dich gedrängt, damit du mich vertrittst? Hast du deshalb deine Meinung geändert?«
»Ich bin unter einer Bedingung hier. Wir schließen eine Vereinbarung, du und ich. Von jetzt an sagst du mir die Wahrheit. Alles, jede Kleinigkeit, egal, wie unbedeutend. Bei der nächsten Lüge bin ich weg, und du bekommst eine Anwältin, die weiß, was sie tut.« Es klang weniger bedrohlich, als ich gehofft hatte.
»Einverstanden.«
»Kleiner-Finger-Schwur?« Ich hielt meinen kleinen Finger hoch. »Heb deinen kleinen Finger. Ich verlange das von allen meinen Verbrechern.«
»Ich schwöre bei Gott, Rita. Reicht das?«
»Es muß reichen. Und was mache ich nachher bei deiner

Vernehmung zur Anklage? Mich so verhalten, als wüßte ich, was ich tue?«

»Ja.«

»Meine Spezialität. Hast du diese Erklärung bezüglich des hinreichenden Tatverdachts bekommen, von der hier andauernd die Rede ist? Weißt du, was drin steht?«

Er wiederholte, was Dunstan mir bereits gesagt hatte, die Identifizierung durch die Zeugin, der schwarze Jaguar und das Autokennzeichen. Aber dann erwähnte er noch die Fingerabdrücke.

»Welche Fingerabdrücke?« fragte ich überrascht.

Er schob mir die Papiere durch die Gitterstäbe zu. »In Patricias Garagenhaus wurden meine Fingerabdrücke gefunden. Im Wohnzimmer.«

Scheiße. Ich überflog den Text, der in allgemeinen Formulierungen schilderte, was ich bereits wußte.

»Du weißt, warum, Rita. Ich sagte dir, daß wir uns ein- oder zweimal dort getroffen haben. Aber auf die Frage war ich nicht vorbereitet. Ich wußte nicht, wie ich der Polizei erklären sollte, wie meine Fingerabdrücke dorthin kamen. Daraufhin wurde ich festgenommen.«

Dumm. »Fiske, wie konntest du zulassen, daß man dich ohne einen Anwalt verhört?«

Er wurde sehr steif. »Ich bin Anwalt, und ich habe keinen Mord begangen. Es gab nichts, wovor ich mich hätte fürchten müssen, ich brauchte niemanden, hinter dem ich mich hätte verstecken können. Und es war nicht mein Wagen. Das ist völlig unmöglich.«

»GARDEN-2? Ein spezielles Kennzeichen an einem speziellen Wagen?«

»Es ist mein Kennzeichen, aber es war nicht mein Wagen. Ich fuhr an jenem Tag mit dem Auto zur Arbeit. Ich parkte in der Tiefgarage des Gerichts, im Sicherheitsbereich. Niemand außer mir hätte es dort herausholen können.«

»Aber Patricia wurde gegen Abend umgebracht, und du bist gegen siebzehn Uhr weggefahren. Die Polizei war alles andere als begeistert von deinem Alibi.«

Er zögerte. »Ich bin in der Gegend herumgefahren. Das habe ich dir bereits gesagt.«

Verdammt schwach. »Arbeitest du noch mit mir daran, ja?«

»Aber es ist die Wahrheit, ich schwöre es! Ich bin herumgefahren, nachdem wir miteinander telefoniert haben. Ich mußte einen klaren Kopf bekommen.« Seine Stimme wurde lauter, und ich überlegte, ob es klug war, hier über sein Alibi zu diskutieren. Oder überhaupt darüber zu diskutieren.

»Reden wir später darüber«, entschied ich.

Er fuhr sich mit einer seiner geäderten Hände durch die silbrigen Haare. »Weiß die Presse von der Zeugin?«

»Das bezweifle ich, aber die Medien wissen Bescheid über deine Festnahme. Die Meute ist draußen. Ich habe versucht, sie zu ignorieren, aber dazu waren es leider zu viele.«

»Dann ist es also publik.«

»Sehr sogar.«

»Ich kann es nicht glauben, Rita«, sagte er und senkte den Blick auf seine Hände. Auf jeder Fingerkuppe prangte ein schwarzer Fleck. »Das ist ein Alptraum.«

»Kopf hoch. Dein Verbrecherfoto ist bestimmt besser als das auf deinem Führerschein. So, jetzt müssen wir dich zuerst hier rausholen. Anschließend muß ich Strafrecht pauken. Du kannst mich abhören.«

»Nein. Wir müssen unbedingt zum Garagenhaus. Ich will mich dort umsehen.«

»Was soll das?«

»Wir müssen so schnell wie möglich den Tatort besichtigen.«
Soviel wußte ich auch. »Moment mal, Fiske. Mein erster Punkt auf der Tagesordnung lautet, dich hier rauszuholen, anschließend habe ich vor, einen Freispruch für dich zu erwirken. Wie ich von Punkt A nach Punkt B gelange, ist mir allerdings noch nicht klar.«
Er umklammerte die Gitterstäbe wie ein geborener Sträfling. »Die beste Möglichkeit zum Beweis meiner Unschuld besteht darin, den wahren Mörder zu fassen.«
»Immer hübsch eins nach dem anderen. Ich sorge dafür, daß du gegen Kaution freikommst, anschließend gehe ich zum Tatort. Du gehst nach Hause und kümmerst dich um Kate.«
»Aber es wäre besser, ich käme mit dir.«
»Würdest du an meiner Stelle einen Mandanten mitnehmen? Ganz sicher nicht. Zumindest nicht gleich zu Anfang.«
»Aber …«
»Ich habe hier das Sagen, Fiske«, unterbrach ich ihn scharf. Er sah mich verblüfft an, und ich gebe zu, ich war selbst verblüfft. Ich hasse Autoritäten, aber ich konnte mich nicht erinnern, wann ich zuletzt einen Bundesrichter angeschnauzt hatte. »Sieh mal, ich weiß vielleicht nicht genau, wie ich vorgehen soll, aber das kommt schon noch. Die einzige Möglichkeit, wie wir mit diesem Fall fertig werden, besteht darin, daß du dich an meine Anweisungen hältst. Du kannst nicht mein Blatt für mich spielen, verstehst du?«
»Dein Blatt spielen?« sagte er auf eine Art und Weise, daß es sich dumm und vulgär anhörte. Vielleicht war es das ja auch.
»Du hast mich verstanden.«

Er hob kaum merklich das markante Kinn. »Aber es macht dir nichts aus, wenn ich dich hin und wieder über einige meiner Überlegungen in Kenntnis setze.«
»Deine Überlegungen sind willkommen, deine Befehle nicht. Mein Job besteht darin, den Fall über die Bühne zu bringen. Dein Job besteht darin, die Wahrheit zu sagen, in die Kamera zu lächeln und deine Arbeit wieder aufzunehmen. Du trittst doch nicht zurück, oder?«
»Nein. Die Verfassung gilt auch für mich.«
»Gut.«
»Und ich bin unschuldig. Glaubst du mir?«
Gewiß, abgesehen von der Identifizierung durch die Zeugin und dem Autokennzeichen. »Ich sorge dafür, daß du freigesprochen wirst. Reicht das nicht?«
»Nein.«
»Muß es aber.«
»Aber wie willst du einen Freispruch erreichen, wenn du mir nicht glaubst?«
»Ich gehe so vor, wie ich es für richtig halte, und spiele die Karten aus, wie sie kommen.«
Er wirkte verwirrt.
»Du spielst nicht Poker, oder, Fiske?«
»Du weißt, daß ich Schach spiele. Ich mißbillige Spiele, jegliche Glücksspiele.«
»Setz dich darüber hinweg. Es ist Zeit für einen Schnellkurs.«
Er sah nicht gerade erfreut aus.

– 12 –

Nachdem ich Fiske zu Hause bei einer besorgten Kate abgeliefert hatte, fuhr ich zu Patricia. Das Garagenhaus lag ein ganzes Stück zurückversetzt hinter der weißen Stuckvilla auf einem Grundstück von etwa fünfundzwanzigtausend bewaldeten Quadratmetern. Eine kurvige, gepflasterte Zufahrt führte von der Straße zwischen den Bäumen hindurch zum Haus. Das Garagenhaus war ein winziges, mit Schindeln gedecktes Häuschen, elfenbeinfarben gestrichen und mit blauen Zierkanten versehen. Genau der Typ von Haus, von dem sich Künstlerinnen, Liebende und Klägerinnen angezogen fühlen.

Ich schätzte die Entfernung vom Garagenhaus zur Villa ungefähr nach Augenmaß ab: etwa neunzig Meter. Dann die Entfernung vom Garagenhaus zur Straße. Luftlinie über die Bäume etwa siebzig Meter. Nur an einer einzigen Stelle führte der Zufahrtsweg dicht an die Rückseite der Villa heran. Eine Zeugin, die sich auf der Straße aufhielt oder im Haus befand, könnte zwar einen Jaguar erkennen, den Fahrer aber nur mit größter Mühe und kaum mit absoluter Sicherheit identifizieren, noch dazu bei dem Platzregen, den wir gestern hatten. Ich überlegte, wer die Zeugin sein könnte, und beschloß, sobald wie möglich den Eigentümer des Haupthauses aufzusuchen.

Ich blickte zurück zum Garagenhaus. Es hatte nur ein

Stockwerk, und ein Eichenhain verbarg es fast völlig vor neugierigen Blicken. Das Erdgeschoß bestand aus einer efeubewachsenen Garage, und eine Efeuranke über der Tür verriet mir, daß diese seit längerem nicht mehr geöffnet worden war. Vielleicht benutzte Patricia die Garage als Lagerraum. Ich dachte an das Bild, von dem sie bei ihrer Zeugenvernehmung gesprochen hatte, das von Paul und mir. Möglicherweise bewahrte sie ihre Bilder in der Garage auf.

»Kann ich auch einen Blick in die Garage werfen?« fragte ich meinen Babysitter, Officer Johanssen. Solange der Tatort nicht freigegeben war, hatte Lieutenant Dunstan verfügt, daß ich zur Besichtigung stets eine Begleitung brauchte, sogar draußen auf dem Grundstück. Und jeder Besuch mußte schriftlich festgehalten und protokolliert werden.

»Ja«, antwortete Johanssen.

Wir gingen an der Garage vorbei auf die linke Seite des Hauses und gelangten zu einer mit Schieferplatten belegten Terrasse, wo sich die Eingangstür unter einem weißen, von großen purpurroten Blüten überwucherten Spalier versteckte. Die Tür befand sich in gutem Zustand, abgesehen davon, daß die blaue Farbe durch die Jahre und von der Witterung in Mitleidenschaft gezogen war. Wie war der Mörder ins Haus gekommen?

»Die Tür sieht unbeschädigt aus, oder?« fragte ich, absichtlich laut.

Johanssen antwortete nicht, sondern zog einen Schlüssel, an dem ein weißes Schildchen hing, aus seiner Hosentasche.

»Waren Sie einer der Officer am Tatort, gleich nach dem Mord?«

»Nein.«

»Sind Sie schon einmal hier gewesen?«

»Nein.«

Ein kräftiger Wikinger mit braungebrannter Haut. Er wäre ein phantastischer Spermaspender, sofern das Ei für die Persönlichkeit sorgt.

Er stocherte mit dem Schlüssel im Schloß herum und schob dabei die Unterlippe vor. Wäre ich nicht dabeigewesen, hätte er mit Sicherheit geflucht. Endlich ging die Tür auf und gab den Blick frei auf einen einfach möblierten Flur, der lediglich ein bemaltes Beistelltischchen und eine Holzlampe mit Schnitzereien enthielt. Auf dem Tischchen lagen ein paar Farbstifte neben einem steifen Zweig aus getrockneter rosa Bleiwurz.

»Vermutlich sind die Wohnräume oben«, bemerkte ich.

»Da ist die Treppe«, erwiderte Johanssen. Er wandte sich nach links, und ich folgte ihm.

Die Treppe war schmal und nicht mit Teppichen belegt. Johanssen in seinen schwarzen Schuhen hatte einen schweren Tritt, und die Stufen ächzten bei jedem seiner Schritte. Es fiel mir leichter, seine Absätze im Auge zu behalten, als die Treppe hinaufzublicken und mir vorzustellen, was mich da oben erwartete. Auf halbem Wege die Treppe hinauf bekam ich die Antwort. Es war der Geruch. Ein Geruch, an den ich mich aus meiner Kindheit erinnerte. Ich wuchs in der Fleischerei mit dem Geruch nach Blut auf, aber dieses Blut roch nicht wie das eines Tieres. Es roch anders, primitiver, wie Menstruationsblut. Die heiße Luft war erfüllt davon. Mir wurde übel, und ich mußte mich auf das Holzgeländer stützen.

Johanssen, der inzwischen oben an der Treppe angelangt war, warf einen Blick über die Schulter. »Miß?«

»Ich komme schon.« Ich würgte die aufsteigende Übelkeit hinunter und zwang mich, weiterzugehen.

Was ich oben vorfand, entsetzte mich. Patricias Wohnzimmer, das offenbar auch als Studio diente, war durchwühlt worden. Der naturbelassene Hartholzfußboden war übersät mit Bleistiftskizzen auf weißem Zeichenpapier. Überall im Zimmer lag gelbes Pauspapier verstreut. Eine Staffelei aus Holz war umgestoßen worden; an der Staffelei hing das Foto einer Wiese, eine Leinwand mit einem ähnlichen Motiv lag daneben. Das Bild war aufgeschlitzt, und am Riß klebte Blut. Sonnenlicht ergoß sich durch die Sprossenfenster und beleuchtete den Raum geradezu obszön.

»Mein Gott«, hörte ich mich sagen.

»Denken Sie daran, nichts anfassen«, mahnte Johanssen. Sein Blick konzentrierte sich auf die rechte Seite des Zimmers, seine Anspannung war spürbar. Ich folgte seinem Blick.

Weiße Striche, die an eine Silhouette von Keith Haring erinnerten, waren auf den Boden gemalt. Ein Durcheinander von Armen und Beinen, entstellt und wüst wie das Studio. Kein Mensch, keine Frau, konnte in einer solchen Stellung liegen. Der Kopf war weit nach hinten gebogen und der Hals verdreht. Mitten in der sich über den Hartholzboden ausbreitenden Silhouette war ein Blutfleck, der merkwürdigerweise hellrot leuchtete. Der elementare Blutgeruch wurde nun von einem noch stärkeren Geruch überdeckt.

»Was ist das für ein Geruch?« fragte ich mich wiederum laut, aber Johanssen antwortete wiederum nicht. Ich wich zurück, denn was immer es war, es brannte leicht in den Augen. Ein Lösungsmittel, Terpentin. Ich sah mich um und entdeckte eine klare Flüssigkeit, die wie ein Rinnsal aus einer umgekippten Kaffeedose lief. Sie sickerte in die kleine Pfütze aus Blut, und die beiden Flüssigkeiten vermischten sich auf gespenstische Weise. Darum blieb das Blut rot, sauerstoffhaltig. Ich schrak vor diesem Anblick und dem Geruch zurück und wäre fast auf einem Pinsel ausgerutscht.

»Miß?« sagte Johanssen.

»Alles in Ordnung«, antwortete ich und gewann wieder festen Halt, wenn auch nicht meine Fassung. Ich ging zum Fenster hinüber, wo eines der Fliegengitter offenstand. Draußen dehnte sich eine große, von Licht- und Schattenflecken gesprenkelte Rasenfläche aus, und durch die Baumwipfel lugte das Schieferdach des Haupthauses. Die Luft roch angenehm und frisch, und ich schloß die Augen und atmete tief durch. War Fiske zu solcher Grausamkeit fähig, noch dazu gegenüber einer Frau, die er liebte?

»Möchten Sie noch etwas sehen?« fragte Johanssen.

»Ja. Ich will alles sehen.« Ich mußte.

Wir verließen das Zimmer und überquerten den oberen Treppenabsatz. Vor uns befand sich eine kleine offene Küche, die unangetastet schien. Auf einer grauen Küchentheke stand neben schmutzigem Geschirr ein Porzellankrug. Nichts schien außergewöhnlich.

Ich lugte in das Badezimmer neben der Küche. Es war winzig mit einem schlichten, altmodischen Waschbecken und einer Badewanne mit Klauenfüßen. Alles makellos, bis hin zu dem Schwamm, der zwischen der Wanne und der gefliesten Wand steckte. Mit Ausnahme der Toilette. Die Klobrille war hochgeklappt. Seltsam. Benutzte ein Mörder die Toilette? Ich fragte mich, ob das den Polizisten aufgefallen war, oder ob man eine Frau sein mußte, um das zu bemerken.

»Hier ist das Schlafzimmer«, sagte Johanssen, und ich ging hinüber zu ihm.

Das Zimmer war sehr hübsch. Ein schmales Bett mit einem Spitzenüberwurf, der in seiner Unordnung dem Ganzen eher einen dekorativen Reiz verlieh, anstatt einen ungemachten Eindruck zu vermitteln. Die Laken wie auch die Kissenbezüge waren aus weicher, ungebleichter Baumwolle. Vor der Wand auf der rechten Seite stand eine Kommode aus Eichenholz, auf der ein Spitzendeckchen lag. »Hier hat vermutlich kein Kampf stattgefunden«, sagte ich.

Johannsen erwiderte nichts.

Die Fenster an der gegenüberliegenden Wand hatten weiße Spitzengardinen, und zwischen den Fenstern stand eine Wäschetruhe. Links befand sich ein Bücherregal, aber nirgendwo gab es Anhaltspunkte, aus denen man irgendwelche Rückschlüsse hätte ziehen können. »Weitere Räume gibt es nicht, Officer?«

»Nein.«

»Dann möchte ich noch einmal das Wohnzimmer sehen.«

»Wie Sie wollen.«

Den ersten Schock hatte ich überstanden, und ich versuchte, mir das Zimmer anzusehen wie ein Profi. Ich holte einen kleinen Block aus meiner Handtasche und begann, mir Notizen zu machen. Aus der Verteilung des Blutes und der Blutspritzer war nichts Auffälliges zu erkennen. Es sah so aus, als sei Patricia hier im Studio angegriffen worden, vielleicht während sie malte, und auch hier erstochen worden. Ich hatte keinen Beweis, aber es sah so aus, als hätte der Mörder das Zimmer entweder in einem Wutanfall, möglicherweise unter dem Einfluß von Drogen oder Alkohol, oder während eines Kampfes verwüstet. Zu gerne hätte ich gewußt, ob die Bullen schon irgendeine Theorie hatten.

»Sieht nach einem Kampf aus«, sagte ich zu keinem Bullen im besonderen.

Johanssen antwortete nicht.

Wirklich sehr hilfreich. Kurz zog ich in Erwägung, Johanssen daran zu erinnern, daß ich Steuerzahler war und daß das mindeste, was er für mich tun konnte, darin bestand, mir einen Knochen hinzuwerfen, doch ich kam zu dem Schluß, daß das sehr unkriminalistisch wäre, betteln um kleine Andeutungen und so was alles.

Ich widmete mich dem Regal auf der rechten Seite des Zimmers. Neben einer Zigarrenkiste voller Bleistifte lagen Skizzenbücher und Blocks ungeordnet auf den Brettern. Schmierige schwarze Flecke verunzierten fast sämtliche Möbeloberflächen. »Ist dieser Staub da für die Fingerabdrücke?«

Johanssen nickte.

He, ich machte Fortschritte. Ich trat näher an das Regal heran. Unberührt, bis auf das Pulver für die Fingerabdrükke, stand oben auf dem Bücherregal ein Farbkasten aus massivem Holz. Das Stück sah teuer aus. Meiner Vermutung nach handelte es sich um den Kasten, den Fiske Patricia geschenkt hatte. Er hatte drei Einsätze und war gefüllt mit silbernen Tuben mit Ölfarbe. Cadmiumrot, Preußischblau, Chromgrün, stand auf den schwarzen Etiketten, und jede Tube hatte in der Mitte eine Einbuchtung wie diese Alptraumtuben von Crest-Zahnpasta, Reisegröße.

Aber der Farbkasten war nicht beschädigt. Das schien merkwürdig, sofern Fiske Patricia umgebracht und das Zimmer verwüstet hatte. Hätte er das teure Geschenk nicht vernichtet? Wurde das Studio durchwühlt, bevor oder nachdem sie ermordet wurde? Suchte der Mörder nach etwas? Ich trat einen Schritt zurück und hörte das Rascheln von Papier unter meinen Füßen.

»Passen Sie bitte auf, wo Sie hintreten«, sagte Johanssen. »Wir sind mit dem Tatort noch nicht fertig.«

»Entschuldigung.« Ich lief rot an. Joe Cool stolpert am Tatort über Beweisstück A. In der Erwartung eines weiteren Bildes mit Frühlingsblumen blickte ich auf meine Füße hinunter, aber ich hatte mich mächtig getäuscht. Unter meinem Pumps lag die Skizze eines jungen Schwarzen. Nackt.

Ich betrachtete die Zeichnung genauer. Er lag auf so was wie einem Laken, sein hübsches, von kurzen Rastalocken eingerahmtes Gesicht direkt der Künstlerin zugewandt. Er hatte einen jungen, kräftigen Körper; muskulöse Schultern und eine breite Brust, die Brustwarzen waren mit zarten, schwarzen Tuschestrichen angedeutet. Die geschwungenen Hüften zeugten ebenfalls von Kraft. Ein Bein hatte er angezogen, dahinter verbarg sich diskret, was unterhalb seines flachen Bauches lag. Ich hätte gerne gewußt, wer der Mann war und ob es sich um ein echtes Modell oder um eine Phantasiegestalt handelte. Ich machte mir eine Notiz, dies herauszufinden.

Ich warf einen flüchtigen Blick auf die anderen Skizzen. Auf allen prangten Früchte oder Blumen – Pfingstrosen, Schmuckkörbchen, Rudbeckia –, wie ein gezeichneter Katalog eines Gartencenters. Die erotische Zeichnung verriet mir mehr über Patricia als ihre sämtlichen Schmuckkörbchenrispen. Ich nahm mir die Zeit, jedes einzelne Bild zu betrachten, auch die unvollendeten Bilder, die sie gegen die Wand gelehnt hatte. Dabei fiel mir ein weiteres unvollendetes Bild ein.

»Officer, können wir uns jetzt die Garage ansehen?« fragte ich.

»Ja.«

Erleichtert, daß ich die blutige Szenerie hinter mir lassen konnte, ging ich die Treppe hinunter. Ich lief vor Johanssen her, der noch die Eingangstür abschloß, und machte mir eine Notiz über die Entfernung von der Auffahrt zur Villa. Meine anfängliche Schlußfolgerung, daß die Identifizierung des Richters durch die Zeugin angreifbar war, wurde dadurch bekräftigt. Abgesehen von dieser Sache mit der Autonummer.

Das brachte mich wieder auf einen anderen unerwünschten Gedanken, den ich erst einmal verworfen hatte, nachdem ich Kate vollkommen aufgelöst in ihrem Haus angetroffen hatte. Kate fuhr einen schwarzen Jaguar, der Wagen besaß ein fast identisches Kennzeichen. Und sie hatte ein Motiv – ihren Zorn auf Patricia wegen der Klage. Falls sie von der Affäre wußte, hatte sie sogar ein noch stärkeres Motiv. Es schien verrückt, aber war es möglich, könnte sie es getan haben? Und wollte ich Fiske entlasten, nur um dann Kate an der Angel zu haben?

»Hat die wohl nicht oft benutzt«, maulte Johanssen, der noch immer mit dem Türschloß kämpfte.

»Aber sie hätte die Tür nie offengelassen.« Eine Frau, die allein lebt? Niemals.

Endlich war die Tür abgesperrt. »Gehen wir«, sagte Johanssen und führte mich um das Haus herum auf die Vorderseite. Der gierige Efeu überwucherte die linke Seite der Garagentür. Stirnrunzelnd schnippte Johanssen seinen Hut nach hinten. »Müssen Sie da wirklich rein, Lady?«

»Jawohl.«

»Ist das für die Verteidigung von Bedeutung?«

»Ich bezweifle es, aber die Alternative besteht darin, Akten zu lesen.«

Er schielte mich von der Seite an, dann wieder hinüber zur Tür. »Muß von Hand gehen.«

»Was?«

»Die Tür.« Er bückte sich und packte einen rostigen Griff

unten an der Tür. Nach vier kräftigen Rucken öffnete sie sich, und im Licht einer an der Decke hängenden nackten Glühbirne offenbarte sich den Blicken ein wahres Wunderwerk. Ein Motorrad. Die Maschine war glänzend türkisblau lackiert, die Auspuffrohre aus Chrom funkelten und blitzten, und ein schwarzer Ledersitz krönte das Ganze. Patricia besaß also ein Motorrad. Von einem Auto war weit und breit nichts zu sehen. Ich speicherte diese Information und sah mich in der muffigen Garage um.

»Mensch, sieh dir das an.« Johanssen wurde urplötzlich ausgesprochen lebhaft und glitt auf das Motorrad zu, als würde er magnetisch angezogen. »Das ist eine BMW.«

»Ich wußte gar nicht, daß BMW Motorräder baut«, sagte ich beiläufig.

»BMW? Machen Sie Witze? BMW baut schon seit Jahren Motorräder, seit dem Zweiten Weltkrieg. Für Rommel die ersten Räder mit Wellenantrieb. Die brauchte er, weil in Nordafrika ständig Sand in die Ketten der alten Räder geriet. Ein enormer Verschleiß. Später übernahm Motoguzzi diese Technik, und in den achtziger Jahren hatte praktisch jede Firma ein Rad mit Antriebswelle.«

»Wirklich?« Was mich das kümmert. Vor der Wand stand ein Regal mit Büchsen, in denen Malutensilien aufgehoben wurden, schlanke Dosen mit Pinselreinigungsmittel und Leinöl. Hier unten also hat Patricia ihr Malzeug aufbewahrt.

Johanssen stieß einen bewundernden Pfiff aus. »Herr im Himmel, das ist eine 750er.«

»Eine 750er?« fragte ich mit der Absicht, ihn weiter abzulenken, damit er nicht auf meine Herumschnüffelei achtete. »Was bedeutet das?«

»Siebenhundertundfünfzig Kubikzentimeter. Der Hub-

raum, die Größe der Maschine. Wie die Pferdestärke bei den Autos.«
»Interessant.« Für andere. Ich ging um das Motorrad herum auf die andere Seite der Garage. Im Licht, das durch das Fenster fiel, erkannte ich vor der Schlackensteinwand der Garage einige Koffer, einen rosafarbenen Schrankkoffer und etliche Kartons.
»Ich habe eine Honda«, fuhr Johanssen fort. »Aber nur eine 550er. Die wird heute nicht mehr gebaut, heute fangen sie erst bei 650 an.«
»Ich glaube, hier unten ist nichts«, sagte ich und versuchte, meiner Stimme einen enttäuschten Tonfall zu verleihen. »Offenbar hat sie die Garage nur als Lagerraum benutzt.« Ich schlenderte hinüber zu den Pappkartons und spähte durch eine Klappe, die ein wenig feucht war. Drinnen lagen ein Haufen Wollröcke und Pullover. »Nur jede Menge Wintersachen. Ich würde meine Pullover nie in einem offenen Karton aufbewahren, Sie?«
Johanssen schüttelte den blonden, über das Motorrad gebeugten Kopf. »Fünfhundert Kubik sind zu wenig, wenn ich da an eine Autobahnauffahrt denke, da muß man beschleunigen können.«
Phantastisch. Meine übliche Kommunikation mit Männern. Ich widmete mich klammheimlich dem Schrankkoffer. »Ich würde nie Wollsachen in einer Garage aufheben, wo die Motten drankommen, Sie?«
»Nein. Andauernd übersehen einen die Autofahrer. Das ist die Hauptursache für Motorradunfälle, man sieht das Motorrad so schlecht. Deshalb braucht man einen starken Motor, für die Wendigkeit. Mit einem Motorrad muß man defensiv fahren.«
»Wissen Sie, wie ich meine Pullover aufhebe, Officer?« Das

Schnappschloß des Koffers war aus fleckigem Messing. Lautlos hob ich es mit meinem besten Fingernagel an. »Ich lasse jeden reinigen und hebe sie dann einzeln in den Plastiktüten auf, die man in der Reinigung bekommt. Wissen Sie, welche ich meine?«

»Ja. Das Baby hat 'ne Menge Power. Jede Menge Power.« Er ging in die Hocke und betrachtete hingebungsvoll die verchromten Auspuffrohre. »Die brauchen eine schicke Verkleidung. Ich würde da 'ne Verkleidung dranmachen, wenn es meine wär'.«

»Wenn ich jeden Pullover extra in eine Tüte gepackt habe, schiebe ich ein paar Päckchen mit kristallisiertem Mottenpulver dazwischen, die Sorte, die man mit den Lavendelkissen kriegt.« Im Schrankkoffer befanden sich jede Menge Taschenbücher, Grateful-Dead-Alben, alte Schuhe und Skizzenbücher. »Wissen Sie, welche Duftkissen ich meine? Die mit Lavendel. Die lilafarbenen.«

»Blau ist hübsch. Rot wär' auch gut. So ein Kastanienbraun.« Seine Stimme ertönte hinter dem Motorrad hervor.

»Mit denen kriegt man nicht diesen Mottenkugelgeruch in die Sachen, wissen Sie, was ich meine?« Unter den Taschenbüchern lag ein Bündel Notizblocks. »Ich hasse den Geruch nach Mottenkugeln, Sie auch? Ich nehme Lavendel, nichts anderes.«

»Klar. Und schwarz. *Schwarz* ist was ganz Besonderes. Wenn ich mir so ein Baby aussuchen könnte, dann eines in Schwarz.«

»Schwarz ist hübsch«, bekräftigte ich und schloß den Schrankkoffer. Dahinter stand eine Werkbank, die aus einer über zwei Böcke gelegten Tür zusammengebastelt worden war. Oben auf der Tür standen mit Pinseln und Spachteln

gefüllte Kaffeedosen und Marmeladegläser, auch ein Stoß kleiner Skizzenbücher lag darauf. Unter der Tür lehnten Bilder, die rauhen weißen Kanten der Leinwände lugten zwischen den Böcken hervor. Vielleicht war das Porträt von Paul und mir hier dabei.
Johanssen war seit geraumer Zeit auffallend still, deshalb warf ich einen prüfenden Blick über die Schulter. Er stand mit gespreizten Beinen über dem Motorrad und hatte die Augen geschlossen. Wenigstens machte er keine Motorgeräusche. Jedenfalls nicht laut.
Ich bückte mich und blätterte die Bilder durch. Noch mehr Wildblumen, eine nach der anderen, dann ein Porträt des jungen Schwarzen, wieder nackt. Er stand aufrecht und sah die Künstlerin mit einem fast unanständigen Blick an. Ich blätterte rasch weiter. Noch drei Bilder mit jeweils einem anderen nackten Mann. Na schön, Patricia hatte eine zügellose Seite, trotz ihres engelhaften Aussehens.
Ich warf noch einmal einen kurzen Blick auf Johanssen. Seine Augen waren wie im Orgasmus geschlossen. Und gnädigerweise lief wieder alles lautlos ab.
Ich beschäftigte mich mit den nächsten Bildern und schluckte schwer, denn ich starrte auf ein prachtvolles Porträt von unserer Bermudareise. Paul stand sonnenverbrannt unter dem halbmondförmigen Tor, sein Sakko leuchtete in geradezu überirdischem Weiß. Hinter uns ein üppiger Garten, über uns ein in makellosem Blau erstrahlender Himmel. Nur ich war unvollendet. Mein Gesicht war noch kaum skizziert, ich sah aus wie ein Geist.
»Irgendwas gefunden?« fragte Johanssen. Er stand hinter dem Motorrad und musterte mich aufmerksam.
Bluffe, Mädchen. »Ja. Ein paar wunderschöne Bilder. Ich liebe Kunst, Sie auch?«

»Na ja, schon.«

»Das Bild hier sollten Sie sich unbedingt ansehen, Officer. Es ist wirklich sehr hübsch. Ein Stilleben mit Gerbera in einer Vase. Man sieht jeden Pinselstrich. Kommen Sie und sehen Sie sich das an.«

»Ah, Gerbera?«

»Dicke Stiele, große Blüten. In Rosa, Orange, Gelb. Absolut perfekt, richtig lebendig. Sie gefallen Ihnen bestimmt. Kommen Sie, sehen Sie es sich an.«

»So ein Kunstfan bin ich nun auch wieder nicht«, rief er, während er hinten um das Motorrad herumging. »Aber meine Frau, die liebt Kunst. Sie ist in Chadds Ford aufgewachsen und mag deshalb Wyeth und diese Brandywine-Typen. Echt ein tolles Motorrad.«

»Ich mag Wyeth auch, ein paar von seinen Wiesenbildern. Und die Schneeszenen. Ich liebe sie, Sie nicht?« Ich schnippte das Porträt an seinen alten Platz und richtete mich auf. Entschlossen griff ich nach einem der kleinen Skizzenbücher und blätterte rasch die Seiten durch. Es enthielt Zeichnungen nackter Männer; schwarzer Männer und weißer Männer, kleiner Männer und großer Männer. Im zweiten Skizzenbuch entdeckte ich noch mehr dieser Bilder, und beim dritten Skizzenbuch brach mir der Schweiß aus, ohne zu ahnen, was ich finden würde. »Erinnern Sie sich an die Helga-Bilder?« fragte ich laut.

»Klar, vielleicht würde ich doch Kastanienbraun nehmen. Mit Kastanienbraun könnte ich leben. Ich wette, ich kriege eine gebrauchte. In dem Laden in Montgomeryville, da haben sie bestimmt eine.«

Ich öffnete den Pappdeckel des dritten Skizzenbuches und erstarrte. Eine Skizze von Paul. Er lag mit geschlossenen Augen schlafend auf einem Bett mit Spitzendecke. Er war nackt, nur ein Laken war achtlos um seine Schenkel drapiert. Am liebsten hätte ich laut aufgeschrien, aber ich tat es nicht.

»Vielleicht sollte ich es mir zu Weihnachten wünschen?« fuhr Johanssen fort.

Ich war wie betäubt. »Ah ... einen Versuch wär's bestimmt wert.«

»Wir könnten zusammen lange Fahrten machen. Sie beschwert sich immer, daß wir zwei zu wenig Zeit miteinander verbringen, nur wir beide allein. Täte unserer Ehe sicher gut.«

»Ja, klingt gut.« Als ob ich wüßte, was einer Ehe guttat. Rasch schaute ich die anderen Skizzenbücher durch. Paul war in keinem davon, aber der junge Schwarze mit den kurzen Rastalocken. Ich nahm noch einmal das Skizzenbuch mit Pauls Bild in die Hand, unschlüssig, was ich damit machen sollte.

»Jawohl, Sir«, sagte Johannsen und wippte auf den Fußballen vor und zurück. »Ich glaube, ich schreibe es auf meinen Wunschzettel für Weihnachten.«

»Eine gute Idee.« Am liebsten hätte ich das Skizzenbuch quer durch den Raum geworfen, aber ich machte etwas Klügeres. Ich steckte es in meine Tasche.

»Man kann keinem einen Vorwurf machen, nur weil er was versucht«, sagte Johanssen.

Ach nein? Dann paß mal auf.

– 13 –

Fast war es so weit, daß ich Verständnis für Fiskes Alibi aufbrachte, denn eine geschlagene Stunde tat ich nichts anderes, als ziellos in der Gegend herumzufahren, das Verdeck geöffnet, das Skizzenbuch auf dem Rücksitz. Die heiße Sommerluft peitschte meine Haare, und mein Make-up schmolz dahin. Aber es kümmerte mich nicht, wie ich aussah. Es kümmerte mich nicht einmal, wohin ich fuhr. Ich fuhr einfach. Schnell. Sehr schnell.

Daß ich keinen Strafzettel wegen Geschwindigkeitsüberschreitung bekam, ist ein Wunder, aber daß ich den Wagen nicht ruiniert und mich nicht umgebracht habe, liegt auf der Hand. Erstens würde ich das meinem Wagen nie antun, und zweitens gehöre ich nicht zu den Frauen, die ihre Wut in sich hineinfressen, ich bin kein Selbstmordtyp. Ich bin recht gut darin, meine Wut rauszulassen, und ich halte das für eine Weiterentwicklung des altmodischen, Valium schluckenden, dem Weiblichkeitsmythos entsprechenden Rollenbildes. Immerhin hatte ich nicht die Absicht, mich umzubringen, sondern Paul.

Die ersten fünfundzwanzig Meilen ungefähr dachte ich tatsächlich ernsthaft darüber nach. Wie begeht man einen Mord, wie kommt man ungeschoren davon. Falls Sie glauben, die Tatsache, daß ich gerade einen blutbesudelten Tatort besichtigt hatte, müßte meinen mordlustigen Gedanken einen Dämpfer verpaßt haben, so irren Sie sich gewaltig. Es verschaffte mir vielmehr eine Art Genehmigung zum Mord. Siehst du, andere Leute tun es, also kannst du es auch. Funktioniert ähnlich wie der Betrug beim Absetzen des häuslichen Arbeitszimmers.

Nach weiteren dreißig Meilen hatte ich das akute Verbrecherstadium hinter mir, aber bei Meile fünfundfünfzig hatte ich noch genügend hochoktanige Galle für ein paar Nettigkeiten, deshalb donnerte ich nach Hause. Ich rauschte in die Auffahrt und machte hinter Pauls Cherokee eine Vollbremsung, so daß der Kies gegen den glänzenden Lack seines Wagens spritzte. Ich schaltete den Motor aus, schnappte mir das Skizzenbuch und knallte die Wagentür zu. Letzteres bedauerte ich spontan zutiefst. Ich knalle nie wütend die Wagentür zu, ich achte mein Auto. Ich ärgerte mich dermaßen darüber, daß ich die Haustür mit einer solchen Wucht zuschlug, daß die Fensterscheiben zu beiden Seiten klirrten und Paul die Treppe zur Diele heruntergerannt kam.

»Rita!« sagte er. Seiner erschrockenen Miene konnte ich entnehmen, wie verstört ich aussehen mußte mit meinem verschmierten Augen-Make-up, dem schweißglänzenden Gesicht und den von der heißen Feuchtigkeit gestylten Haaren.

»Was ist, Paul? Sehe ich nicht so aus wie die Frau, die du heiraten willst?« Ich drehte eine Pirouette wie ein Model und wackelte dabei nicht das kleinste bißchen.

»Du siehst … gut aus.«

Ich musterte ihn von oben bis unten, wie er so da stand in seinen gebügelten Hosen, dem schwarzen Viskosehemd und der seidenen Hermes-Krawatte. »Du auch, und das alles für mich?«

»Ich war bei Mom und Dad. Die Polizei machte eine Haus-

durchsuchung und stöberte in sämtlichen Schränken herum, sogar in der Garage. Es dauerte den ganzen Nachmittag, bis wieder alles in Ordnung war. Sogar Dads Wagen haben sie mitgenommen. Wo warst du?«
Drohend schwang ich das Skizzenbuch. »Sag mal, kommt dir das bekannt vor?«
»Ich verstehe nicht.«
»Aber natürlich, wahrscheinlich kennst du es wirklich nicht. Du hast ja geschlafen, wenn ich mich recht erinnere. Du mußt sehr erschöpft gewesen sein.«
»Rita, sonst geht's dir gut?«
»Warum? Sehe ich etwa nicht blendend aus?«
»Nun ja, du siehst ein wenig ...«
»Verrückt aus?« sagte ich wie eine Verrückte.
»Nein das nicht, aber ...«
»Ha!«
Er wich einen Schritt zurück.
»Das bin ich nicht. Verrückt, meine ich. Ich bin vielleicht ein bißchen zu schnell gefahren, ich habe vielleicht ein bißchen zu hoch gewettet, und vielleicht habe ich mich der Vernachlässigung meiner beruflichen Sorgfaltspflicht in einem Mordfall schuldig gemacht, aber ganz bestimmt bin ich nicht verrückt.« Ich hielt das Skizzenbuch höher in die Luft wie die Freiheitsstatue unter dem Einfluß von Ritalin. »Ich war überzeugt, daß du mich betrügst, und ich war nicht verrückt. Ich war überzeugt, daß du mich mit einem Virus angesteckt hast, und ich war nicht verrückt.« Ich rückte gegen ihn vor, das Buch hoch in der Luft. »Euer Ehren, darf ich mich dem Zeugen nähern?«
»Liebling ...«
»Es hat sich ausgelieblingt«, schrie ich, ein Wort, das ich schon immer mal sagen wollte. Dann visierte ich ihn an

und schleuderte ihm das Skizzenbuch mitten ins Gesicht. Er schrie auf und hob im gleichen Moment schützend die Arme – er war immer so gut am Netz –, deshalb prallte das Buch an seinen Händen ab und traf eines seiner hochgeschätzten Aquarelle, das anschließend schief an der Wand hing. Er warf einen Blick über die Schulter auf das Bild, gleich darauf funkelte er mich zornig an.

»Was ist eigentlich los?« fragte er streng.

»Heb das verdammte Buch auf und sieh rein! Kapitel eins bist du, schlafend und nackt. Kapitel zwei bist du, schlafend und nackt. Kapitel drei bist auch du, schlafend und nackt, das Buch besitzt also nicht unbedingt das, was du eine spannende Handlung zu nennen pflegst. Hast du nicht gesagt, daß du hohe Literatur nicht ausstehen kannst?«

Er antwortete nicht, sondern hob schweigend das Buch von unserem prachtvollen Teppich auf.

»Es wäre besser gewesen, du wärst aufgestanden und hättest irgend etwas getan, Paul. Kaffee eingegossen, einen Drink gemacht. Die Nase an ihrem Ohr gerieben, ihre Pinsel gereinigt. Aber nein, du hast mit ihr gevögelt. Du mußt es getan haben, sonst hätte ich mir dieses verdammte Virus nicht eingefangen.«

Er schlug den braunen Deckel des Buches auf und blätterte langsam eine Seite nach der anderen um.

»Und jetzt, du Stück Scheiße, gebe ich dir eine Minute, um mir zu erklären, warum du mir das angetan hast. Dann packst du deine verdammten Sachen und machst, daß du rauskommst.«

Er brachte es nicht fertig, mir in die Augen zu sehen.

»Vierzig Sekunden.« Mann, ich fühlte mich so gut, wie man sich nur fühlen kann, wenn man seinen Liebhaber des Betrugs überführt. »*Dreißig* Sekunden.«

»Ich kann es dir erklären«, sagte er ruhig, den Blick unverwandt auf das Buch gerichtet.
»Das kann ich auch. Du bist ein Stück Scheiße. Eine Riesenscheiße, eine zwar sehr nett aussehende Scheiße, aber trotzdem nichts als Scheiße.«
»Das hilft uns nicht weiter, Rita.«
»Leck mich! Ich versuche nicht, behilflich zu sein!« Ich riß meinen Blazer herunter und schleuderte ihn auf den Läufer. Ich kann nicht erklären, warum, außer daß ich sonst nichts mehr zur Hand hatte, was ich hätte werfen können. Paul beobachtete meinen blindwütigen Striptease mit einer Art entsetzter Bestürzung. Schließlich hob er eine Hand.
»Hör auf«, sagte er. »Hör einfach auf.«
»Im Namen der Liebe?«
»Ich hatte eine Affäre.«
»Keinen Scheiß, Sherlock! Ich kenne vielleicht den ›Mikado‹ nicht, aber ich bin nicht so dumm, wie ich aussehe.«
»Das meine ich nicht.«
Ich merkte, daß ich hin und her lief. »Zugegeben, manchmal muß man mir ein Bild geben, damit ich endlich kapiere, was los ist. Eine Menge Bilder. Farbig wäre besser gewesen, aber ich habe dich auch in Schwarzweiß sofort erkannt. Ich sagte zu mir, den Typ kennst du doch. Das ist doch der, der dich immer wieder fragt, ob du ihn heiraten willst. Das wolltest du doch, richtig? Eine feste Bindung? Scheiße, das darf doch nicht wahr sein!«
»Wirst du mir jetzt zuhören, oder willst du mich beschimpfen?«
»Ich will dich beschimpfen, du Arschloch!« Ich spuckte beim Schreien, aber es war mir egal, wie wenig anziehend das war. »Und wenn ich damit fertig bin, will ich, daß du dein Zeug zusammenpackst!«

»Du hast gesagt, du hörst mir zu.«
»Du hattest zehn Sekunden, und du hast sie nicht genutzt.«
Ich machte Anstalten, aus dem Zimmer zu stürmen, aber Paul packte mich von hinten am Arm.
»Rita, warte.«
»Laß mich los!« Mit einer heftigen Bewegung riß ich mich los. »Wage es nicht. Wage ja nicht, mich anzufassen.« Ich zitterte am ganzen Körper.
»Möchtest du wissen, warum das passiert ist?«
»Du solltest vor mir auf den Knien liegen und mich anflehen. Betteln solltest du und sagen, wie leid es dir tut, und mir die Füße küssen.« Meine Stimme klang zunehmend belegt. »Betteln und sagen, daß es dir leid tut.«
Seufzend trat er zurück.
Auch ich seufzte, aber nur, weil meine Stimme so dumpf klang. Ich wollte nicht mit dumpfer Stimme sprechen oder hilflos erscheinen. Ein Opfer. Ich rieb mir die Augen. Wir schwiegen eine Weile.
»Warum setzt du dich nicht?« fragte er schließlich.
»Warum hältst du nicht die Klappe?«
»Ich hole dir ein Glas Wasser.« Paul ging in die Küche, und ich hörte, wie er die Schranktür öffnete und schloß, und dann das fließende Wasser. Als er mit einem Glas Wasser zurückkam, hatte mein Körper aufgehört zu zittern. »Hier«, sagte er, aber ich starrte ihn nur stumm an. Er stellte das schwere Glas auf den Eßzimmertisch und setzte sich an das obere Ende des Tisches. »Darf ich es dir jetzt erklären?«
Ich ließ mich auf einen Stuhl am anderen Ende des Tisches fallen. Zwischen uns befanden sich eine Landebahn aus Nußbaum, eine Kristallvase mit weißen Rosen und die Trümmer unseres gemeinsamen Lebens. »Frag mich nicht um Erlaubnis. Du hast mich vorher auch nicht gefragt.«

Er nickte. »Die Affäre ist vorbei.«
»Selbstverständlich. Sie ist tot.«
»Es ist bereits seit einigen Monaten zu Ende. Es dauerte ungefähr sechs Monate.«
»Dann hat also dein Vater zur gleichen Zeit mit ihr geschlafen? Das ist ekelhaft.« Mir drehte sich fast der Magen um. »Das ist *krank*!«
»Ich wußte das nicht, das mit ihm. Ich habe mit ihr Schluß gemacht, als ich dahinterkam.«
So. »Weiß es dein Vater?«
»Nein. Niemals. Für sie war es ein Spiel, nur ein Spiel.«
»Was war es für dich?«
Er verkniff sich, was immer er hatte sagen wollen, und wandte den Blick ab. »Ich war unglücklich.«
Es schmerzte innerlich, als er die Worte laut aussprach. »Du hast nichts dergleichen gesagt, du Schwanz.«
Er zuckte zusammen. »Bevor das passiert ist, wußte ich es nicht. Ich wußte nicht, warum es angefangen oder warum es aufgehört hat, ich begriff es erst, als alles zu Ende war. Sie wollte, daß ich zu ihr zurückkomme. Sie sagte, es täte ihr leid, mit ihm sei alles aus. Damals hat sie die Klage eingereicht.«
»Wegen sexueller Belästigung?«
»Sie wollte mir beweisen, daß sie sich nichts aus ihm macht. Daß sie mich liebte. Damit ich zu ihr zurückkomme.«
Großer Gott. »Warum hast du mir das nicht gesagt? Damit wäre die Klage erledigt gewesen.«
»Dir gesagt? In welcher Eigenschaft? Als Dads Anwältin oder als meine Lebensgefährtin?«
Treffer. Ich trank etwas Wasser. »Also, wie hat es angefangen?«
»Ich lernte sie bei einer Straßenausstellung kennen. Sie in-

teressierte sich für Design und wollte mehr darüber wissen, und wir unterhielten uns. Später rief sie mich an. Es ist einfach passiert. Es war falsch. Ich hätte dir sagen sollen, daß ich unglücklich war.«

»Aber du hattest nicht den Mumm.«

Er hob jäh den Kopf. »Nein. Ich wußte es damals selbst nicht. Jetzt weiß ich es. Und jetzt sage ich es dir.«

»Doch nur, weil ich dahintergekommen bin.«

»Aber ich möchte mich damit auseinandersetzen. Feststellen, was von unserer Beziehung noch übrig ist. Ich kann es, Rita. Kannst du es auch?«

Leck mich. Am liebsten hätte ich ihm das Glas mitten ins Gesicht geworfen, aber ich wählte ein wirkungsvolleres Geschoß. »Sie hatte noch andere Liebhaber, Paul. Eine regelrechte Versammlung der Vereinten Nationen.«

»Ich weiß. Wie bereits gesagt, für sie war alles nur ein Spiel. Sie war süchtig danach, selbstzerstörerisch ...«

»Was für ein Haufen Mist. Du hättest nicht mit ihr Schluß gemacht, wenn du nicht hinter die Sache mit deinem Vater gekommen wärst.«

Er beugte sich vor. »Als ich das mit meinem Vater erfuhr, verstand ich sie endlich. Da wußte ich, wer sie wirklich war, was wirklich vorging. Als die Phantasie endete, blieb nichts als eine sehr leere, sehr gestörte Frau. Und ich wollte dich.«

Richtig. »Wie bist du hinter die Geschichte mit deinem Vater gekommen?«

»Mir fiel zufällig ein Foto von unserer Bermudareise in die Hände. Sieh mal, Rita, es tut mir leid«, sagte er und strich die Haare aus dem Gesicht mit einer Geste, die mich unangenehm an Fiske erinnerte. »Ich mache alles wieder gut, das schwöre ich. Ich weiß, warum es passiert ist. Ich hatte zu wenig von dir, du hattest zu wenig Zeit für mich. Wir brauchen mehr Zeit füreinander.«

»Vielleicht sollten wir uns ein Motorrad kaufen.«

Er schaute mich an, als wäre ich nicht ganz bei Trost. »Weißt du, du bist dauernd im Streß, arbeitest ständig. Und dann noch das Pokern. Egal, was los ist, du gehst pokern.«

»Komm mir bloß nicht damit! Übernimm gefälligst die Scheißverantwortung, ja? Hast du mich betrogen, weil ich Poker spiele? Weil ich mir den Arsch aufreiße bei meiner Arbeit? Es ist nicht meine Schuld, wenn du fremdgehst!«

»Es geht nicht um Schuldzuweisung, Rita.«

»Das sagen alle, die schuld sind!« Ich hatte plötzlich einen Schleier vor den Augen, eine Art Wahnsinn trübte meinen Blick, und ich nahm nichts anderes mehr wahr. Ich stand auf. »*Du* hast mich betrogen, und *ich* bin schuld? Spinnst du? Spinnst du, verdammt noch mal, komplett?«

Er rieb sich die Stirn. »Du hast mich nicht verstanden.«

»Zum Teufel, nein. Du hast mit ihr geschlafen, und gleichzeitig mit mir zusammengelebt. Wir waren praktisch verlobt ...«

»Praktisch? Damit hast du das ganze Problem auf den Punkt gebracht. Entweder wir sind verlobt, oder wir sind es nicht!«

»Gott sei Dank, daß ich dich nicht geheiratet habe! Gott sei Dank, daß ich wenigstens diesen einen Fehler nicht gemacht habe! Und jetzt pack deine Sachen.«

Er sah aus, als hätte ich ihn geohrfeigt. »Das meinst du nicht im Ernst.«

»O doch. In zwei Stunden bin ich zurück. Dann bist du verschwunden. Leg deine Schlüssel dort auf den Tisch.« Ich machte auf dem Absatz kehrt und marschierte aus dem Zimmer.

»Rita. Rita, warte. Hör doch«, flehte er, aber ich lief unbeirrt weiter. Einen Fuß vor den anderen setzend, ging ich zur Haustür.

Meine Knie gaben ein bißchen nach, als ich ins Freie trat, aber ich lief über den trockenen Rasen und ich stürzte nicht und ich weinte nicht. Mein Herz verkrampfte sich zu einem festen Klumpen. Mit großen Schritten ging ich zu meinem Wagen und stieg ein. Sorgsam achtete ich darauf, die Tür gefühlvoll zu schließen. Ich fuhr aus der Auffahrt und unter Einhaltung der Geschwindigkeitsbegrenzung auf die Lancaster Avenue. Und ich fuhr nicht ziellos herum, ich wußte, wohin ich wollte.

Von unterwegs telefonierte ich mit Fiske, mit dem ich nach der Tatortbesichtigung noch nicht gesprochen hatte, so sehr hatte mich mein Privatleben beschäftigt. Ich berichtete ihm in knappen Worten, was ich im Garagenhaus vorgefunden hatte, erwähnte aber mit keinem Wort Patricias künstlerische Interpretationen ihrer erotischen Begegnungen mit der nationalen Football-Liga oder mit seinem Sohn. Das brauchte er nicht zu wissen. Schon gar nicht von mir.

Ich fragte mich, wie mein Vater auf die Neuigkeiten reagieren würde, und kam zu dem Schluß, wenn ich mich nicht zu sehr über die Fremdgeherei auslassen würde, nähme er es vernünftig auf. Wenn ich ihm von dem Virus erzählte, würde er sein schärfstes Hackmesser nehmen und den Mann kastrieren. Ich lachte vor mich hin, bis mir Pauls Worte wieder einfielen: daß ich nie zu Hause war.

Ich lenkte den Wagen Richtung Innenstadt. Zum erstenmal traf es mich wie ein Schlag, wie merkwürdig es war, daß ich keine Freunde in meinem Alter hatte. Keine Freundinnen, nicht einmal Freunde unter meinen Kollegen. Wir verabredeten uns gelegentlich zum Essen, aber unweigerlich kam eine Vernehmung oder ein Prozeß dazwischen. Ich hatte es bald aufgegeben, Verabredungen in meinen Terminkalender einzutragen. Mir wurde bewußt, daß ich zu schnell fuhr, und ich nahm den Fuß vom Gaspedal.

Ich kam zum Italian Market, aber eine Absperrung blokkierte die Eighth Street, ungefähr einen Block vor dem Laden meines Vaters. Es kam zu einem Verkehrsstau, das Chaos war perfekt. In der Nähe heulte eine Sirene, und ein dickbäuchiger Polizist von der Stadtpolizei Philadelphia in einem blauen Hemd dirigierte die gereizten Autofahrer in die Christian Street. Das war mit mir nicht zu machen, denn das hieße, einen Umweg von zwanzig Minuten in Kauf zu nehmen, bis ich die Strecke zur Fleischerei wieder zurückgefahren war, dann noch einmal zwanzig Minuten, bis ich endlich einen Parkplatz finden würde. Wie sollte ich mich da zur Essenszeit an der Schulter meines Vaters ausweinen?

Ich bremste direkt vor dem Polizisten und öffnete das Fenster. »Kann ich rein in die Ninth, Officer?«

Er schüttelte den Kopf und winkte mich weiter. »Heute abend nicht. Fahren Sie weiter, Lady.«

»Aber ich komme zu spät, wenn ich die Umleitung nehmen muß.«

»Hier können Sie nicht durch. Es gab eine Schießerei, der Täter ist flüchtig. Möchten Sie in ihn hineinlaufen?«

»Eine Schießerei? Wo?«

»Lady ...«

Mein Puls beschleunigte sich. »In der Ninth? Mein Vater hat eine Fleischerei in der Ninth.«

Er starrte auf mich herab. »Welche?«

»Morrone. Die kleine.«

Sein Gesicht wurde ernst. »Fahren Sie rechts ran, Mädchen«, sagte er ruhig und winkte die anderen Wagen an mir vorbei.

– 14 –

»Hier entlang«, sagte die Polizistin, die mich durch einen Korridor im Untergeschoß des Krankenhauses führte.
Ich fühlte mich leer. Ich hatte alle Tränen geweint, die ich weinen konnte. Mein Kopf dröhnte. Die einzige Möglichkeit, das zu überstehen, war, nichts an mich heranzulassen. Distanz zu wahren. Auch, was meine Gefühle anging.
»Alles in Ordnung, Rita?« fragte die Polizistin und wandte sich im Gehen um. Sie hatte kurze braune Haare, herbe Gesichtszüge und hatte kein Make-up aufgelegt. Ein hartes Gesicht, trotz der Freundlichkeit in ihrer Miene.
»Ja.«
»Es ist bald vorbei.«
Sie beschleunigte ihre Schritte, und ich folgte ihr. Der Flur verlief schräg nach unten, wie eine Rampe, unten dann eine Kehrtwendung und weiter abwärts. Im tiefsten Keller des Krankenhauses schritten wir durch eine breite braune Tür, die hinter uns zuschwang. LEICHENSCHAUHAUS besagte ein Schild auf dieser Tür.
»Hallo, Jim«, grüßte die Polizistin einen Mann in einem weißen Kittel, der eine fatale Ähnlichkeit mit der Arbeitskleidung eines Fleischers hatte. »Alles bereit für uns?«
Ich blieb hinter der Polizistin stehen, um mich gegen den Raum zu schützen. Der Gestank nach Formaldehyd stach mir in die Nase. Die Luft war kalt. An der Wand hing eine

Tafel, auf der unerklärlicherweise geschrieben stand: Herz, r. Lungenflügel, l. Lungenflügel, Leber, Milz, r. Niere, l. Niere, Gehirn, Bauchspeicheldrüse, Milz, Schilddrüse.
»Alles fertig«, bestätigte der Mann, der neben einem langen Tisch aus mattem rostfreiem Stahl stand. Unten am Tisch verliefen Querstreben, und darunter befand sich eine breite Ablaufrinne. Ich wollte nicht daran denken, was durch diese Rinne ablief. Direkt neben dem Tisch stand eine Waage mit einer Waagschale aus Stahl unter einem uhrähnlichen Zifferblatt. Im Laden meines Vaters hatten wir eine fast identische Waage.
»Kalt hier drin«, sagte die Polizistin.
Der Mann in Weiß wollte antworten, zog es aber nach kurzem Nachdenken vor, auf eine Erwiderung zu verzichten. Mit einer geschickten Armbewegung schob er seine Stahlbrille nach oben, sein Arm war nur ein kurzes Aufblitzen von klinischem Weiß.
»Möchten Sie noch eine Cola, Rita?« fragte die Polizistin.
Ich schüttelte den Kopf. Nein. Das war nicht passiert. Nichts von alldem war passiert. Der Mann ging in den angrenzenden Raum. Man hörte, wie eine Tür aufgeklinkt wurde, ein metallisches *Ka-wrumm*, daraufhin ein lautes *Zack*, als die luftdichte Tür zuschlug. Ich kannte diese Geräusche aus der Fleischerei. Ein Tiefkühlschrank.
Der Mann tauchte wieder auf. Er schob ein Gestell auf Rädern. Ein Stahlrahmen umgab das Gestell, und zwischen den Rohren war eine schwarze Plane verzurrt. Auf der Plane lag ein weißer Nylonsack mit einem Reißverschluß in der Mitte. Der weiße Sack sah plump und unförmig aus. Kleiner, als ich erwartet hatte. Mir war gar nicht aufgefallen, daß er so klein war. O Gott.
»Warum muß ich das machen?« fragte ich und kämpfte mit

den Tränen. »Wir wissen, daß er es ist. Er muß es sein. Man hat ihn gesehen.«

Die Polizistin berührte meine Schulter. »Es ist Vorschrift«, sagte sie.

»Genauer gesagt, das Gesetz verlangt es«, fügte der Mann in Weiß hinzu. Er begann den Reißverschluß des Sackes aufzuziehen, und die Behutsamkeit, mit der er dabei zu Werke ging, ließ den Verdacht aufkommen, er fürchte, etwas könne sich in den Zähnen des Reißverschlusses verfangen.

Ich schlug eine Hand vor den Mund und wandte mich ab. Hinter mir stand ein schwarzer Tresen und darunter eine Reihe häßlicher grüner Laborschränkchen. Das Geräusch des sich öffnenden Reißverschlusses hallte von den kalten Wänden wider. Unvermittelt endete das metallische Zippen, Stille herrschte.

»Miß?« sagte eine geschäftsmäßige Stimme. Der Mann in Weiß.

Ich fragte mich, wie oft er das schon so gesagt hatte und zu wem. Zu Müttern und Vätern und Töchtern und Freunden. *Miß*? Sehen Sie sich die Leiche eines Menschen an, den Sie geliebt haben. Oder den Sie gekannt haben. Oder den Sie kaum gekannt haben, der aber sonst niemanden hat, der um ihn trauert oder wenigstens seine sterblichen Überreste identifizieren könnte. *Miß*?

»Ist er das, Miß?«

Ich zwang mich dazu, mich umzudrehen.

Grelles weißes Licht fiel auf ein schwarzes Gesicht, umrahmt von dem weißen Körpersack. Er sah aus wie ein schwarzes Kind, das in einem schneeweißen Steckkissen schlief. Er war ein schwarzes Kind.

»Ist das LeVonne Jenkins?«

Nein, es ist nicht LeVonne. LeVonne ging erst in die zehn-

te Klasse, also kann er es gar nicht sein. Er dürfte es nicht sein. Ich nickte.
Und begann zu weinen.

Später saß ich in dem hypermodernen Wartezimmer. Den Kopf an die kalte Glaswand gelehnt, saß ich zusammengesunken auf einem mauvefarbenen Stuhl, der bequemer aussah, als er war. Das Wartezimmer war leer bis auf einen Fernsehapparat. Gerade nahm *Rescue 911* nach einem Werbeblock erneut die Arbeit auf. Eine ertrinkende Frau schrie um Hilfe. Ich zog mir die Jacke enger um die Schultern.
Die Operation hatte vor einer Stunde begonnen, und man hatte mir gesagt, es könne lange dauern. Eine schwere Operation. Ein Chirurg sagte mir die Chancen an wie ein Spieler, und sie standen nicht gut. Ich nahm eine zerfledderte Zeitschrift von dem gläsernen Couchtisch und versuchte mich abzulenken. *Highlights*, eine Zeitschrift für Kinder. Nashörner, die hawaiianische Blumenkränze um den Hals trugen, tanzten über die Umschlagseite und feierten ein Luau der Tiere. Ich schlug die Zeitschrift auf.
Auf den mittleren Seiten war ein Comicstrip abgedruckt. FLEGEL UND KAVALIER lautete der Titel. Auf einem Bild kletterte ein kleiner Junge ein paar Eingangsstufen zu einem Haus hinauf. Mitten auf der Treppe lag ein Rollerskate. *Flegel läßt sein Spielzeug auf der Treppe liegen,* verkündete die Sprechblase. Das nächste Bild zeigte einen anderen kleinen Jungen, der auf dem Bürgersteig ein Fahrrad in Richtung auf eine Garage schob. *Kavalier räumt sein Fahrrad auf, damit andere Leute nicht darüber stolpern.*
Ich kapierte. Und wenn man eine Lobotomie hinter sich hätte, das würde man kapieren..
Ich sah auf. Nichts zu sehen, außer einem Gesicht. Nicht

Rescue 911, nicht die Stühle, nicht die Empfangsdame an ihrem Schreibtisch in der Eingangshalle. Nur sein Gesicht.
Zu Lebzeiten war es das Gesicht eines Jungen, der zu einem Mann heranwuchs. Ein Junge ohne die augenfälligen Fehler von Flegel, ein Junge ohne das aufoktroyierte, spießige Benehmen von Kavalier. Ein Junge, der angesichts der Absurdität von Flegel und Kavalier in schallendes Gelächter ausgebrochen wäre. Der von diesem albernen Pärchen nichts hätte lernen können, den beiden aber jede Menge hätte beibringen können. Ich schleuderte *Highlights* quer durch den Raum und versetzte mit diesem Ausbruch die Empfangsdame in Verwirrung.
LeVonne.
LeVonne war im Krankenhaus gestorben, kaum daß sie die Bahre aus dem Krankenwagen gehoben hatten. Zwei Kugeln hatten seine Brust zerfetzt und die Aorta durchtrennt. Falls mein Vater die Operation überlebte, würde seine erste Frage LeVonne gelten. Und die Wahrheit brächte ihn um.
»Rita«, rief eine männliche Stimme.
Ich hob den Kopf. Herman Meyer, in Shorts mit Madraskaros und einem dünnen weißen T-Shirt, donnerte in das Wartezimmer. Neben Herman, gestützt auf dessen sonnengebräunten Arm, trippelte ein fast identisch gekleideter, konfuser Onkel Sal. Gleich dahinter tauchte Cam Lopo mit einem Strauß kleinblütiger Chrysanthemen auf. Ich erhob mich, um sie zu begrüßen, und umarmte Sal. Sein magerer Rücken fühlte sich an wie der eines Zaunkönigs.
»Er kommt durch, nicht wahr?« fragte Sal.
»Was ist passiert?« fragte Herman. »Sie operieren noch?«
»Was haben sie gesagt?« erkundigte sich Cam.
Ich ließ Sal los und beruhigte mich wieder. Es war fast schlimmer jetzt, da sie hier waren. Mit anzusehen, wie ver-

stört sie waren, besonders Onkel Sal. »Ich weiß auch nicht mehr, als ich dir schon am Telefon gesagt habe. Er wurde in die Brust geschossen, seine Lungenvene wurde getroffen. Sie flicken ihn gerade wieder zusammen.«

»Am Telefon hast du gesagt, gestreift. Sie wurde gestreift. Das klingt nicht so furchtbar schlimm«, murmelte Sal.

Großer Gott. Wie soll ich ihn vorbereiten? Ich konnte mich nicht einmal selbst auf das Schlimmste vorbereiten. »Es handelt sich um eine ernsthafte Verletzung. Er hatte schon jede Menge Blut verloren, als er eingeliefert wurde.«

»Eines weiß ich, daß ich denen raten möchte, den Kerl zu schnappen, der ihm das angetan hat«, verkündete Cam.

Sal blinzelte traurig. »Er hat LeVonne umgebracht. Ich kann es nicht glauben.«

Herman schüttelte den Kopf. »Dieser Bastard. Wenn die Bullen ihn nicht schnappen, dann ich. Das schwöre ich.«

Sie standen beisammen, eine betagte Phalanx an Entschlossenheit. Ich wollte nicht gerade jetzt an Vergeltung denken. »Hoffen wir, daß Dad gesund wird«, sagte ich.

Herman nickte. »Stimmt, das ist das Wichtigste. Hast du mit dem zuständigen Assistenzarzt gesprochen?«

»Nein.«

Sein Gesicht wurde finster. »Er sollte hier sein. Oder zumindest einer seiner Kollegen.«

»Was für ein Kollege?« fragte Sal. Ängstlich sah er zu Herman auf.

Cam umarmte mich, der Blumenstrauß wanderte um meinen Rücken herum. »Rita, Liebes. Wie stehst du das durch? Wir sind gekommen, so schnell es ging. Herman wollte unbedingt noch Blumen kaufen. So was Albernes, Blumen.« Er trat zurück und warf den steifen Strauß auf den Couchtisch, aber er rollte zur Tischkante und von dort auf den Teppich.

»Was machst du da? Schmeißt die Blumen rum«, schimpfte Herman. Ächzend bückte er sich und barg den Blumenstrauß.
»Seit wann machst du dir soviel aus Blumen?«
Herman legte die Chrysanthemen weg. »Das sind Vitos Blumen, nicht deine, Camille. Du darfst sie nicht einfach auf den Boden schmeißen.«
»Vito kann Blumen sowieso nicht leiden«, maulte Cam.
»Mach, daß du rauskommst und guck in das Schaufenster vom Laden.« Hermans Stimme wurde lauter. »Er hat eine Pflanze, mitten im Fenster. Eine Grünpflanze.«
»Wo?«
»Im Schaufenster, du hast sie gesehen. Unter dem Schwein.«
»Welchem Schwein?«
»Welchem Schwein, welchem Schwein – da gibt's nur ein Schwein.«
Cam wich zurück. »Vito hat keine Pflanze im Fenster.«
»Willst du wetten? Er hat eine Pflanze mitten im Fenster.«
»Was ist heute abend mit euch los? Blumen und Pflanzen. Was ist bloß los mit euch?« fragte Cam, aber ich begriff langsam, was mit ihnen los war. Wären es alte Frauen gewesen, hätten sie geweint. Es waren alte Männer, also zankten sie sich.
»Wette mit mir, Camille«, drängte Herman. »Ich kann das Geld gut gebrauchen. Ich möchte im Winter ins Deauville wie mein Bruder.« Er wandte sich an mich. »Stimmt es nicht, Rita? Hat dein Vater nicht eine Pflanze im Schaufenster?«
»Ich kann mich nicht erinnern.«
Herman stampfte mit seinem orthopädischen Schuh auf. »Du erinnerst dich sicher. Im Schaufenster. Unter dem Schwein. Mit dem Schwanz, der so schnörkelig ist.«

»Nein«, widersprach Onkel Sal und sank langsam auf einen Stuhl. »Keine Pflanze.«
»Siehst du? Keine Pflanze!« triumphierte Cam.
Herman schüttelte den Kopf. »Was weiß der schon? Nichts weiß er.«
Ich behielt Sal im Auge, der vor sich hin murmelte. Auch Cam hörte das Gemurmel, und wir wechselten einen vielsagenden Blick. »Was hast du gesagt, Sallie?« fragte Cam, beugte sich vor und legte eine knorrige Hand auf Sals Schulter.
»Keine Pflanze«, wiederholte dieser.
Cam tätschelte beruhigend seine Schulter. »Schon gut, Sal, wir haben verstanden. Keine Pflanze. Wenn du sagst, da ist keine Pflanze, dann ist da keine Pflanze.«
Aber Sal schien ihn nicht zu hören. »Im Fenster hat Vito ein Schild über die täglich hausgemachte Frischwurst«, fuhr er fort und zählte die einzelnen Punkte an seinen knotigen Fingern ab. »Dann hat er ein Bild von Rita bei ihrer Abschlußfeier in der Universität, dann hat er einen kleinen Aufstellkalender von der Versicherung, dann hat er ein Schild, daß wir Lebensmittelmarken nehmen, dann hat er einen Esel aus Stroh mit einem Hut auf dem Kopf. Der Hut ist auch aus Stroh.« Er gelangte beim fünften Finger an, dann faltete er die Hände und öffnete sie wieder. »Und es sind keine Fliegen im Fenster, weil Vito es nicht leiden kann, wenn sich Fliegen im Schaufenster tummeln. Denn daran sieht man, daß es kein sauberer Laden ist, sagt Vito.«
Bedächtig ließ sich Cam auf dem Stuhl neben Sal nieder und legte seinen Arm um ihn.
»Pop sagte das auch immer«, ergänzte Sal. »Keine Fliegen.«
Mir wurde bewußt, daß mein Onkel sterben würde, falls mein Vater starb. Es war wie ein Dominoeffekt, beginnend mit LeVonne. Einer nach dem anderen in tragischer Folge.

Nur Herman hatte noch Mumm in den Knochen. »Immer noch kein Arzt in Sicht? Wer führt dieses Krankenhaus, Nonnen?« Er drehte sich auf dem Absatz um und marschierte mit wackligen Schritten schnurstracks auf die Empfangsdame zu. Wir drei anderen beobachteten starr, wie er sie anschnauzte und gleich darauf zurückhastete. »Dieses Krankenhaus ist miserabel«, verkündete er, noch bevor er bei uns angelangt war. »Die sagen einem nichts hier. Die Hahnemann University, das ist eine Klinik. Mein Neffe, Cheryls Sohn, arbeitet dort auf der Entbindungsstation. Dorthin hätten sie ihn bringen sollen.«
»Das ist nicht ganz das Richtige«, wandte Cam ein.
Herman griff mit beiden Händen energisch an seinen schwarzen Ledergürtel. »Das weiß ich. Glaubst du, ich weiß das nicht?« Er sah mich an und klatschte in seine rauhen Hände. »Wie steht's? Rita. Hast du zu Abend gegessen?«
»Ich bin nicht hungrig.«
»Du mußt was essen. Ich kann dir was aus der Cafeteria holen.«
»Nein danke. Ich habe keinen Hunger.«
»Die müssen doch eine Cafeteria haben in dieser Bruchbude.« Herman blickte sich um, als würde auf wundersame Weise auf der Stelle eine Cafeteria aus dem Boden wachsen. »Hier fehlen Wegweiser. Genau hier, wo man sie braucht. Im Hahnemann, da sind überall Wegweiser.«
»Ist schon gut. Ich bin nicht hungrig.«
»Wo man hinsieht, Wegweiser. Wenn du im Wartezimmer sitzt und eine Tasse Kaffee trinken willst, stehst du einfach auf und gehst. Bei Essies Gallenblase damals waren wir andauernd in der Cafeteria.«
»Sie hat keinen Hunger, Herm«, unterbrach ihn Cam.
»Die Portionen waren riesig«, fuhr Herman unbeirrt fort.

»Die haben für einen gesorgt. Dieses Krankenhaus taugt nichts.« Wieder marschierte er los in Richtung Empfangsdame.

Cam lachte leise. »Sie wird ihn umbringen. Großer Gott, *ich* werde ihn umbringen.«

Ich konnte nicht lachen. Ich wollte nicht daran denken, daß irgend jemand irgend jemanden umbringt. Ich setzte mich auf den freien Stuhl neben Onkel Sal und rieb seinen Rükken durch sein dünnes, kurzärmeliges Hemd.

»Vito wird schon wieder«, sagte Sal, der immer noch mit seinen Fingern spielte. Ich sah ihm zu, wie er die Kirche und den Kirchturm machte und dann die Finger nach innen drehte.

»He, Rita, ist das da nicht dein ... Freund?« fragte Cam.

»Was?« Ich hob den Kopf. Am Empfang stand Paul. Der letzte Mensch, den ich jetzt brauchen konnte. Er schüttelte Herman die Hand, Herman deutete auf uns. Paul drehte sich um, und seine Augen hinter den Brillengläsern begegneten meinem Blick. Er sah aufgeregt aus, besorgt und schuldig wie der Teufel. Gut.

»Ist er das?« fragte Cam wieder, stand auf und zog mit den Daumen seinen Gürtel hoch. »Ich habe ihn seit Jahren nicht mehr gesehen. Hat immer noch volles Haar. Sieht gut aus.«

Für einen Betrüger. Paul kam zu uns herüber. Er trug ein gestreiftes Hemd, ein kohlschwarzes Sportsakko und Bally-Slipper ohne Socken. Offensichtlich hatte er Zeit zum Umziehen gehabt; ich hoffte, er hatte auch Zeit genug, seinen ganzen verdammten Kram aus dem Haus zu schaffen.

»Da ist Paul!« sagte Sal und erhob sich unsicher. Er hatte Paul nur ein paarmal gesehen, aber sein Tonfall verriet mir,

daß er sich an die gesamte Familie klammerte, die ihm zur Verfügung stand.
»Rita«, sagte Paul, »wie geht es dir? Dad und Mom sind in Gedanken bei dir.« Er umarmte mich, aber ich wand mich steif aus seinen Armen.
»Woher weißt du …«
»Die Polizei hat angerufen. Dein Vater hatte deinen Namen auf einem Zettel in seiner Brieftasche für den Notfall.«
»He, wie geht es dir!« rief Sal und stürzte sich auf den leicht verdutzten Paul.
»Sal, schon gut. Sal«, sagte Cam beruhigend. Er legte eine Hand auf Sals Schulter und löste ihn sanft von Paul.
»Oh, er sieht gut aus«, krähte Sal. »Wirklich gut.«
Cam schlang seinen einen Arm um Sals Schultern, halb Umarmung, halb Freiheitsberaubung. »Das liegt daran, daß er noch jung ist, Sal. Es ist leicht, gut auszusehen, wenn man jung ist. Man kann auch noch bei Nacht fahren, all die Sachen eben.«
»Schön, Sie zu sehen, Cam«, grüßte Paul und nickte ihm zu. Es überraschte mich, daß er Cams Namen wußte. »Schade, daß wir uns unter solchen Umständen wiedersehen müssen.«
Herman gesellte sich zu ihnen, und er, Cam und Paul machten Konversation. Ich spürte, wie ich mich innerlich distanzierte. Sie schwatzten über die Verbrechensrate und das Rechtssystem; es erinnerte mich an die Unterhaltungen bei einem Leichenschmaus, wo jeder bis zur Selbstverleugnung dem Gruppenzwang verfällt. Ich begriff, warum es jetzt geschah; es gab nichts, was irgendeiner von uns für meinen Vater hätte tun können, und wir waren alle von Schmerz erfüllt. Mit Ausnahme von Paul. Er gehörte nicht hierher. Ich fühlte, wie mein Zorn wuchs, und bevor ich

einen klaren Gedanken fassen konnte, griff ich mir eine Handvoll von seinem Sakko.

»Paul, kann ich dich allein sprechen?« sagte ich. Ohne eine Antwort abzuwarten, zerrte ich ihn aus dem Wartezimmer vorbei an einem überraschten Seniorentrio zum Aufzug. »Geh«, befahl ich und drückte auf den Abwärtsknopf.

»Rita ...«

»Verschwinde. Ich will dich nicht hier haben.«

»Aber ich möchte hiersein.«

»Scheiße. Du kennst meinen Vater kaum. Damit hast du dich nie befaßt.«

»Du hast es nie zugelassen. Es war nie Zeit dafür.«

»Großartig. Sind wir wieder soweit.« Die Empfangsdame schielte von der Seite zu uns herüber, und ich senkte die Stimme. »Glaubst du, das hilft mir jetzt, diese Streiterei? Glaubst du, das kann ich gerade jetzt gebrauchen?«

»Ich glaube, daß du gerade jetzt jemanden brauchst.«

»Dich bestimmt nicht. Geh jetzt.«

»Rita, laß mich hier bleiben.«

Der Aufzug kam, und die Türen glitten auseinander. »Ich nehme an, du hast inzwischen dein Zeug gepackt und aus dem Haus geschafft.«

Er seufzte tief. »Schön. Du hast gewonnen. Du hast recht, ich kann im Moment nichts für dich tun.«

»Du kapierst schnell. Verschwindest du jetzt oder nicht?«

Er fischte in seiner Jackentasche herum und reichte mir ein Stück Papier, während er in den Aufzug stieg. »Ich wohne im Wayne Hotel. Hier ist die Nummer. Wenn du irgendwas brauchst, ruf an.«

Ich las die Zahlen, sauber und eng geschrieben, in typischer Architektenschrift. Ich liebte seine Schrift. »Tu mir einen Gefallen. Halt die Klappe.«

Er stand bereits im Aufzug. »Ich liebe dich, Rita.«

Kaum hatten sich die Aufzugstüren klappernd geschlossen, warf ich den Zettel in den Abfalleimer und machte mich auf den Rückweg zum Wartezimmer. Aber bevor ich durch die Tür trat, verharrte ich, ohne genau zu wissen, warum. Herman saß unbehaglich neben Sal und Cam. Zusammengekauert hockten sie nebeneinander wie eine Reihe Rührmichnichtan im Herbst, aneinander- und niedergedrückt, mit welkenden Blüten und Blättern, die beim ersten Kälteeinbruch erfrieren. Ihre Zeit war fast vorbei. Ich spürte ein schmerzhaftes Ziehen in der Brust.

Ich werde sie alle verlieren, einen nach dem anderen. Ihre faltigen Gesichter, ihren Altmännergeruch und ihre Arztgeschichten. Ihre Geschichten mit Anspielungen über nichtsnutzige Dinger aus rosa Gummi; ihre abgöttische Verehrung für Rita Hayworth und Stan Kenton; ihr Staunen nach der Eröffnung des Automatenrestaurants Horn & Hardart in der Innenstadt, ihre Freude über das Kriegsende am Jahrestag des Sieges über Japan. All die Dinge, über die sie am Kartentisch sprachen – die Abschnitte ihres Lebens –, lebhaft ins Gedächtnis zurückgerufen und immer wieder erzählt, während das Wetten und Geschichtenerzählen am Tisch munter weiterging.

Ich habe ein ganzes Leben mit diesen Männern verbracht. Was soll werden, wenn ich sie verliere?

Was soll werden, wenn ich meinen Vater verliere?

– 15 –

Am nächsten Morgen gab es für den Zustand meines Vaters eine konkrete Bezeichnung: stabil. Ein Assistenzarzt überbrachte uns die Neuigkeit, und Cam war so glücklich, daß er uns alle zusammen mit seinem einen Arm umarmte, Mickey mit einer ungeschickten Bewegung gegen Hermans Frau Essie stieß und Hermans Yarmulke nach Cams Begeisterungsausbruch nur noch an einer Haarklemme hing. David Moscow und sein Freund umarmten einander in der Öffentlichkeit, und nur ein Krankenpfleger guckte irritiert. Sal weinte vor Freude und ich auch, ich schwelgte förmlich in der Resonanz des Wortes. In der damit verbundenen Sicherheit, in der Verläßlichkeit. Stabil.

Ich schickte sie alle nach Haus, zum Duschen und Frühstücken, und wie sie so zusammen den sonnendurchfluteten Krankenhausflur hinunter schlurften und einander auf die mageren Rücken schlugen, hätte man denken können, es handele sich um ein Seniorenbaseballteam, das gerade die Meisterschaft gewonnen hat. Mir fiel auf, daß ich sie noch nie so siegestrunken erlebt hatte, obwohl ich häufig dabei war, wenn sie beim Kartenspielen gewannen. Plötzlich fiel der Groschen: Ein Gewinn beim Pokern ist nicht das gleiche wie gemeinsame Freude. Ein guter Abend für dich ist ein mieser Abend für deine Freunde. So hatte ich das noch nie gesehen.

Ich ging hinüber zu dem Fenster, das den Warteraum der Intensivstation vom Zimmer des Patienten trennte, und beobachtete, wie sich die Brust meines Vaters unter der dünnen Krankenhausdecke sacht hob und senkte. Er war noch nicht aus der Narkose erwacht, aber er atmete ohne die Hilfe von Geräten. Sein Gesicht war leichenblaß, die prägnanten Gesichtszüge wirkten seltsam schlaff. Ein grünlicher Schlauch befand sich unterhalb seiner Nasenlöcher, ein zweiter wand sich schlängelnd unter dem Bettzeug. Ich zählte seine Atemzüge, jede flache Bewegung, eine nach der anderen, bis jetzt siebenundzwanzig, und ich dachte, in meinem ganzen Leben noch nie etwas Schöneres gesehen zu haben, außer daß seine Füße schon wieder nicht zugedeckt waren.

Ich schaute auf die Uhr: 8 Uhr 15. Nach den hier herrschenden, dummen Vorschriften mußte ich noch vierzig Minuten warten, bis ich das Zimmer betreten durfte. »Tamika«, rief ich zu der jungen schwarzen Schwester am Schreibtisch hinüber.

»Was ist?«

»Lassen Sie mich rein. Seine Füße.«

»Schon wieder?«

»Bitte. Es dauert nur eine Minute. Es ist kalt da drin.«

Sie schüttelte den Kopf. »Das haben wir doch alles schon geklärt, Rita.«

»Ach, kommen Sie schon, ich verspreche, ich fasse ihn nicht an und mache nichts, was den Genesungsprozeß beschleunigen könnte. Bitte?«

Sie seufzte. Tamika und ich hatten unser Duell im Morgengrauen ausgefochten, weil sie mir und Sal nicht gestattete, länger als die erlaubten fünfzehn Minuten bei meinem Vater zu bleiben, und Herman und Cam überhaupt nicht zu ihm reinlassen wollte, weil sie keine direkten Verwandten waren. Ich drohte dem Krankenhaus mit einem Prozeß, und Tamika nannte mich eine Hexe. Es war erkennbar, daß sie unter diesem Wort litt, denn sie trug ein dünnes goldenes Kruzifix um den Hals, und ihre Miene strahlte eine solche Aufrichtigkeit aus, daß ich wußte, sie sagte die Wahrheit: Ich war eine Hexe. Deshalb entschuldigte ich mich mit dem unbestimmten Gefühl, durch dieses Bekenntnis der Reue ein besserer Mensch zu werden, allen meinen heftigen gegenteiligen Anstrengungen zum Trotz.

»Nur eine Minute«, bat ich sie in versöhnlichem Ton. »Ich decke seine Füße zu und gehe wieder raus.«

Tamika erhob sich. »*Ich* gehe rein.«

»Vielen Dank.« Ich lernte, Kompromisse zu schließen. Ich war richtig stolz auf mich. »Ich weiß das wirklich sehr zu schätzen.«

»Hm«, sagte sie, offenbar setzte sie wenig Vertrauen in die Metamorphose, die mit meiner verinnerlichten Anwältin vorgegangen war. Sie rauschte an mir vorbei in das Zimmer meines Vaters, deckte seine Füße ordentlich zu und kam wieder heraus. »Recht so?«

Ich hätte seinen Fuß getätschelt, aber was soll's. »Wunderbar. Vielen, vielen Dank.«

Wortlos kehrte sie auf ihren Platz zurück.

Erneut beobachtete ich meinen Vater durch das Fenster und zählte weiter. Bei 5479 vergaß ich zu zählen, weil ich mir einbildete, er atme plötzlich tiefer und kräftiger. Seine Brust hob sich höher. Zuerst konnte ich es nicht glauben, deshalb nahm ich die Fensterbank hinter ihm als Markierung. Beim Einatmen hob sich seine Brust über die Kante des Fensterbretts. Ich machte Tamika so höflich wie möglich darauf aufmerksam. Sie schien erfreut. Mich aber in das

Zimmer zu lassen, damit ich mich vergewissern konnte, lehnte sie entschieden ab. Ebenso höflich.
Ich schaute auf die Uhr: 8 Uhr 55.
Als ich aufsah, hatte mein Vater die Augen geöffnet.

Die Haut seiner Hand fühlte sich weich und papierähnlich an, aber seine Finger umschlossen meine Hand mit einer Kraft, die mich überraschte. Er döste, die Augen zu braunen Schlitzen verengt. Seine Brille lag auf dem Nachttisch. Ohne die Brille konnte ich direkt in seine Augen sehen und bemerkte das Grau an den Rändern der Iris. Es schob sich davor wie Sturmwolken vor die Sonne. Der graue Star. Genau wie bei seinem Vater.
»Dad, erinnerst du dich an Grandpop?«
Er nickte mit geschlossenen Augen.
»Weißt du, wie er seinen grauen Star nannte?«
Er lächelte schwach.
»Stern. Er hatte Sterne in den Augen.« Ich lachte.
»Mein Vater, so schlecht war sein Englisch gar nicht«, sagte er mit einer krächzenden Stimme, als sei er nicht mehr gewöhnt zu sprechen.
»Nicht so schlecht? Dad, na komm, sein Englisch existierte praktisch nicht.«
»Ich sage nur *Cinemascope*.«
»Stimmt, er konnte *Cinemascope* sagen.« Dieses Wort lernte er, weil er im Fernsehen gerne alte Filme ansah. Immer dasselbe Wort, dessen weiße Buchstaben zum Rand des Bildschirms hin dichter zusammengedrängt wurden. Er bestaunte dieses Wort, das ständig im Fernsehen kam und deshalb von Bedeutung sein mußte. »*Cinemascope*. Ein tolles Wort. Nicht unbedingt ein nützliches Wort, aber ein tolles Wort.«
Er lächelte, die Augen immer noch geschlossen.

»Wie fühlst du dich, Dad?«
»Das hast du mich schon mal gefragt.«
»Wirklich?«
»Ungefähr fünfzigmal.«
»Okay, ich frage dich nicht mehr. Mr. Grün.«
Sein Lächeln erlosch, und er drückte meine Hand. Lange Zeit schwieg er, aber die Kraft seines Händedrucks verriet mir, daß er nicht wieder eingeschlafen war. Endlich sagte er, ohne die Augen zu öffnen: »LeVonne.«
Es versetzte mir einen Stich. Ich wußte nicht, was ich sagen sollte, wie ich es sagen sollte. Ich beschloß, mich in das Unvermeidliche zu fügen. »Er ist tot.«
Er wandte den Kopf ab. »Ich weiß. Ich war dabei.«
Großer Gott. Ich sagte nichts, hielt nur seine Hand.
»Er stand am Ladentisch. Ich war hinten, in der Küche. Ich hörte Schreie.«
»Ich weiß, Dad.«
»Er wollte ihm das Geld geben, trotzdem hat er ihn umgebracht. Ich habe ihm immer gesagt, gib denen das Geld. Ich dachte, dann wäre er sicher.«
In der Ladenkasse befanden sich laut Polizeiaussage siebenundzwanzig Dollar.
»Ich rief es ihm zu, ich schrie, und ich ging mit dem Spachtel hinaus. Er schrie, er brüllte, ich soll draußen bleiben, und dann, dieser weiße Junge, er schießt auf ihn. Ein Schuß. Zwei Schüsse. Ich war draußen, aber ich hatte nichts, bloß diesen Spachtel.« Seine Stimme wurde schwächer, war fast nur noch ein Flüstern. »Einen Spachtel, Rita. Und der Junge, er schoß auf mich. Einfach so.«
»Ich weiß, Dad. Ich weiß.« Ich rieb seine Hand und seinen Arm.
Er sagte kein Wort, und ich wußte, er versuchte, nicht zu

weinen. »LeVonne, er rief nicht nach mir. Er wollte mir das Leben retten, Rita.«

»Dad, langsam. Das weißt du nicht.«

Er drehte den Kopf zu mir, und seine feuchten Augen bohrten sich in meine. »Ich kenne den Jungen. Er rief mich aus einem ganz bestimmten Grund nicht nach vorn.«

»Aber was hättest du tun können, wenn er dich gerufen hätte?«

Er schien bestürzt. Sein Mund öffnete sich kaum merklich, die trockenen Lippen teilten sich. »Ich hätte was tun können. Ich hätte dasein können.«

»Es ist gut, Dad.«

Er fuhr sich mit der Hand über den kahlen Kopf, der Infusionsschlauch knisterte. Schlagartig wirkte er verwirrt. Desorientiert. »Ich konnte nichts für ihn tun. Ich wollte ihm helfen. Das Blut. Ich konnte nicht.«

»Niemand konnte das, Dad. Niemand konnte ihn retten.«

»Ich habe es versucht. Ich konnte nicht das geringste tun. Ich bin zu ihm hingekrochen, ich hab's noch geschafft. Weißt du, wie er mich nannte, Rita?«

»Wie?«

Seine Augen füllten sich mit Tränen. Seine Hand lag auf seinem Kopf, er sah aus wie ein Wahnsinniger. »Dad«, sagte er mit brechender Stimme. »Er sagte ›Dad‹ zu mir.«

Dann brach das Schluchzen aus ihm heraus.

– 16 –

Ich stieg aus der Dusche und lief tropfnaß ans Telefon, weil ich fürchtete, das Krankenhaus wäre dran. Es war nicht das Krankenhaus.

»Ich bin's, Jake«, sagte die Stimme.

»Wer?«

»Tobin? Erinnern Sie sich? Ihr Partner?«

»O ja. Der Pferdeschwanz.«

Er lachte. »Mir kam zu Ohren, daß Sie mich brauchen.«

»Weswegen? Ich habe selbst einen Pferdeschwanz.«

»Ihnen steht eine Voruntersuchung bevor, oder etwa nicht?«

Herrgott noch mal. Nichts lag mir im Moment ferner. Mit einem Handtuchzipfel tupfte ich mir das Gesicht ab. »Vermutlich.«

»Strafbare Tötung, klingelt's bei Ihnen?«

»Kommt mir bekannt vor.«

»Mord ersten Grades? Vorsätzlich den Tod eines anderen Menschen herbeiführen? Und obendrein den einer attraktiven jungen Frau?«

»Macht das denn einen Unterschied?«

»Für Sie vielleicht nicht. In den Zeitungen steht, Sie seien eine Staranwältin. Eine erfahrene Strafverteidigerin. Wissen die was, das ich nicht weiß?«

»Ich bin das Strafrecht im Krankenhaus noch mal durchgegangen.«

»Sie haben studiert? Für einen Mordfall?«
Soll vorkommen. »Warum rufen Sie an, Tobin? Ich habe einiges zu erledigen.« Ich tropfte auf den Teppich, aber ich würde den Teufel tun und ihm erzählen, daß ich nicht mehr auf dem Leib trug als ein Handtuch.
»Die Voruntersuchung findet am Freitag statt«, sagte er.
»Was? Das ist ja morgen! Ich dachte, ich hätte zehn Tage!«
»Nein, das Verfahren findet immer in einem Zeitraum zwischen drei und zehn Tagen statt. In diesem Fall drängen sie, anscheinend sind sie der Ansicht, sie befänden sich in einer aussichtsreichen Position. Bei dem Geschrei in den Medien liegt der Druck auf ...«
»Warten Sie eine Sekunde. Woher wissen Sie, wann die Untersuchung stattfindet?«
»Aus dem Bescheid.«
»Der Bescheid ging an Sie?«
Am anderen Ende der Leitung herrschte Schweigen, nur ein leichtes Knirschen war zu hören. »Mack bat mich, Sie zu vertreten, okay? Er sagte, Sie könnten Hilfe gebrauchen.«
»Sie haben meine Post gelesen?«
»Ich wollte Ihnen helfen.«
»Ich brauche keine Hilfe. Und öffnen Sie meine Post nicht an meiner Stelle. Dafür ist meine Sekretärin da.«
»Oh, dafür also? Ich habe mich schon gewundert.« Wieder das Knirschen.
»Was tun Sie denn?«
»Ich frühstücke.«
»Das ist doch wohl das letzte.«
»Seien Sie nachsichtig. Ich nehme Snickers, eine Tasse Kaffee und Goobers zu mir, aber nur, wenn ich gut bin. Und ich bin gut. Darum brauchen Sie mich.«

»Ganz bestimmt. Ich muß jetzt weg.« Ich tropfte auf meinen Anrufbeantworter, deshalb fiel mir auf, daß das grüne Licht leuchtete. Hätte ich die Anrufe abgehört, wüßte ich vermutlich von dem Termin für die Voruntersuchung, aber als ich aus dem Krankenhaus zurückgekommen war, war ich dazu zu müde gewesen.

»Fragen Sie, was Sie wollen. Sie haben bestimmt Fragen.«

»Tobin, hören Sie, ich habe momentan eine Menge am Hals. Mein Vater ist gerade erst über den Berg.«

»Tut mir leid«, quetschte er zwischen Nougat und Karamel hervor. »Also, wenn Sie sich um Ihren Vater kümmern müssen, kann ich die Voruntersuchung für Sie übernehmen. In Vertretung. Sie bleiben selbstverständlich erste Anwältin.«

»Nein. Ich lasse den Termin verschieben.«

»Das ist doch nicht Ihr Ernst.«

»Warum nicht?«

»Damit verschaffen Sie der Gegenseite Zeit. Zeit zum Präparieren der Zeugin, Zeit für die Auswertung der Laborergebnisse.«

»Der Laborergebnisse?« Ich war noch ganz erfüllt von den Blutkulturen aus dem Krankenhaus.

»Sie lassen Blut, Haare, Faserproben untersuchen. Und genau das geschieht zur Zeit. Ein Kaff wie Radnor ist schließlich nicht Philadelphia, die haben kein eigenes Labor. Sie können nur ein paar Fingerabdrücke vergleichen, alles andere müssen sie wegschicken.«

»Seit wann sind Sie so schlau?«

»Ich? Ich habe Hunderte von Soziopathen in eine friedliebende Gesellschaft zurückgeholt.«

»Ich stand auch schon mal vor einer Jury, Tobin. Ich habe allerdings Geld rausgeholt. Jede Menge Geld.«

»Ich weiß, Staranwältin. Sie arbeiten zuviel.«

»Ihren Vortrag können Sie sich sparen.«
»Ich wollte Ihnen keinen Vortrag halten. Ich bewundere Ihre Arbeit, ehrlich.«
»Haben Sie sich diesen Mist gerade ausgedacht?«
»Das ist meine ehrliche Meinung. Ich weiß, wie schwierig es ist, so viele Fälle zu bearbeiten wie Sie. Sie haben meine vollste Anerkennung.«
Es klang fast aufrichtig. »Wollen Sie gut Wetter machen, nachdem Sie meine Post geöffnet haben?«
»Ich kann Sie nicht täuschen, was, Rita? Übrigens, ich habe von der Show gehört, die Sie letzte Woche vor Gericht abgezogen haben.« Er lachte. »Ich könnte Ihnen Sachen erzählen.«
Mag sein, aber ich bin die Letzte, die ein offenes Ohr dafür hätte. Durch das Telefon drang das Geräusch knisternden Zellophans. »Was essen wir jetzt?«
»Ich esse Goobers, was Sie essen, weiß ich nicht. Warum reden Sie wie eine Lehrerin?«
»Weil Sie sich wie ein Kind benehmen. Ich muß jetzt wirklich weg.«
»Möchten Sie, daß ich zur Voruntersuchung komme? Ich setze mich auf den Stuhl neben Sie. Ihnen sichtbar untergeordnet, damit Sie sich nicht bedroht fühlen.«
»Ich fühle mich nicht bedroht.«
»Klar.«
»Seien Sie nicht so selbstgefällig.«
Er lachte. »Es ist Ihre Beerdigung. Ich gebe Ihnen nur einen Rat. Bearbeiten Sie die Zeugin. Sie kann unmöglich alles so genau beobachtet haben. Zwischen der Villa und dem Garagenhaus bringen Sie einen kompletten Footballplatz unter.«
»Ich weiß das. Und woher wissen Sie es?«

»Ich habe mich umgesehen. Nur draußen. Rein konnte ich nicht. Da war irgendwas mit TATORT, NICHT BETRETEN. Die Polizei hatte einen Posten aufgestellt, der mich die ganze Zeit nicht aus den Augen ließ. Blödeln da draußen rum, haben nichts anderes zu tun ...«
»Warum sind Sie zum Garagenhaus gegangen?«
»Ich bin ein hilfsbereiter Bursche. Hören Sie, der Trick besteht darin, bei der Verhandlung nur zuzuhören. Das Niveau ist nicht hoch für Pennsylvania, folglich haben Sie keine Chance, zu gewinnen.«
»Das nennen Sie hilfreich?«
»Passen Sie gut auf und machen Sie sich Notizen. Alles, was Sie erfahren, sprechen Sie im Kreuzverhör an, aber versuchen Sie nicht, Punkte zu sammeln. Zeigen Sie einfach, daß Sie da sind. Daß Sie auf sie losgehen.«
»Jetzt reden Sie wie ein Lehrer.«
»Sie sind manchmal eine richtige Hexe, wissen Sie das?«
»So sagt man.«
Er lachte. »Frauen. Hüte dich vor ihnen.«
»Was?«
»Machen Sie, was Sie wollen. Kommen Sie wieder, wenn Sie erwachsen sind, Mädchen. Bis dahin, VEN.«
»Was soll das nun wieder heißen?«
»VEN? Das ist ein Begriff aus der Hohen Schule des Strafrechts. Jetzt, wo Sie für Mordfälle zuständig sind, haben Sie ihn bestimmt schon gehört.«
»Klären Sie mich auf.«
»Versau es nicht.«
Du lieber Gott. Ich legte den Hörer auf.

Als ich später im Morgenrock vor meinem Schrank stand, wurde mir bewußt, daß ich heute kein Kostüm und keinen

Hosenanzug anziehen mußte. Was hieß, ich hatte fast nichts anzuziehen.

Sie arbeiten zuviel.

Tobin hatte es anerkennend gesagt, mein Vater nicht. Und Paul auch nicht. Er hatte mir deswegen mehr Predigten gehalten, als ich Lust hatte, mich daran zu erinnern. Ich ertappte mich dabei, wie ich in Pauls Schrankseite starrte. Normalerweise hingen darin dicht an dicht Sportsakkos und Hemden auf Bügeln. Alle leer. Er hatte alles mitgenommen, offensichtlich hatte er sich auf eine lange Abwesenheit eingestellt. Gut. Ich versetzte einem der leeren Kleiderbügel einen Schlag, und er wippte kreischend vor und zurück.

Ich wollte wissen, was er noch alles mitgenommen hatte, und schnüffelte in seiner Kommode herum. Die Bürste mit Wildschweinborsten, die sonst immer oben auf der Kommode lag, war verschwunden, ebenso der Schildpattkamm und das Foto von uns beiden im Silberrahmen, das immer auf der Kommode stand. Es war das Foto von unserer Bermudareise, das auch als Vorlage für das Bild in Patricias Garage gedient hatte. Voll vagen Unbehagens dachte ich an das Skizzenbuch. Hatte Paul das auch mitgenommen?

Ich schlüpfte in ein Hemd und Khakihosen und inspizierte seine Schubladen. Nur ein paar zusammengeknüllte Sportsocken und eine Jockey-Unterhose. Barfuß trottete ich die Treppe hinunter, die Stufen knarrten laut in dem stillen, leeren Haus. Das Skizzenbuch lag nicht in der Diele, wo ich es hingeworfen hatte, auch nicht im Wohnzimmer und nicht im Eßzimmer. Ich sah in der Küche nach und guckte in sämtliche Abfalleimer, vergeblich. Ich ging in Pauls Büro, das er sich im Haus eingerichtet hatte, und durchstöberte seinen Schreibtisch. Kein Skizzenbuch. Er hatte es mitgenommen.

Warum?
Ich fuhr mir mit der Hand durch die wirren, feuchten Haare. Das Skizzenbuch war der einzige Beweis für die Verbindung zwischen Paul und Patricia.
Na und? Was ging mir da durch den Kopf?
Ich verdrängte die Fragen und beendete hastig meine Toilette. Anschließend schnappte ich meine Aktentasche und wappnete mich für das einzige, was ich außer Pokern noch gut konnte.
Arbeiten.

– 17 –

So ist das in der Provinz. Vorn in dem kleinen Gerichtssaal stand ein abgestoßenes Podium aus Kunststoff, flankiert von Flaggen der Vereinigten Staaten und des Staates Pennsylvania aus billigem Nylon. Von den wackligen Anwaltstischen blätterte das Furnier ab, und statt der sonst üblichen festinstallierten Bankreihen standen für die Besucher aufgereihte Stühle da wie bei einer Amway-Vorführung. Der Gerichtssaal mit den geschäftigen Reportern und Polizisten erinnerte wahrlich eher an eine Tupperparty als an den Schauplatz einer Voruntersuchung. Das änderte sich, als die Richterin ihren Platz auf dem Podium einnahm. und der Justizwachtmeister rief: »Der Staat Pennsylvania gegen den Ehrenwerten Fiske Harlan Hamilton.«

Fiske, der in einem dunkelblauen Anzug neben mir saß, versteifte sich merklich.

Die stellvertretende Bezirksstaatsanwältin stürzte sich mit Verve in eine theatralische Eröffnung. Es stellte sich als hohles Getöse heraus, denn sie hatte keinerlei Überraschungen auf Lager. Offensichtlich hatte der Staat bis jetzt nichts weiter zu bieten als die Augenzeugin, das Autokennzeichen und die Fingerabdrücke. Das reichte allerdings.

»Ms. Morrone, Sie vertreten Richter Hamilton?« fragte die Richterin Sarah Millan, eine zierliche Frau mit unscheinbarem Gesicht und einer Brille, die ihr ein eulenhaftes Aussehen verlieh. Ihr kurzes, farbloses Haar war in Allerweltswellen gelegt. Ich hatte noch nie mit Richterin Millan zu tun gehabt, aber allgemein bezeichnete man sie als Hexe. Meiner Ansicht nach mußten wir uns gut miteinander vertragen.

»Ja, Euer Ehren«, sagte ich und stand auf.

»Ihre Eröffnung, aber bitte kurz und bündig.« Die Richterin warf einen Seitenblick auf die Journalisten, die sich an den Wänden des Gerichtssaals drängten. »Mein Terminkalender ist voll, und Gäste, die zu lange bleiben, mag ich nicht.«

»Ja, Euer Ehren.« Bei meiner Eröffnung beschränkte ich das Auf-den-Tisch-Hämmern auf ein Minimum, gebrauchte aber häufig die Wörter *distinguiert* und *unschuldig* und warf sogar ein oder zwei »Vorverurteilungen« ein.

Richterin Millan sah die stellvertretende Staatsanwältin an. »Gut, Mrs. Ryerson, dann wollen wir mal hören, was Sie haben.«

Die Staatsanwältin Maura Ryerson, eine junge, schlanke Villanova-Absolventin mit rötlichem Pagenkopf, trug einen korallenroten Lippenstift, der sowohl mit ihrer Haarfarbe als auch mit ihrem Sommerkostüm korrespondierte; das zeugte von Hartnäckigkeit, wenn nicht von Geschmack. »Euer Ehren, der Staat Pennsylvania hat in diesem Fall einen Augenzeugen.«

»Schön für Sie«, sagte Richterin Millan. »Holen Sie ihn.«

»Es ist eine Frau, Euer Ehren.«

»Wir nehmen alles. Rufen Sie sie auf.«

Allgemein leises Gelächter, nur der versteinerte Fiske schaute stur nach vorn. Ich interpretierte seine unbewegliche Miene als schieres Gekränktsein. Er hatte gestern abend etliche Scotch gekippt, nachdem ich ihm gesagt hatte, ich ließe ihn nicht aussagen, aber mit jeder neuerlichen Wiederholung klang sein Alibi noch dürftiger als zuvor. Da die Verteidigung nichts beweisen mußte, schien mir das sicherste Vorgehen, sich über nichts näher auszulassen.

Ryerson erhob sich mit steifen Knien. »Der Staat Pennsylvania ruft Mrs. Allison Mateer in den Zeugenstand.«

Richterin Millan verdrehte die Augen. »Also bitte, tun Sie es endlich.«

»Mrs. Mateer, bitte treten Sie vor«, sagte Ryerson und winkte mit einer großartigen Geste, den Bic-Kugelschreiber in der Hand.

In der dritten Reihe erhob sich steif eine ältere Frau, Mrs. Mateer. Sie trug ein weißes Leinenkostüm mit einem geblümten Schal und schenkte mir im Vorbeigehen ein höfliches Lächeln. Komisch, gestern, als sie mir die Tür vor der Nase zuschlug, hatte sie nicht gelächelt. Ich hatte die wesentlichen Punkte ihrer Zeugenaussage dem Polizeibericht entnehmen müssen, der mir erst in letzter Minute ausgehändigt worden war.

Mrs. Mateer wurde vereidigt, und Ryerson befragte sie nach den Personalien und der Adresse, als mich eine plötzliche Unruhe hinten im überfüllten Gerichtssaal ablenkte. Ich drehte den Kopf und entdeckte Tobin, der an der Tür lehnte und Jujyfruits futterte. Wer hat ihn eingeladen? Ich bedachte ihn mit einem unfreundlichen Blick, den Paul, der neben Kate in der ersten Reihe saß, fälschlicherweise als auf sich gemünzt verstand.

Männer.

»Mrs. Mateer, würden Sie bitte dem Gericht sagen, wo Sie sich am Nachmittag des achtzehnten Juni dieses Jahres aufgehalten haben?« fragte Ryerson.

»Ich war zu Hause.«

»Wo in Ihrem Haus hielten Sie sich auf? Können Sie sich daran erinnern?«
»Ich war in der Küche, auf der Rückseite des Hauses.«
»Die nach Süden geht?«
»Ja, das stimmt. Nach Süden. Eine herrliche Lage, sehr viel Sonne, aber man muß ständig wässern.«
»Wässern?«
»Den Garten. Wenn man nicht wässert, verbrennen die Blumen praktisch, und der Rasen auch.«
Ich machte mir eine Notiz auf meinen Block und schob ihn Fiske hin. *Bist du sicher, daß sich Mateer und Kate nicht kennen? Vielleicht aus dem Gartenclub?* Fiske las die Zeilen, runzelte die Stirn und malte mit seinem Füller ein deutliches Fragezeichen dahinter. Ich drehte mich um, weil ich sehen wollte, wie sich Kate verhielt. Sie beobachtete Mrs. Mateer, aber ich hatte nicht den Eindruck, daß sie sie kannte.
»Was haben Sie etwa gegen siebzehn Uhr dreißig gemacht?« fragte Ryerson.
»Das Abendessen zubereitet. Einen Salat. Ich esse für gewöhnlich leicht.«
»Hat Ihre Küche ein Fenster, Mrs. Mateer?«
»Ja. Über der Spüle. Ein ziemlich großes Fenster, es ist eine Doppelspüle. Von dort sehe ich in den hinteren Garten und rechts auf das Garagenhaus.«
»Sie haben das Garagenhaus an Miß Sullivan vermietet, ist das korrekt?«
»Ja. Mein verstorbener Mann und ich, die letzten zwei Jahre.«
»Übrigens«, Ryerson zögerte, »wie gut kannten Sie Miß Sullivan?«
»Wir pflegten einen freundlichen Umgang miteinander,

könnte man sagen. Sie war ein hübsches Mädchen. Eine hübsche junge Frau.« Mit zusammengekniffenen Augen warf Mrs. Mateer einen Blick auf Fiske, in dem soviel offene Verachtung lag, daß die Reporter prompt darauf reagierten. Man hörte fast, wie sie begierig diese Beobachtung aufs Papier schmierten. Auf einer Seite des Saals erklangen unruhig scharrende Schritte. Ich warf einen Blick über die Schulter, um zu sehen, ob sich der *Enquirer* mit der *Daily News* anlegte. Aber es war Stan Julicher, Patricias Anwalt, der sich nach vorn drängte, um besser sehen zu können, und einen Reporter mit einem Stenoblock beschimpfte. Er schaffte es sogar ohne Mandantin, im Rampenlicht zu stehen.
»Patricia Sullivan war eine hübsche junge Frau, nicht wahr?« fragte Ryerson.
O bitte. »Euer Ehren, ich bin bereit, mit der Staatsanwaltschaft eine feste Vereinbarung dahingehend zu schließen, daß das Opfer hübsch war, und ich hoffe aufrichtig, der Staat faßt den Mörder, denn das ist ihm bis jetzt noch nicht gelungen.«
Auf der Galerie wurde gelacht. Richterin Millans Aufmerksamkeit konzentrierte sich auf mich. Sie schien amüsiert, aber sie sagte: »Abgelehnt.«
Nicht amüsiert genug.
»Mrs. Mateer«, fuhr Ryerson fort, »was haben Sie von Ihrem Küchenfenster aus gesehen?«
»Ich warf einen prüfenden Blick auf den Garten. Es war so dunstig an dem Nachmittag, und dann kam der Sturm auf. Ich erinnere mich noch, gedacht zu haben, daß ich abends nicht gießen muß.«
»Und was sahen Sie? Am Garagenhaus?«
»Ich sah einen Mann in ein Auto steigen.«
Ryerson zeigte mir eine Reihe Fotos so schnell nacheinander, wie es das Berufsethos der Anwälte gerade noch zuließ,

anschließend marschierte sie mit den Bildern zum Zeugenstand. »Ich beantrage, diese Fotos als Beweisstücke A bis H zu kennzeichnen.«

»Schön, schön, schön«, sagte Richterin Millan.

»Sind das die Fotos, die Ihnen die Polizei gezeigt hat, Mrs. Mateer?«

Die Zeugin betrachtete die Fotos. »Ja.«

»Haben Sie auf einem dieser Bilder den Mann identifiziert, den Sie aus Patricia Sullivans Haus laufen sahen?«

»Einspruch«, sagte ich, aber Richterin Millan wedelte mich weg wie eine lästige Fliege.

»Ich habe diesen hier erkannt«, sagte Mrs. Mateer. Sie hielt ein Porträt von Fiske hoch, das an dem Tag, an dem er in Amt und Würden eingesetzt wurde, in einer Zeitung erschienen war. »Richter Hamilton.«

Autsch. Ich versuchte, keine Miene zu verziehen. Fiske wurde noch steifer. Die Reporter schrieben und tuschelten.

»Er trug einen Trenchcoat und einen Hut, als ich ihn sah«, fügte Mrs. Mateer hinzu.

Fiske trug an jenem Tag tatsächlich einen gelbbraunen Trenchcoat, aber ich auch, und alle anderen auch. Es regnete wie verrückt.

»Was für einen Hut trug er?« fragte Ryerson.

»Einen dunkelbraunen, einen Filzhut. Mit breiter Krempe. Sie stand über seine Nase vor.«

Der Hut war noch nicht gefunden worden, und ich hatte Fiske nie mit so einem Hut gesehen. »Einspruch«, sagte ich. »Wie konnte die Zeugin die Person identifizieren, wenn der Hut das Gesicht verdeckt hat?«

»Sie sagte nicht, er hätte das Gesicht verdeckt«, widersprach Ryerson.

Mrs. Mateer rutschte auf ihrem Stuhl nach vorn. »Ich sah den Großteil seines Gesichts und seines Kinns, außerdem sah ich ihn auch im Vorbeifahren. Ich bin der Überzeugung, es war Richter Hamilton. Ich bin der festen Überzeugung.«

Eine Chance. »Euer Ehren, ich muß Einspruch erheben. Die Zeugin ist der *festen Überzeugung*. Seit wann reicht das zur Begründung einer Mordanklage? Ich muß ferner Einspruch erheben gegen die großspurig aufgestellte Behauptung, diese Zeugin sei eine Augenzeugin. Wenn sie nicht gesehen hat, wie ein Mord begangen wurde, ist sie keine Augenzeugin.«

»Euer Ehren«, sagte Ryerson. »Mrs. Mateer hat Richter Hamilton zweifelsfrei identifiziert, und sie ist Augenzeugin der unmittelbar auf den Mord folgenden Ereignisse. Natürlich hat der Staat weitere schlüssige Beweise zur Bekräftigung der Anklage, so eine Identifizierung des Wagens des Angeklagten und des Kennzeichens sowie seine Fingerabdrücke am Tatort.« Die Reporter begannen zu tuscheln, als sie begriffen, wie belastend die Beweise waren.

»Sagt jetzt die Staatsanwältin als Zeugin aus?« warf ich ein. Ich fragte mich, wie Kate die für sie neue Information von den Fingerabdrücken aufnehmen würde. Wir hatten sie indirekt darauf vorbereitet, indem wir ihr gesagt hatten, Fiske sei einmal bei Patricia gewesen, weil er ihr Arbeit vorbeigebracht hätte.

»Abgelehnt«, sagte Richterin Millan schließlich und klopfte laut mit ihrem Hammer. »Ruhe da hinten, oder ich lasse den Gerichtssaal räumen. Ms. Morrone, sparen Sie sich Ihre Einsprüche für das Kreuzverhör. Die Zeugin soll mir erzählen, was sie gesehen hat, meine Damen.«

Ryerson warf mir von der Seite einen Blick zu wie ein

Fahrer, der mit Erfolg eine Schlafmütze von der Überholspur abdrängt. »Vielen Dank, Euer Ehren. Also Mrs. Mateer, sind Sie sich absolut sicher, daß Sie Richter Hamilton gesehen haben?«

»Absolut. Er war recht groß, ungefähr einsfünfundachtzig, und hatte eine kräftige Statur, genau wie Richter Hamilton. Er war es.«

»Was sahen Sie noch? Was tat der Angeklagte als nächstes?« fragte Ryerson.

»Ich sah ihn aus dem Garagenhaus kommen und in seinen Wagen steigen.«

»Rannte er?«

»Nein, er rannte nicht, aber er wirkte irgendwie in Eile und hielt den Kopf gesenkt, als wolle er nicht gesehen werden.«

Während ich mir eine Notiz machte, hörte ich, wie Fiske unruhig auf seinem Stuhl hin und her rutschte.

»Was tat der Angeklagte anschließend?«

»Er stieg in sein Auto und fuhr rückwärts die Auffahrt hinunter. Die Auffahrt ist recht lang und kurvenreich, man muß ziemlich weit rückwärts fahren, bis man auf der Straße ist.«

»Sie hatten also gute Sicht auf den Wagen?«

»Einspruch«, sagte ich.

Richterin Millan lächelte. »Entspannen Sie sich, Ms. Morrone. Sie ist jung, lassen Sie sie doch für eine Weile in Führung gehen.«

Ryerson schien sich nicht sicher, ob sie beleidigt sein sollte.

»Mrs. Mateer, wissen Sie, um welchen Wagentyp es sich handelte?«

»Ja. Es war ein schwarzer Jaguar, ein neueres Modell.«

»Woher wissen Sie, daß es ein Jaguar war?«

»Ich werde doch wohl einen Jaguar erkennen, wenn ich einen sehe.«

Auf der Galerie ertönte nachsichtiges Gelächter, und Mrs. Mateer zog ihr Halstuch enger um den Hals.
»Verstehe«, sagte Ryerson. »Der Wagen kehrte Ihnen also das Heck zu, als Sie aus dem Fenster schauten?«
»Ja. Er mußte rückwärts fahren.«
»Haben Sie das Nummernschild des Wagens gesehen?«
»Ja. Ich hatte das Kennzeichen ständig vor Augen. GARDEN-2 stand darauf, daran erinnere ich mich.«
»Und das haben Sie sehr deutlich gesehen?«
Los. »Einspruch, Euer Ehren«, sagte ich.
»Stattgegeben«, sagte Richterin Millan. »Mrs. Ryerson, übertreiben Sie es nicht.«
»Mrs. Mateer, hat der Angeklagte weitere ungewöhnliche Dinge gemacht?«
Ich beugte mich vor. »Einspruch, Euer Ehren. Die Frage unterstellt, die bisher geschilderten Vorgänge seien in irgendeiner Weise ungewöhnlich.«
Ryerson hüpfte auf ihre Pumps. »Es ist gewiß ein ungewöhnliches Verhalten, wenn ein Mann eilig aus einem Privathaus läuft, in einen Wagen springt und schnell im Rückwärtsgang davonfährt.«
Richterin Millan lächelte verkniffen. »Oh, wirklich? Ich hatte einen Exehemann, der hat genau das getan.«
Das Publikum lachte, ich nicht. Ich überlegte. Aber es war zu vage, ich kam nicht dahinter. Etwas stimmte nicht, etwas störte mich. Ich setzte mich aufrecht hin und hörte zu.
»Und was taten Sie dann, Mrs. Mateer?« fragte Ryerson.
»Ich wartete ab, ich war mir nicht sicher, was ich tun sollte. Es kam mir alles merkwürdig vor. Doch dann beschloß ich, die Polizei anzurufen. Die Polizei kam und fand Patricia, tot. Ermordet.«

»Vielen Dank. Ich habe keine weiteren Fragen«, sagte Ryerson und setzte sich.

Richterin Millan lehnte sich auf ihrem Stuhl zurück. »Ms. Morrone, Sie sind dran.«

Ich erhob mich zum Kreuzverhör. »Mrs. Mateer, ich möchte mit ein paar ganz allgemeinen Fragen beginnen, wenn ich darf. Wissen Sie, daß die Entfernung von Ihrem Küchenfenster bis zum Garagenhaus fast hundert Meter beträgt?«

»In etwa, ja.«

»Und vor dem Garagenhaus stehen Bäume, nicht wahr?«

»Da stehen ein paar Bäume.«

Ich blickte auf meine Notizen. »Zwischen Ihrem Haus und dem Garagenhaus stehen mindestens fünf große Eichen mit sehr dicken Stämmen, ist das richtig?«

»Ich denke, ja.«

»Außerdem befindet sich zwischen den beiden Häusern auch eine hohe Hecke, nicht wahr?«

»Ja.«

»Sie ist ungefähr einen Meter fünfzig hoch, stimmt das?«

»Ja, aber wir schneiden sie regelmäßig.«

»Aber sie ist nicht erst kürzlich geschnitten worden, oder doch?«

»Nein. Anfang Juni wäre es fällig gewesen, aber der Gartenservice ist nicht sehr zuverlässig. In den Sommermonaten hat der Service manchmal zu viel zu tun wegen der Leute, die überall Chemie versprühen, wohl oder übel.« Sie schauderte.

»Am Nachmittag des achtzehnten Juni hat es geregnet, nicht wahr?«

»Ja.«

»Das Unwetter begann so gegen drei Uhr, ja?«

»Ja.«

»Einspruch«, sagte Ryerson. »Welche Relevanz hat dieser Wetterbericht?«

Leck mich. »Euer Ehren, die Relevanz erweist sich, wenn die junge Mrs. Ryerson ein wenig Geduld aufbringt.«

»Gut. Abgelehnt«, sagte Richterin Millan, und Ryerson sank auf ihren Stuhl wie Scarlett O'Hara. Dideldumdei.

Ich räusperte mich. »Erinnern Sie sich, ob es sehr dunkel geworden ist, Mrs. Mateer?«

»Ja. Es wurde ziemlich dunkel. Das war der Ausläufer dieses tropischen Sturmes. Der Wind war sehr böig, sogar Bäume stürzten um. Wir büßten einen hohen Ahorn am Westrand des Grundstücks ein.« Ihre goldenen Armreifen klirrten, als sie ihre Hände im Schoß faltete.

»Mrs. Mateer, hat es heftig geregnet, als Sie die betreffende Person gesehen haben?«

»Ja.«

»Ein stürmischer Regen, nicht wahr?«

»Strömender Regen, würde ich sagen. Aber als Gärtnerin war ich froh darüber.«

Ich überlegte, ob ich sie nach dem Gartenclub fragen sollte, unterließ es aber. Im Zusammenhang mit meiner nächsten Frage hätte es den Eindruck erwecken können, ich würde Kate ins Spiel bringen. »Hatte die Person, die Sie gesehen haben, hatte er oder sie den Hut über die Augen gezogen?«

»Nur zum Teil.«

»Erinnern Sie sich, ob er oder sie die Hutkrempe festgehalten hat, wie zum Schutz vor dem Regen?«

»Ich glaube nicht, bin mir aber nicht sicher.« Mrs. Mateer schloß die Augen. Bei dem Versuch, sich zu erinnern, flatterten ihre Augenlider kaum merklich. »Vielleicht, ich weiß es nicht«, sagte sie und nickte abschließend. Ryerson machte sich eine Notiz.

»Fiel Ihnen irgendein Schmuckstück an seiner oder ihrer Hand auf, an der Hand, die die Hutkrempe festhielt?«
Sie zögerte. »Nein. Möglich, daß er Handschuhe getragen hat, ich kann mich nicht genau erinnern.«
»Hatte die Person den Mantelkragen hochgeschlagen?«
»Ich kann mich nicht erinnern.«
Ryerson machte sich eine weitere Notiz.
»Nach Ihrer Aussage hatte es die Person sehr eilig. Haben Sie ihn oder sie nur ganz kurz gesehen?«
Richterin Millan räusperte sich laut auf ihrem Podium. »Müssen wir jedesmal ›er oder sie‹, ›sie oder ihn‹ sagen, Frau Anwalt? Es klingt so politisch korrekt.«
Die Reporter lachten. Richterin Millan gab etwas her.
»Euer Ehren, die Identifizierung des Angeklagten durch die Zeugin ist bestenfalls vage. Ich kann nicht zugestehen, daß Sie überhaupt einen Mann gesehen hat.«
»Schön, schön, schön«, sagte Millan. »Aber stellen Sie das ›er oder sie‹ ab. Ich werde bestimmt nicht vergessen, daß Sie einen anhaltenden Einspruch laufen haben. Ich bin ein weiblicher Richter, falls Sie das nicht bemerkt haben.«
Auf der Galerie wurde gekichert.
»Mrs. Mateer, Sie sagten aus, Sie hätten diese Person zu einem schwarzen Jaguar laufen sehen, richtig?«
»Nicht direkt. Ich sagte, ich hätte *Richter Hamilton* zu dem Jaguar laufen sehen.«
Autsch. »Und dann stieg er in den Wagen und fuhr rückwärts die Auffahrt hinunter?« Ich versuchte, das Bild vor mir zu sehen.
»Ja.«
Und der Wagen war von hinten zu sehen. »Er hat nicht in der Auffahrt umgedreht und ist mit der Kühlerhaube nach vorn am Haus vorbeigefahren?«

»Nein, da ist nicht genug Platz, man muß rückwärts raus. Es ist recht lästig.«
Ich schwieg eine Minute, und im Gerichtssaal wurde es still. Hinten im Saal hustete ein Reporter, und es gab Getuschel. Ich konnte den Finger nicht auf die Wunde legen, aber etwas stimmte nicht. Ich stellte mir Fiske vor, wie er zu seinem Wagen lief und einstieg.
»Mrs. Mateer«, fragte ich, »stieg diese Person auf der linken Seite des Wagens ein oder auf der rechten?«
Sie zögerte. »Was meinen Sie damit?«
»Als die Person in den Wagen stieg, nahm sie da die rechte oder die linke Wagentür?«
Sie blinzelte. »Ich erinnere mich nicht. Die auf der Fahrerseite natürlich.«
Ich war hinter etwas her, wußte aber nicht genau, hinter was. Beim Pokern hatte ich manchmal ähnlich intuitive Empfindungen, und ich ließ mich stets von ihnen leiten. »Sie sagen auf der Fahrerseite, Mrs. Mateer, aber heißt das auf der linken oder auf der rechten Seite des Wagens?«
»Auf der rechten, glaube ich.« Sie hielt einen juwelengeschmückten Zeigefinger hoch. »Augenblick … es war die linke.«
»Einspruch, Euer Ehren«, sagte Ryerson. »Die Verteidigung versucht, die Zeugin zu verwirren.«
Dieses Mal nicht. »Euer Ehren, ich versuche zu begreifen, was genau Mrs. Mateer gesehen hat. Immerhin bezeichnet die Staatsanwaltschaft sie als Augenzeugin.«
»Abgelehnt.« Richterin Millan nickte, und Ryerson setzte sich schmollend auf ihren Stuhl.
»Mrs. Mateer, ich muß wissen, ob die Person, die Sie gesehen haben, auf der rechten oder auf der linken Seite in den

Wagen gestiegen ist. Bitte lassen Sie sich Zeit und denken Sie darüber nach.«

Ryerson seufzte und machte eine große Show aus ihrer ärgerlichen Ungeduld, und Fiske gewann plötzlich spürbar an Spannung neben meinem Ellenbogen. Er wußte, worauf ich hinaus wollte, und schlagartig wußte ich es auch.

»Es war die linke Seite«, erklärte Mrs. Mateer. »Ich bin mir jetzt ganz sicher. Die linke.«

MACH WEITER! schrieb Fiske auf meinen Block, aber ich schüttelte den Kopf. Besser für später aufheben. Bei einer Voruntersuchung gab es dafür nicht genug Punkte, aber beim Prozeß konnte man damit für begründete Zweifel sorgen. Ich wollte meine Karten nicht offenlegen.

»Mrs. Mateer, Sie sind sicher, daß die Person in großer Eile auf der linken Seite in den Wagen gestiegen ist, sofort den Motor angelassen hat und weggefahren ist?«

»Ja.« Sie holte tief Luft, jetzt befand sie sich auf festerem Boden.

»Und die Person ist zum Anlassen des Wagens nicht auf den Sitz auf der anderen Seite gerutscht?«

»Nein.«

»Die Person sprang rein und ließ sofort den Motor an?«

»Ja.«

Fiske schrieb WEITER! WEITER! WEITER! auf den Block.

Nein, schrieb ich. *Nicht heute.*

Er schürzte die Lippen. Er konnte kein so guter Schachspieler sein, wie ich gedacht hatte. Ich hatte etwas in Erfahrung gebracht, aber die Polizei würde aufgrund dieser Erkenntnis keine Mordanklage fallenlassen. Fiskes aus England importierter Jaguar hatte das Lenkrad rechts, der Fahrer wäre also auf der rechten Wagenseite eingestiegen. Entweder war Mrs. Mateer in den Details doch nicht so gut, oder jemand wollte Fiske einen Mord anhängen, und dieser Jemand kannte sein Autokennzeichen, wußte aber nichts von seiner Rechtssteuerung. Oder hatte nicht daran gedacht.

»Haben Sie noch weitere Fragen, Ms. Morrone?« sagte Richterin Millan. »Machen wir, daß wir weiterkommen.«

»Nur noch ein paar, Euer Ehren. Mrs. Mateer, wie oft schauen Sie aus Ihrem Küchenfenster?«

»Jedesmal, wenn ich an der Spüle stehe. Und manchmal auch, um meinen Garten zu kontrollieren.«

»Ich verstehe.« Du bist *keine* neugierige alte Tante. »Sahen Sie je Leute ins Garagenhaus kommen oder von dort weggehen?«

»Ja.«

»Meist waren es Männer, die kamen und gingen, stimmt das?«

»Einspruch, Euer Ehren!« sagte Ryerson. »Was unterstellt die Verteidigung da?«

»Euer Ehren, ich hoffe, Mrs. Mateer kann mir helfen, mir ein Bild davon zu machen, wer das Garagenhaus besucht hat. Das ist von höchster Relevanz, um beweisen zu können, wer Patricia Sullivan umgebracht hat, und das ist das einzige, was für die Staatsanwaltschaft von Belang sein sollte.«

»Abgelehnt«, sagte Richterin Millan. »Sie ist zu weiteren Fragen berechtigt.«

»Mrs. Mateer, Sie sagten, Sie hätten Patricia Sullivan das Haus für zwei Jahre vermietet. Ist Ihnen in dieser Zeit je aufgefallen, daß sie Männerbesuche hatte?«

»Nun ja.«

»Würden Sie sagen, viele Männer haben sie besucht oder nur ein paar?«

Sie zögerte. »Darauf muß ich antworten, mehr als nur ein paar.«

»Sie müssen antworten, ›viele‹, habe ich recht?«
»Ja.«
Die Reporter begannen zu hecheln, und nichts anderes hatte ich erwartet. Ich fragte mich, wie Fiske das aufnehmen würde. Oder Paul. »Mrs. Mateer, haben Sie einen dieser Männer kennengelernt?«
»Bitte?«
»Fangen wir noch mal an. Sie arbeiten oft hinten im Garten, denn Sie gärtnern gerne, korrekt?«
»Ja.«
»Nebenbei, sind Sie Mitglied des Gartenclubs in Wayne?«
»Ich bin jahrelang Mitglied gewesen, aber jetzt nicht mehr.«
Hm. Kates Club. Spielte das eine Rolle? »Hat Ihnen Patricia Sullivan einmal einen Ihrer Besucher vorgestellt, während Sie draußen im Garten gearbeitet haben?«
»Nein ... doch, aber nur einen. Seinen Namen habe ich vergessen.«
»Ist er heute hier im Gerichtssaal anwesend?«
Langsam suchte sie die Menge mit den Augen ab. Ich wagte kaum zu atmen und betete, sie möge nicht auf Paul zeigen. Normalerweise stelle ich nie eine Frage mit derart ungewissem Ausgang während eines Kreuzverhörs, aber ich mußte es wissen. Nach einer Ewigkeit sagte Mrs. Mateer: »Ich sehe einen Mann, den ich als Besucher erkenne, aber Patricia hat uns nie miteinander bekanntgemacht.«
Mein Mund wurde trocken. »Wer ist das?«
Sie zeigte mit einem knochigen Finger ins Publikum. Sämtliche Köpfe in den Bankreihen ruckten hektisch nach hinten. Ich sah Paul an, der bolzengerade dasaß und anscheinend nicht die geringste Angst hatte, von ihr identifiziert zu werden.
»Der da hinten«, sagte Mrs. Mateer. Sie deutete mit dem

Finger auf Stan Julicher, der die Hand hob und die Presse mit einem Lächeln bedachte.

»Außer ihm ist keiner der Männer anwesend?«

»Nein.«

Im Kopf ging ich rasch die Zeichnungen durch, die ich in den Skizzenbüchern in der Garage gesehen hatte, und ich vergaß auch nicht die Skizze, auf die ich draufgetreten war.

»Mrs. Mateer, kam nicht ein Mann häufiger zu Besuch als die anderen?«

»Ich muß Einspruch erheben, Euer Ehren«, sagte Ryerson. »Dieser Tenor der Befragung verunglimpft die Person des Opfers. Das ist die widerlichste ...«

»Abgelehnt. Kommen Sie zum Wesentlichen, Ms. Morrone«, unterbrach sie Richterin Millan. »Ich habe kein Interesse daran, Ihnen beim Sondieren zuzusehen.«

»Ja, Euer Ehren. Mrs. Mateer, es gab einen Mann, der häufiger zu Besuch kam als die anderen, stimmt das?«

»Ich weiß nicht, wie er heißt.«

Ich dachte an die nicht abgeschlossene Eingangstür. »Hat er mit Miß Sullivan zusammengelebt?«

»Ich bin mir nicht sicher.«

»Er war groß, nicht wahr, über einsachtzig?«

Sie nickte. »Ich glaube schon.«

Auf die Plätze, fertig, los. »Und er war schwarz, richtig?«

Mrs. Mateer räusperte sich. »Also, ja.«

Im Zuschauerraum brach heftiges Geschnatter los, und Richterin Millan klopfte energisch mit ihrem Hammer. »Aber, aber Kinder«, sagte sie.

»Und er fuhr ein Motorrad, eine BMW, nicht wahr?«

»Ja, doch.«

Und er ließ auch die Klobrille oben, aber das wollen wir hier nicht weiter vertiefen. Ich schielte zu Fiske hinüber, der konsterniert aussah. Paul nicht. »Mrs. Mateer, eine letzte Frage. Sie haben Richter Hamilton nie als Besucher im Garagenhaus gesehen, oder?«

»Nein.«

Gott sei Dank, Fiske hatte Patricia nächtliche Besuche abgestattet. »Ich habe keine weiteren Fragen an die Zeugin.«

Ich setzte mich und hörte nur mit halbem Ohr der sich ständig wiederholenden, abermaligen Befragung der Zeugin durch Ryerson zu, anschließend schaltete ich auf Automatik, denn Lieutenant Dunstan ließ sich in einschläfernder Ausführlichkeit über die Vorgehensweise der Polizei im Zusammenhang mit der Identifizierung von Autokennzeichen und Fingerabdrücken aus. Er sagte aus, sie hätten Fiskes Abdrücke im Wohnzimmer gefunden, was mit dem übereinstimmte, was Fiske mir erzählt hatte. Er hatte sich bei seinen Stelldicheins auf das Sofa beschränkt. Warum, glauben Sie, bezeichnet man ein kleines Sofa für zwei als Love Seat?

Beim Kreuzverhör ging ich ausführlich darauf ein, daß die Polizei das gesamte Garagenhaus auf Fingerabdrücke untersucht, aber nirgendwo weitere Abdrücke von Fiske gefunden hatte, daß sie Fiskes Jaguar gründlich untersucht und bis jetzt keinerlei Hinweise gefunden hatte, weder das Blut des Opfers, noch Haare oder Fasern der Kleidung. Aber ich konnte nicht widerstehen, ich mußte noch ein paar abschließende Fragen stellen, nur damit der Presse das Wasser im Mund zusammenlief.

»Lieutenant Dunstan, hat die Polizei in Erwägung gezogen, daß einer der männlichen Besucher des Garagenhauses das Verbrechen begangen haben könnte?«

Er nickte. »Wir haben sorgfältig ermittelt, und auch die Herren nicht vernachlässigt, auf die Sie sich beziehen.«

Hinten im Gerichtssaal fing es plötzlich an zu rumoren. Ich sah mich um. Es war Tobin, der mich durch Schütteln seiner Schachtel Jujyfruits vor weiterem Nachsetzen warnen wollte. Trotzdem konnte ich mir eine letzte boshafte Bemerkung nicht verkneifen: »Lieutenant Dunstan, was glauben Sie, wie schwer ist es, ein Autokennzeichen von Pennsylvania nachzumachen, ein Schild, das auf hundert Meter Entfernung während eines Platzregens täuschend echt aussieht?«

»Ich habe keine Ahnung.«

»Was, wenn ich Ihnen sage, daß ich heute morgen ein solches Schild in nur zehn Minuten fertig hatte, aus Pappe geschnitten und mit wasserfesten Markierstiften beschriftet?«

»Einspruch!« sagte Ryerson, aber die Reporter reagierten wie erwartet, sabbernd und kritzelnd, kritzelnd und sabbernd. Richterin Millan benützte wieder und wieder ihren Hammer, aber vergeblich. Alle Mitteilungen, die in Umlauf kommen sollten, waren somit an den Mann gebracht.

»Schon gut, ich ziehe die Frage zurück«, sagte ich. »Ich habe keine weiteren Fragen.«

Ich setzte mich und gab mir mein Wort, eines Tages zu versuchen, ein Autokennzeichen aus Pappe und wasserfesten Markierstiften zu basteln. Wenn ich mal zehn Minuten erübrigen kann.

– 18 –

Nach der Voruntersuchung versammelten wir uns in Fiskes Arbeitszimmer, einem großen Raum mit deckenhohen Bücherregalen und einer Bibliotheksleiter auf Rollen, damit man im Notfall schnell an die Milton-Ausgabe herankam. Fiske ließ die Klimaanlage ständig auf Hochtouren laufen, damit die Erstausgaben nicht moderten und in dem düsteren Zimmer den Nährboden für Pilze schafften. Zwei schmale Bogenfenster mit schräg über Kreuz eingesetztem Bleiglas ließen Licht von außen herein. Das ergab einen hübschen Effekt, sofern man das frühe Mittelalter mochte, aber da ich der Klasse der Leibeigenen entstamme, fühlte ich mich hier immer unbehaglich. Besonders heute, denn ich dachte darüber nach, ob ich in diesem zugigen Schloß mit einem Mörder zusammensaß.

Trotz meiner persönlichen Verbindung zu diesen Spielern besaß ich ihnen gegenüber ein gesundes Mißtrauen. Fiske, dem man einen Mord angehängt hatte – vielleicht. Kate, die einen identischen schwarzen Jaguar mit einem fast identischen Kennzeichen fuhr und wütend auf Patricia war, weil diese ihren Ehemann verklagt hatte. Und mein innigst Geliebter, der mit Patricia geschlafen und das einzige Beweisstück für seine Verbindung zu ihr an sich genommen hatte. Paul. Hatte er sie umgebracht? Könnte er jemanden umbringen? Könnte irgendeiner von ihnen jemanden umbringen?

Das zu glauben, schien fast unmöglich. Ich kannte sie seit Jahren und hätte mir nie träumen lassen, einer von ihnen könnte zu solcher Brutalität fähig sein. Und Paul, nein, niemals. Trotzdem, es gab jede Menge noch offener Fragen, auf die ich keine Antwort wußte, und jeder andere Anwalt würde das genauso sehen. Deshalb ließ ich meine persönlichen Gefühle außer acht, setzte ein Pokergesicht auf und behielt die Karten im Auge. In diesem Fall waren die Bildkarten – und sie verkörperten alle eine Bildkarte – nicht zufällig doppelgesichtig. Bei der Eröffnung des Spiels ging ich sofort risikofreudig in die vollen.

»Meiner Meinung nach versucht jemand, Fiske einen Mord anzuhängen«, sagte ich. »Irgendeine Vorstellung? Einen Verdacht? Vermutungen?«

»Nichts. Ich habe keine Feinde«, antwortete Fiske. Er saß am Kopfende eines langen Tisches, auf dem sechs Schachbretter aus Holz mit passenden Figuren darauf standen. Jedes Spiel befand sich in einem anderen Stadium, und neben jedem Schachbrett lag ein Stapel Postkarten. Fiske schien auf das Brett zu schauen, das ihm am nächsten war, allerdings ohne große Konzentration.

»Ein Richter ohne Feinde? Machst du dir nicht bei jedem Prozeß einen Feind – den Verlierer?«

»Nein, bestimmt nicht. Ich bin seit vierundzwanzig Jahren Richter, und ich leite die Verfahren fair. Die Parteien in Zivilprozessen wissen das genau.«

»Was ist mit den Strafsachen, wenn Freiheitsstrafen verhängt werden? Du hast die Urteile in den Drogenfällen gefällt, oder? Die sind Bundessache.«

»Den Richtlinien entsprechend, sicher. Wir sind überlastet.«

»Hat sich irgend jemand, den du verurteilt hast, auffallend aufgeregt? Dich angeschrien, dich bedroht?«

Er schüttelte den Kopf. »Nicht, daß ich wüßte. Ich habe mir das wieder und wieder überlegt. Sämtliche Möglichkeiten in Betracht gezogen.«
»Was ist mit jemand aus der Anwaltskammer oder aus deiner früheren Firma? Keine alte Rechnung mehr offen? Niemand am Bezirksgericht?«
»Meine Kollegen? *Richter?* Nein, nein.« Er spielte ein wenig mit dem weißen König und stellte ihn dann wieder zurück auf das Brett. »Dieser Motorradfahrer läßt mir keine Ruhe.« Er zuckte leicht zusammen, und ich wußte, er dachte nicht an Kf8 und Kc7.
»Ganz deiner Meinung. Ich werde versuchen, ihn aufzutreiben.«
Er blickte vom Schachbrett auf. »Wie?«
»Ermittlungen anstellen. Ich habe da so gewisse Vorstellungen.«
Kate, die auf der Lehne eines Clubsessels saß, rutschte weiter nach vorn. Zwischen ihren Fingern schaute das glühende Ende einer Zigarette hervor, in der anderen Hand hielt sie einen Waterford-Aschenbecher. Offenbar hatte sie wieder angefangen zu rauchen. »Glaubst du wirklich, Fiske wurde hereingelegt, Rita? Daß das vorsätzlich erfolgte? Ich halte das für die unwahrscheinlichste Möglichkeit.«
»Warum?« fragte Fiske. »Wieso sollte sonst ein Jaguar mit meinem Kennzeichen in ihrer Auffahrt auftauchen?«
Sie zuckte die Achseln. »Ja, wieso? Ich kann mir jede Menge Gründe vorstellen, die mir sämtlich plausibler erscheinen als die Vorstellung, daß dich jemand absichtlich reinlegen will, Liebling. Vielleicht hat Mrs. Mateer das Kennzeichen nicht richtig gesehen. Kann sein, sie hat sich einfach verlesen.«
»Du kennst Mrs. Mateer nicht, oder doch, Kate?« fragte ich.
Sie schüttelte den Kopf.

»Außerdem«, fuhr sie fort, »auf die Entfernung und bei diesem Unwetter, in dem alles grau in grau war. Vielleicht hat sie es einfach nicht richtig lesen können.«
»Mutter, du kannst ein Autokennzeichen auch bei einem Unwetter lesen«, widersprach Paul. Er stand vor dem Fenster, nur seine Silhouette hob sich gegen die Sonne ab, sein Gesicht war kaum zu erkennen. »Gelbe Buchstaben auf blauem Grund wie bei einem Kennzeichen aus Pennsylvania? Das ist leicht zu lesen.«
»Vielleicht konnte sie sich nicht mehr richtig erinnern.« Kate blies eine Rauchwolke an die hohe Decke hinauf. »Wie oft hast du schon gedacht, du hättest eine Nummer genau im Kopf, und hast dich getäuscht? Einen Buchstaben verwechselt oder zwei Zahlen? Ich bringe Telefonnummern immer durcheinander.«
Fiske schüttelte den Kopf. »Bei einem Schild mit vielen Zahlen wäre eine Verwechslung wahrscheinlicher, Liebling. Aber nicht bei unseren speziellen Kennzeichen.«
»Oh, du hast diese Kennzeichen nie gemocht. Du hast so ein Theater darum gemacht.« Sie streifte ihre Zigarettenasche ab, die als fragiler Kegel auf dem breiten Rand des Aschenbechers liegenblieb.
Ich atmete tief durch und sprach das Naheliegendste so taktvoll wie möglich aus. »Kate, eine Zahl vertauscht, und man hat deine Zulassung. Aber selbstverständlich warst du nicht dort.«
Kate lachte unvermittelt auf und stieß dabei Rauch aus wie bei einem Schluckauf. »Was sagst du da, daß ...«
»Natürlich war es nicht Kates Wagen«, blaffte Fiske.
Pauls Kopf drehte sich in Fiskes Richtung. Ich wünschte, ich könnte sein Gesicht sehen. »Rita hat nicht unterstellt, daß es Moms Wagen war, Dad.«

Aber natürlich. »Natürlich nicht.«
»Ich gestehe, ich habe nicht gerade ein überzeugendes Alibi«, sagte Kate offenbar amüsiert. »Als ich dem Polizisten sagte, ich hätte den ganzen Nachmittag gegärtnert, hat er mich angesehen, als sei ich nicht ganz bei Trost.«
Fiske lächelte. »Er hat ja keine Ahnung, wieviel Zeit du in diesen verdammten Garten steckst. Und wieviel Geld.« Sein Tonfall war heiter. Falls er sie verdächtigte, ließ er sich zumindest nichts anmerken.
»Dabei fällt mir etwas ein«, sagte Kate. »Ich war an jenem Tag im Waterloo Gardencenter, um einen neuen Schlauch zu kaufen. Ich habe fünfundsiebzig Dollar dafür bezahlt, aber ich habe die Quittung nicht aufgehoben und kann mich auch nicht mehr erinnern, wer von den Verkäufern mich bedient hat. Bin ich trotzdem von der Angel?«
Ich begegnete Kates kühlem Blick durch den Schleier aus Zigarettenrauch. »Absolut nicht. Jeder, der soviel Geld für einen Schlauch ausgibt, gehört eingesperrt. Geh direkt ins Gefängnis, geh nicht über Los und ziehe nicht zweihundert Dollar ein.«
Die drei lachten erleichtert. Damit hatten wir den durch meine schlechten Manieren ausgelösten Mißton überwunden. Schließlich hatte ich die Königin eine Mörderin genannt. »Ich würde dir raten, daß es ein schöner Schlauch ist«, scherzte Fiske. »Ein besonders schöner Schlauch.«
»Die Mutter aller Schläuche«, fügte Paul hinzu.
Kate drückte ihre Zigarette aus und stellte den Aschenbecher auf das Tischchen am Sofaende. »Macht mir keine Vorwürfe, Jungs. Ihr wißt, bei Waterloo kommt man nie unter hundert Dollar raus. Und ich muß noch mal hin, weil ich die Geranien ersetzen muß, die mir die Reporter zertrampelt haben. Sind sie noch draußen?« fragte sie Paul.

Er schaute aus dem Fenster. »Die Geranien oder die Reporter?«
Kate lächelte. »Die Reporter.«
»Natürlich.« Paul zog heftig am Vorhang, aber es waren nur Schals, die nicht schlossen, wie in Hotels. »Die Reporter werden nie verschwinden, und die Geranien werden nie wieder blühen.«
Kate schüttelte den Kopf. »Die Polizei stapft im ganzen Haus herum, die Reporter zerstören den Garten. Das Telefon ist ausgehängt, und wir stehen in jeder Zeitung der Stadt. Wann bekommen wir unser altes Leben zurück?«
Fiske warf ihr einen schuldbewußten Blick zu. »Es tut mir leid, Liebling. Alles.«
»Ach was«, sagte sie und wandte den Blick ab. »Es ist nicht deine Schuld.«
Ich stand auf, um zu gehen. Paul trat aus dem Sonnenlicht und sah mich direkt an. Seine Augen hinter der Brille lagen ein wenig tiefer in den Höhlen als sonst; er hatte nicht gut geschlafen. »Gehst du heim?«
Heim? Er hatte es also seinen Eltern noch nicht gesagt. »Nein. Ich fahre im Krankenhaus vorbei. Anschließend habe ich noch zu arbeiten.«
»Was denn? Vielleicht kann ich dir helfen. Ich habe darüber nachgedacht, über die verschiedenen Ansätze, nach denen du vorgehen könntest. Logische Methoden für die Ermittlungen im Zusammenhang mit dem Verbrechen.«
Ich nahm meine Handtasche und meine Aktentasche und war mir überdeutlich bewußt, daß Fiske und Kate diesen Wortwechsel beobachteten. »Ich habe alles unter Kontrolle, Paul.«
»Rita, es ist wie bei einem Baugutachten. Ich betrachte die bestehende Situation, gehe sämtlichen Hinweisen nach und

versuche, herauszufinden, was das Problem verursacht hat. Das Leck, der Riß, was auch immer. Entscheidend ist immer die logische Schlußfolgerung. Erinnerst du dich an die Tiefgarage? Ich kann dir bestimmt helfen.«
Leck mich. »Ich weiß das zu schätzen, aber …«
»Ich glaube, Rita weiß, was sie tut, mein Sohn«, fiel mir Fiske ins Wort. Ich ging zwar davon aus, daß er mich unterstützen wollte, aber trotzdem fragte ich mich, warum ihm daran lag, daß ich allein arbeitete.
»Ich behaupte ja gar nicht, daß sie das nicht weiß«, ereiferte sich Paul. »Aber ich habe extra meine Termine verschoben, damit ich ihr helfen kann. Wir müssen herausfinden, wer hinter all dem steckt. Zwei Köpfe sind doch besser als einer?«
Nicht, wenn ich dir deinen am liebsten abhacken würde. »Ich finde nicht. Sollte ich Hilfe brauchen, wir haben Ermittler in der Firma.«
»Vielleicht sollte ich eigene Ermittlungen anstellen, dann könnten wir unsere Resultate miteinander vergleichen.«
Wollte er mir helfen, um stets auf dem laufenden über meine Erkenntnisse zu sein? Wollte er mich von bestimmten Hinweisen ablenken? »Paul, ich glaube nicht, daß wir eine Art Parallelermittlung brauchen.«
»Ich glaube, Paul ist hinter etwas her, Rita«, meinte Kate. »In meinen Ohren klingt das vernünftig. Paul könnte dir vielleicht wirklich helfen. Zumindest weißt du, daß man ihm vertrauen kann.«
Wie war das? »Ich muß jetzt gehen.«
»Also abgemacht«, drängte er. »Wir sprechen heute abend darüber.«
Heute abend? Ich nestelte in der Tasche meines Blazers nach dem Zettel von Tobin. Er hatte ihn mir nach der

Voruntersuchung in die Hand gedrückt, während ich meine Fehde mit der Presse ausfocht.

> Sie waren ehrfurchtgebietend! Abendessen um 19 Uhr im Sonoma?
> Ihr in gesättigten Fetten schwelgender
> Jake

Blitzartig schoß mir die Szene vor dem Gerichtsgebäude nach der Voruntersuchung durch den Kopf. Die Medienleute hatten mich mit Fragen bombardiert, von denen sich viele um den geheimnisvollen Motorradfahrer drehten. Ich sagte mein »Kein Kommentar« nach rechts und nach links und hatte es fast bis zu meinem Wagen geschafft, als sich Stan Julicher durch die Menge zwängte. Mit seinem vor rechtschaffenem Zorn geröteten Gesicht sah er aus wie ein Racheengel. »Sie wissen und ich weiß, daß es der Richter war«, sagte er.

»Sie irren sich, Julicher«, antwortete ich.

»Schämen Sie sich«, schoß er zurück, und ich stieg hastig in meinen Wagen und fühlte mich mies.

»Ich bin um sechs zu Hause, okay?« sagte Paul.

»Sagen wir, um sieben.« Zu der Zeit esse ich mit einem anderen Mann zu Abend, und du kannst auf der vorderen Veranda hocken und Däumchen drehen. Ich hatte die Schlösser bereits auswechseln lassen. »Ach übrigens, Paul, vielleicht bringst du das Skizzenbuch mit, das wir gestern zusammen angeschaut haben.«

»Welches Skizzenbuch?« fragte Fiske. »Zeichnest du wieder, mein Sohn?«

Paul schüttelte rasch den Kopf. »Ich habe es weggeworfen, Rita, ich wußte nicht, daß du es haben wolltest. Also um sieben?« Er lächelte. Alle lächelten sie, nur ich nicht.

Mein Vater döste friedlich in seinem neuen Krankenhauszimmer. Man hatte ihn aus der Intensivstation verlegt, und ich hatte mich um ein Einzelzimmer bemüht. Ich dachte, er bräuchte die Ungestörtheit, um schlafen zu können, aber jetzt merkte ich, daß ich mich getäuscht hatte, denn Sal, Cam und Herman spielten Karten auf dem Tisch, der sich wie eine Brücke über seinen runden Bauch spannte. Mit bloßem Auge war kein Geld zu entdecken, also hatte Herman die Einsätze im Kopf.

Ganz kurz juckte es mich, in das Spiel einzusteigen, aber mir fiel rechtzeitig ein, daß ich noch arbeiten mußte. Ich mußte Material für die Verteidigung zusammentragen, und dazu benötigte ich die Hilfe der einzigen Menschen auf der ganzen Welt, denen ich voll und ganz vertrauen konnte. Ich wartete, bis das Spiel zu Ende war, dann erklärte ich ihnen, was ich im Zuge meiner Ermittlungen zu unternehmen gedachte. Anschließend fragte ich, ob es noch Fragen gäbe. Ich hätte es besser wissen müssen.

»Warum soll ich so was anziehen?« quengelte Sal. Er hielt eine graue Wollhose und einen marineblauen Burberry-Blazer hoch. »Warum kann ich nicht einfach normale Sachen anziehen?«

»Onkel Sal, ich habe ein Vermögen für diese Klamotten ausgegeben. Ich ziehe dich besser an, als du dich in deinem ganzen Leben je angezogen hast. Du darfst die Sachen sogar behalten, wenn wir fertig sind.«

»Ich komm' doch nirgends hin, wo ich so feine Sachen anziehen kann.«

»Dann schmeiß sie weg. Verbrenn sie. Wickle Schweinekoteletts darin ein.«

»Mir gefallen die Schuhe nicht. Die sehen komisch aus.«

»Cole-Haans mit Quaste! Was gibt es daran auszusetzen?«

»Mir gefallen die Sachen von Herman besser. Er hat die Stiefel gekriegt.«
Herman, der neben ihm saß, schüttelte den Kopf. »Glaubst du im Ernst, ich zieh' freiwillig Cowboystiefel an? Daß ich so aussehe wie diese *Gojim* mit den Texashüten? Ich tu' es nur Rita zuliebe. Weil sie mich darum gebeten hat.«
»Das sind keine Cowboystiefel, Herman«, berichtigte ich. »Es sind einfach nur schwarze Stiefel.«
»Kann ich mit Herman die Stiefel tauschen?« bat Sal. »Ich hab' nichts gegen schwarze Stiefel.«
»Ich ziehe sogar die Lederjacke an, alles nur für Rita«, fuhr Herman fort und nahm es als Märtyrer leicht mit jedem Katholiken auf. »Warum kannst du nicht einfach mitspielen wie ich auch, Sal?«
Cam lachte. »Herman, wie lange kennst du Sal Morrone? Vierzig, fünfzig Jahre?«
»Erst dreißig.«
»Okay, dreißig. Dann weißt du doch, Sal braucht immer was, worüber er sich beklagen kann.«
Onkel Sal ignorierte ihn. »Vielleicht kann ich mit Cam tauschen?«
»Nein«, sagte ich mit fester Stimme.
»Aber mir wird heiß in der Jacke.«
»Die haben eine Klimaanlage dort.«
Sal deutete auf die braunen Arbeitsschuhe, die ich für Cam gekauft hatte. »Und wenn ich einfach Cams Schuhe anziehe? Ich mag die Dinger.«
Kein Witz. Er trug nämlich bereits die gleichen Schuhe.
»Sal«, redete Cam ihm gut zu, »was ist bloß los mit dir? Das ist, als ob wir in einem Theaterstück oder so was mitspielen. Ich brauche meine Schuhe, ich muß für meine Rolle richtig angezogen sein. Ich muß meine Rolle spielen.«

»Ein Star ist geboren«, verkündete Herman.

Sal legte den Blazer hin. »Mir kommt da eine Idee. Kann Herman nicht Cams Rolle übernehmen und Cam die von Herman, und wir tauschen einfach alle die Rollen untereinander?«

Cam schüttelte den Kopf. »Der bringt mich noch ganz durcheinander.«

»Er bringt sich selber durcheinander«, verbesserte Herman. »Er ist ein verwirrender Mensch. Ein Mensch, der Verwirrung stiftet, wenn er um einen herum ist.«

Ich rieb mir die Stirn. Halloween entwickelte sich nicht ganz so, wie ich gehofft hatte. Erinnern Sie mich daran, daß ich nie ein Kind haben will. Oder einen alten Mann. »Mensch, Onkel Sal! Alle müssen sich an den Plan halten. Kein Handel, kein Tausch!«

»Okay, okay. Du brauchst nicht gleich zu brüllen.«

»Sie hat nicht gebrüllt«, beschwichtigte ihn Cam.

Doch, hatte ich. »Gut. Jetzt zieht euch um. Wir müssen anfangen.«

»Umziehen? Wo denn?«

»Im Badezimmer.«

»Im Badezimmer? Hier?« Sal warf einen ängstlichen Blick auf die Tür, er blickte immer ängstlich. Ich muß verrückt gewesen sein, auf ihn zu zählen. Niemand hatte sich je in irgendeiner Hinsicht auf Sal verlassen. Ich hatte keine Ahnung, was er den ganzen Tag trieb, außer Karten spielen und alte Filme im Fernsehen angucken. Mein Vater hatte sich immer um alles gekümmert.

»Du schaffst das, Sal. Du und ich, wir beide«, sagte ich und glaubte kein einziges Wort.

»Ich weiß nicht.«

»Aber ich. Ich weiß es.«

Sal nahm den Blazer und verschwand mit den Kleidern im Badezimmer. Ich beschloß, noch zu warten, bis ich ihm das mit dem Akzent erklären würde, den er imitieren sollte. Erwachsenwerden ist schwer genug, am besten geschieht es schrittweise.

– 19 –

Die einzigen Geräusche in dem Ausstellungsraum waren das dezente Brummen der Klimaanlage und das gelegentliche Zischen aus der Düse einer Sprühflasche, mit der ein Mann in einem derben blauen Overall die Windschutzscheiben putzte. Die späte Nachmittagssonne fiel durch die mit Mittelpfosten versehenen Fenster, die den Raum umgaben. Imitierte Chippendale-Beistelltischchen flankierten den Eingang, der sich auf fünf funkelnagelneue, fabrikfrische Jaguars, verschiedene Modelle in verschiedenen Farben, öffnete. Über jedem Wagen hing ein Strahlerset, das ihn zum Funkeln brachte, und alle zusammen erinnerten sie an Babys in einer gemischtrassischen Kindertagesstätte.

»Aber niemand hat mir etwas davon gesagt«, klagte der verwirrte Verkäufer. Sein marineblauer Blazer glich in etwa dem von Sal, an seinen Slippern baumelten fast identische Quasten wie an Sals Schuhen. Bin ich gut oder nicht? »Man hätte mir das sagen müssen.«

»Wir haben das Fax gestern abgeschickt«, erwiderte ich streng. »Mein Name müßte darin erwähnt sein, Miß Jamesway.« Ich hatte meine Haare hinten zu einem Knoten gebunden und die Brille aufgesetzt, damit er mich nicht nach den Bildern aus den Zeitungen erkennen würde. »Und Ihr Name ist Mr. …«

»Henry.«

»Nun, Henry ...«
»Nein, *Mr.* Henry«, korrigierte er. »Ich kann mich an kein Fax erinnern.«
»Merkwürdig. Die Zentrale sagte, sie würden sich darum kümmern.«
»Die Zentrale? Meinen Sie Detroit oder Mahwah?«
»Mahwah.« Es war einfach lustiger, diesen Namen auszusprechen.
»Dann müßte es direkt von Jim Farnsworth gekommen sein, dem dortigen Geschäftsführer.«
»Ja, richtig. Jim sagte, seine Assistentin würde es abschikken.«
»Aber wir haben es nicht bekommen.« Mr. Henry drückte mit den Händen auf sein dunkles Haar, das so gekämmt und leicht parfümiert war, daß es an einen sehr gepflegten Scotchterrier erinnerte.
»Macht nichts. Jetzt sind wir ja da. Wir wollen doch Mr. Livemore nicht warten lassen, oder?« Ich nickte zu Onkel Sal hinüber, der neben einem glänzenden Van den Plas XJ12 in Rosé-Bronze stand. Die Arme herrisch über der schmalen Brust gefaltet, begutachtete er finster das cremefarbene Interieur des Wagens. Entsprechend meinen Anweisungen verkörperte er den perfekten Briten, jedenfalls soweit ihm das möglich war. Ich hatte ihm befohlen, den Mund zu halten, denn sein englischer Akzent erinnerte stark an eine Mischung aus Crocodile Dundee und Batman.
»Mr. Livemore? An den Namen kann ich mich gar nicht erinnern.«
»Er verläßt Coventry selten. Er ist Betriebsleiter in der Brown's Lane, und er reist sehr ungern.«
»Betriebsleiter, sagten Sie? Ist er nicht ziemlich alt für diesen Job?«

»Schon, aber Erfahrung zählt, wie Sie wissen. Wir sollten wirklich langsam weiterkommen. Es dauert nur ein paar Minuten.«

»Aber das ist gegen die Vorschrift. Wir haben unsere Vorschriften, unsere Instanzenwege …«

Ich beugte mich dicht zu ihm und flüsterte: »Mein Job steht auf dem Spiel. Geben Sie mir eine Chance, ja? Ich tu' dasselbe mal für Sie.«

Sein bürstenartiger Schnurrbart zuckte, seine blauen Augen strahlten in der gleichen Farbe wie der XJS vor uns. Saphir hieß sie, der Innenraum war in Hafermehl gehalten. Sechs Zylinder und prachtvolle 66 200 Dollar. Nur weil ich vorgab, an der Erschaffung dieser Schönheiten beteiligt zu sein, fiel ich im Ausstellungsraum vor Begeisterung nicht auf die Knie. »Mir gefällt das gar nicht, Miß Jamesway«, sagte er.

»Bitte? Ich brauche diesen Job. Ich bin alleinerziehende Mutter und muß mir meinen Lebensunterhalt verdienen.«

Er ließ sich erweichen. »Oh, na gut. Wo arbeiten Sie, Miß Jamesway? In England oder in den USA?«

»Mal hier, mal da. Es geht immer hin und her.« Zwischen Wahrheit und Lüge. »Nun, wie schon gesagt, Mr. Livemore macht sich große Sorgen wegen der Qualität der schwarzen Lackierung, in den letzten Jahren scheint sie nachgelassen zu haben. Hatten Sie irgendwelche Beanstandungen bei der schwarzen Lackierung?«

»Wegen des Lacks? Nein, ich kann mich nicht erinnern. Die meisten unserer Kunden sind sehr zufrieden, sehr treu.«

»Haben Ihre Kunden abgesplitterte Stellen beanstandet? Besonders an den Türen? Bei den schwarzen Modellen?«

Er überlegte eine Minute. »Nein.«

Aus den Augenwinkeln beobachtete ich Sal, der mit einem Finger über den polierten Lack eines XJ 12 Coupés in Eisvogel-Blau strich. Sein fettiger Finger hinterließ einen Streifen auf der jungfräulichen Oberfläche des Wagens, so schmierig wie die Spur einer Schnecke. »Mr. Livemore möchte die Besitzer schwarzer Jaguars hier in der Gegend ausfindig machen. Er möchte mit den Kunden Kontakt aufnehmen und sich vergewissern, daß sie so zufrieden sind, wie Jaguar sich das wünscht. Haben Sie eine derartige Liste?«

Er blinzelte. »An sich nicht, nein. Wir haben schon eine Liste von den Wagen, die innerhalb eines Jahres verkauft werden, aber die ist nicht nach Farben geordnet. Wie Sie wissen, verkaufen wir viele schwarze Wagen. Schwarz zählt zu den beliebtesten Farben, nach British Racing Green.«

Über die Schulter sah ich Sal, der die große Tür eines XJS Cabrios in Flamenco-Rot mit einem Innenraum in Kaffeebraun öffnete und schloß. Das *Wrrumm* erzeugte ein lautes Echo, denn abgesehen von den kleinen Vierecken unter jedem Pirelli-Reifen hatte der Raum keine Teppiche. *Wrrumm, wrrumm, wrrumm.* Die Cabriotür schloß jedesmal anstandslos, aber Sal verzog das Gesicht wie ein Oberfeldmarschall.

Dem Verkäufer entging Sals Miene nicht. »Er ist sehr gründlich, nicht wahr?«

»Das ist sein Job«, sagte ich und verspürte den Wunsch, Sal den dürren Hals umzudrehen.

»Vielleicht sollte ich unseren Geschäftsleiter rufen. Er ist beim Zahnarzt, aber er hat einen Piepser.«

»Nein, Sie wollen Ihren Chef doch nicht unnötig verärgern. Können Sie sich vorstellen, was Mr. Livemore mit mir machen würde, wenn ich ihn beim Zahnarzt anrufen würde?« Ich warf einen Blick auf Sal, der gerade auf den Fahrersitz des eleganten Cabrios kletterte. Seine winzige Gestalt verschwand fast in den üppigen Lederpolstern. »Bringen wir es schnell hinter uns, bitte? Bevor Mr. Livemore anfängt, die Aschenbecher zu überprüfen.«

»Die Aschenbecher sind prima!«

»Wie steht's mit der Elektrik?« Die automatischen Fensterheber von Fiskes Wagen blieben ständig stecken, und die Türschlösser spielten verrückt.

»Die Elektrik hat sich verbessert seit den Qualitätskontrollen, die wir mit Ford eingeführt haben.«

»Ja. Richtig. Übrigens, Sie sprechen gerade mit mir, nicht mit *Autoweek*«, erklärte ich, und er zuckte zusammen. »Hören Sie, ich weiß, wie beliebt Schwarz ist. Aus diesem Grund sind sie ja in so großer Sorge drüben in England, weil der Lack der schwarzen Modelle teilweise absplittert und abblättert.«

»Was, abblättern auch?« Sein Gesicht wurde weiß. Gletscher-Weiß, genauer gesagt.

»Mr. Henry, nur damit ich die Tragweite des Problems richtig einschätze, ich gehe davon aus, daß diese Niederlassung Hunderte von schwarzen Jaguars verkauft hat.«

»Hunderte? *Tausende* trifft es besser, einschließlich der Leasing-Fahrzeuge.« Seine Hände flatterten hinauf zu seinem Krawattenknoten. »Abblättern, wirklich? Man sollte doch meinen, daß ich schon etwas davon gehört hätte.«

»Es kommt bei sehr wenigen Modellen vor, aber Mr. Livemore erwartet, daß wir uns der Situation gewachsen zeigen. Die Qualität der Marke hochhalten. Sind Sie anderer Meinung?«

»Aber nein, auf keinen Fall.«

»Und Sie sind der einzige Jaguarhändler im weiteren Umkreis von Philadelphia, stimmt das? Es gibt einen in Cherry Hill in New Jersey, aber keinen in Delaware?« Ich zählte an den Fingern ab.

»Ja«, antwortete er, abgelenkt von Sal, der den originellen Schultergurt des Cabrios entdeckt hatte und diesen auf und zu schnappen ließ. Er schnellte mit einem qualitativ hochwertigen *Krääk* zurück, und der Verkäufer zuckte jedesmal zusammen, als wäre es ein Pistolenschuß.

»Glauben Sie, ich könnte Ihre Liste von den, sagen wir, in den letzten drei Jahren verkauften oder geleasten Wagen einsehen?« Damit hätte ich eine komplette Liste aller neueren schwarzen Jaguars in dieser Gegend. Vielleicht hatte einer der Fahrer einen Grund, Fiske etwas anzuhängen. »Die schwarzen Wagen kann ich selbst heraussuchen.«

»Das kostet enorm viel Zeit. Es sind sehr viele.«

»Ich habe eine Assistentin. In Mahwah. Mr. Farnsworth' Assistentin.«

Mr. Henry schüttelte langsam den Kopf. »Vielleicht sollte ich doch lieber meinen Chef anrufen.« Bevor ich ihn aufhalten konnte, marschierte er auf einen Schreibtisch los, der hinter einer Glastrennwand stand.

Scheiße. »Mr. Livemore!« rief ich Sal zu. »Vielleicht sollten Sie kurz herkommen. Wir rufen den Geschäftsführer an.«

Sal drehte sich auf dem Autositz um, er konnte kaum über die Kopfstütze gucken. Schließlich bequemte er sich und kletterte aus dem Wagen.

»Kommen Sie rasch, Mr. Livemore!« rief ich überaus nervös. Blitzartig durchzuckte mich nämlich eine Szene, ich in Handschellen vor dem Ethikausschuß der Anwaltskammer in Philadelphia. In Panik eilte ich hinüber zu Mr. Henrys Schreibtisch. Mr. Henry streckte gerade die Hand nach dem Telefon aus.

»Ich bin empört!« rief hinter mir eine Stimme mit britischem Akzent. Es war Sal. Sein Gesicht war signalrot, sein finsterer Blick so tiefgründig wie der Flor einer Bodenmatte. »Jawohl, das bin ich, empört! Legen Sie diesen Hörer auf, Sir!«

Mr. Henry erstarrte, und der Hörer fiel polternd auf die Gabel.

»Wie können Sie es wagen!« donnerte Sal. Er wirkte größer und stattlicher, die schmächtigen Schultern sahen mit den Schulterpolstern ungewohnt kantig aus. Sogar sein Akzent klang besser, er hörte sich an wie Pierce Brosnan als Remington Steel. Ich war sprachlos. Mr. Henry auch.

»Wie … ich es wagen kann?« fragte der Verkäufer unsicher. »Meinen eigenen Chef anzurufen?«

Sal bedachte ihn mit einem bitterbösen Blick. »Das ist empörend! Sie, guter Mann, sind doch hier verantwortlich, oder täusche ich mich?«

»Nein.«

»Warum versuchen Sie dann – wie ihr Amerikaner sagt –, jemand anderem den Schwarzen Peter zuzuschieben?«

»Das tue ich nicht.«

»Sir, verfügen Sie über die von meiner Klientin gewünschte Information?«

Klientin?

Mr. Henry nickte. »Aber ich brauche eine Genehmigung, um die Ausdrucke zu bekommen.«

»Ich erteile Ihnen die Genehmigung!«

»Aber ich meine doch, von meiner eigenen Geschäftsleitung …«

»Ich bin Ihre Geschäftsleitung, guter Mann. Ich bin die Geschäftsleitung Ihrer Geschäftsleitung!«

Mr. Henry wirkte konfus. Er lernte im Schnellkurs, daß

Onkel Sal eine Verwirrung stiftende Person war, wenn er um einen herum war. Dieses Mal zahlte sich das aus. »Aber es dauert mindestens einen Tag, um diese Information zu bekommen.«

»Glasklar!« sagte Sal, der sich in Rex Harrison verwandelte. Unter Steroiden.

»Und mein Chef muß es genehmigen.«

Scheiße. Ich hätte es wissen müssen. Auf diese Weise kam ich nicht an die Listen heran. Aber nachdem ich nun sicher wußte, daß sie existierten, konnte ich die Vorlegung unter Strafandrohung verlangen. Zeit zum Rückzug. »Mr. Livemore, vielleicht sollten wir jetzt gehen und die entsprechende Genehmigung einholen. Heute oder morgen erhalten wir sie sicher, dann kommen wir noch einmal her.«

»Auf mein Wort! Wie können Sie das sagen! Und sehen Sie sich den Schreibtisch dieses Mannes an! Das ist abdominal!«

Was?

»Das ist eine Travestie!« Unerklärlicherweise blätterte Sal die Unterlagen auf Mr. Henrys Schreibtisch durch und verstreute die Papiere in einem betriebsleitergerechten Wutanfall. Meiner Meinung nach versuchte er, ein Ablenkungsmanöver zu inszenieren, obwohl niemand gegen die Verteidigungslinien vorrückte, und ich gelangte zu dem Schluß, er habe zu viele alte Kriegsfilme gesehen. »Ein Hohn!«

»Bitte, Mr. Livemore!« kreischte Mr. Henry und sah voller Entsetzen zu, wie seine Papiere zu Boden flatterten, bis sich nichts mehr auf dem Schreibtisch befand außer einem schwarzen Dreiloch-Hefter und einer Tasse mit kaltem Tee. »Bitte, Sir!«

»Was soll das für eine Ordnung sein? Was müssen unsere

Kunden von uns denken, wenn sie hereinkommen? Unordnung! Katastrophe! Bald haben Sie ein gräßliches Durcheinander!«

Sal ging zu Mary Poppins über, aber ich hatte keine Zeit, ihn dabei zu bewundern. Der schwarze Schnellhefter fesselte mein Interesse. Ein Haufen eilig handschriftlich ausgefüllter Formulare waren darin abgeheftet. Auf den Formularen gab es vorgegebene Zwischenräume, in die der Name des Kunden, die Adresse und die Inzahlungnahme eingetragen wurden, oben rechts auf den Formularen waren Geschäftskarten angeheftet. Als sich Mr. Henry nach seinen Papieren bückte, gelang es mir, das oberste Formular verkehrt herum zu lesen. Ganz oben stand in pompösen Buchstaben: PROBEFAHRTEN.

»Normalerweise ist es hier ordentlicher als im Moment«, sagte Mr. Henry entschuldigend und balancierte rutschende Papierstapel auf den Armen.

»Das möchte ich hoffen!« trompetete Sal. »In England achten wir sehr auf Sauberkeit und Ordnung. Die Telefonzellen sind rot, wußten Sie das? Sie haben Fenster. Saubere Fenster!«

Mr. Henry nickte. »Ich habe es gesehen. In einem Werbespot.«

Zweifellos im gleichen Werbespot wie Onkel Sal. Der Mr.-Livemore-Imitator improvisierte gefährlich, er verließ das Alistair-Cooke-Territorium und betrat die Irwin-Corey-Zone. Ich wollte hier raus, bevor er unsere Deckung völlig auffliegen ließ, aber die Unterlagen ließen mir keine Ruhe.

»Sind das Ihre Aufzeichnungen über die Probefahrten?« fragte ich.

Mr. Henry nickte.

»Begleiten Sie den Kunden bei der Probefahrt?«

»Für gewöhnlich nicht. Die meisten unserer Kunden machen die Probefahrt allein.«
»Was muß ich hören?« Sal explodierte. »Sie *geben* einem Kunden einfach so einen unserer Jaguars? Sie lassen sie einfach damit wegfahren? Als wären die Autos nichts wert?«
Mr. Henry sah aus, als beginne er sich langsam zu wundern. Falls er Zeitung las, konnte ihm jede Minute die Erleuchtung kommen. »Wir *verleihen* das Fahrzeug. Unsere Kundschaft braucht mich nicht, um damit zu fahren. Wir fragen allerdings nach dem Führerschein des Fahrers.«
»Machen Sie eine Kopie des Führerscheins?«
Dem Verkäufer fielen zwei Papiere aus den Händen. »Ich mache eine Kopie, ja, ungefähr eine Woche später werfe ich sie weg.«
Hm. »Begrenzen Sie die Zeit, für die Sie dem Kunden den Wagen für eine Probefahrt überlassen?«
»Das möchte ich doch schwer hoffen!« fiel mir Sal ins Wort. »Das möchte ich wirklich hoffen, um Ihretwillen! Sonst muß ich meinen Hintermännern in Coventry Bericht erstatten!«
Herrje.
Mr. Henry blickte von Sal zu mir und wieder zu Sal. »Nun, im allgemeinen nicht. Wir vertrauen unseren Kunden. Einigen überläßt der Chef den Wagen für den ganzen Nachmittag.«
»Ich bin schockiert!« röhrte Sal, und ich warf ihm einen warnenden Blick zu.
»Wie lange heben Sie die Belege über die Probefahrten auf?«
»Ich hoffe, sie werden unverzüglich beseitigt!« sagte Sal, der Generalmajor. »Und ordentlich! Im Papierkorb!«
»Ehrlich gesagt, ich hebe meine sechs Monate lang auf«, antwortete Mr. Henry.

»Das ist eine Schande! Unordnung! Demokratie! Innerhalb kürzester Zeit haben Sie ein entsetzliches Durcheinander!«
Hilfesuchend wandte sich Mr. Henry an mich. »Aber manche Leute kaufen nicht sofort, und deren Adressen speichere ich. Auf diese Weise habe ich eine gute Adressenliste. Niemand, mit dem ich zu tun hatte, erwähnte je etwas von abblätterndem Lack, falls es das ist, was Sie interessiert.«
Nicht direkt. Mich interessierte, ob es möglich wäre, während einer Probefahrt einen Mord zu begehen. Patricias Garagenhaus war nur fünfzehn Minuten von hier entfernt.
»Dürfen die Kunden das Modell für eine Probefahrt beliebig auswählen, Mr. Henry?«
»Wenn das gewünschte Modell zur Verfügung steht. Im allgemeinen gebe ich ihnen einen Vorführwagen. Unser beliebtestes Modell, das XJS Coupé.«
»Ist das ein schwarzes?«
»Ja.«
Bingo. Abgesehen davon, daß Fiske einen Sovereign fuhr, und Kate ebenfalls. »Dürfen die Kunden auch mit einem Sovereign eine Probefahrt machen?«
»Mit dem Daimler? Nein, für gewöhnlich haben wir keinen da, sie werden seltener verlangt. Von außen sehen sie sowieso aus wie der XJS.«
Junge, Junge. Der Jackpot.
»Also nein, ich, niemals!« blaffte Sal. »*Niemals*!« Er hob gerade an, sich erneut in Lobpreisungen über das britische Empire zu ergehen, aber ich machte ihm ein deutlich warnendes Zeichen, als sich Mr. Henry nach weiteren Papieren bückte.
»Ja, Miß Jamesway?« fragte Sal begriffsstutzig. »Was ist denn?«
Ein echter Knüller. Man könnte die Hand an die Kehle

halten und durchziehen, und Sal würde denken, man rede über Halsketten. »Mr. Livemore, wir sollten jetzt wirklich besser gehen. Wir können unsere Ermittlungen in Mahwah fortsetzen.«

»Ma-was?« fragte Sal und erinnerte fatal an Ringo Starr.

Energisch deutete ich mit dem Daumen in Richtung Chippendale-Eingang und konnte mir gerade noch eine grobe Aufforderung zum sofortigen Abmarsch verkneifen.

Sal nickte und präsentierte mir einen flott hochgereckten Daumen, so schneidig wie nur irgendein Zweiter-Weltkrieg-Landser. »In Ordnung. Ho-ho! Pip-pip.«

Pip-pip?

Mr. Henry und ich starrten ihn in verblüfftem Schweigen an.

Als wir später mit heruntergeklapptem Verdeck in Richtung Innenstadt fuhren, stand die Sonne so tief, daß sie in die Außenspiegel des Wagens schien. In Gedanken entwarf ich eine gerichtliche Vorladung zwecks Vorlage der Listen von Verkäufen und Probefahrten der Jaguar-Niederlassung, aber Sal gab keine Ruhe und wollte in guten Kritiken schwelgen. »War ich nicht gut?« fragte er ständig.

»Bis du die Szene überzogen hast.«

»Was?« Der Wind zerrte an seinen dünnen grauen Haaren, und sein Adamsapfel stand vor wie eine Galionsfigur. »Was soll das heißen?«

»Das heißt, du hast deine Sache großartig gemacht. Phantastisch.«

Er grinste so breit, daß die Goldkante an seinem Eckzahn das Sonnenlicht einfing und aufblitzte. »Es war wie im Film. Als ob ich ein Filmstar war.«

»Das warst du ganz sicher.«

»Ich war wie Cary Grant oder so einer!«
Wenn er noch leben würde. »Jawohl.«
»Hat dir gefallen, was ich mit seinem Schreibtisch gemacht habe?«
»Es hat mir gefallen, was du mit seinem Schreibtisch gemacht hast.«
»Hat es dir gefallen, als ich zu ihm gesagt hab', ich wär empört?«
»Es hat mir gefallen, als du zu ihm gesagt hast, du wärst empört.«
»Er wollte gerade telefonieren, und ich habe ihn *aufgehalten*!«
»Das kann man wohl sagen. Ich weiß nicht, was ich ohne dich gemacht hätte.« Es stimmte tatsächlich. »Ganz ehrlich.«
Sal blinzelte gegen den Wind. »Warum mußten wir weg?«
»Weil wir erfahren haben, was wir wissen wollten.«
»Oh.«
»Okay?«
»Okay«, sagte er, aber er schien in seinem Sitz kleiner zu werden wie ein Kind, das alle seine Geburtstagsgeschenke ausgepackt hat.
»Es hat dir Spaß gemacht, ha?«
Er nickte.
»Spaß ist immer gut, Onkel Sal.«
Er sagte nichts, sondern blinzelte nur gegen den Wind, der in seine Haarsträhnen blies.
»Was machst du alles so zum Spaß, Onkelchen?«
Er überlegte. Es schien reichlich lange zu dauern. »Ich mag Musik.«
»Was für eine Musik? Bist du Rap-Fan, MC Sal?«
»Nein, nein.« Er lächelte nicht einmal.

»Was dann?«
»Ich mag Big-Band-Sound. Glenn Miller, Tommy Dorsey. Wie im alten Club 950.«
»Was ist der Club 950?«
»Im Radio. Am Nachmittag.«
»Jetzt gerade?«
»Ja«, sagte er, ohne vorher auf die Uhr zu schauen. »Ed Hurst gibt's nicht mehr, aber die Musik.«
Ich machte das Radio an und suchte, bis ich den Sender bekam. Sogar ich erkannte das Stück, *Sing Sing Sing*. »Das ist Benny Goodman, stimmt's?«
»Ja.«
»Ich mag das Stück.«
»Deine Mutter mochte es auch.«
Aus heiterem Himmel. »Sie mochte Musik?« Ich hatte keine Ahnung.
»Sie hat Musik geliebt.«
»Wirklich?«
Er nickte.
Ich war neugierig. »Was mochte sie sonst noch?«
»Sie tanzte gern. Sie saß nie still. Sie war gerne in Bewegung, deine Mutter.«
Das kann ich mir vorstellen. »Darum ging sie weg, glaubst du?«
Er nickte wieder.
»Trotzdem, was meinst du mit Bewegung?«
»So eben. Es hat ihr gefallen, wenn was los war.«
»Wenn was los war?«
»Beachtet werden, wahrscheinlich.«
Ich dachte darüber nach. Eine blonde Kanadierin zwischen italienischen Fleischern, Lebensmittelhändlern und Bäkkern, eine Art gelber Diamant auf einem Kohlenhaufen.

Eine Frau, die gerne in Bewegung war, verheiratet mit einem Mann, der nichts anderes wollte als bleiben. »Sie paßte nicht richtig dazu, oder?«

»Das sah ein Blinder.«

»Sie wäre nie geblieben, oder?«

»Nicht für lange. Vito war der einzige, der es nicht hat kommen sehen.«

Es schmerzt innerlich. Wegen meines Vaters, dann meinetwegen. »Findest du nicht, daß ich so bin wie sie?«

»Nein. Du hast dunkle Haare.«

Deshalb war er nicht Phil Donahue. Die Morrones sind nicht berühmt für Introspektion. »Ich meinte ihren Charakter, nicht ihr Aussehen.«

»Nein.«

»Nicht das kleinste bißchen?« Ich fuhr fast auf einen Saab vor mir auf, weil ich Sal im Auge behielt, aber dessen einzige Reaktion bestand in einem Kopfschütteln. »Onkel Sal?«

»Kannst du das Radio lauter stellen, Ree?«

Ich lachte. »Ende der Unterhaltung, Onkelchen?«

Er nickte, dann lächelte er. »Sie war auch ein kluges Kerlchen.«

Unvermittelt kam unsere Einfahrt, City Line Avenue auf die Schuylkill-Autobahn, und ich bog in die Auffahrt ein. Ich überlegte, ob ich ihn weiter bedrängen sollte, aber ich ließ es sein. Es war das längste Gespräch, das ich je über meine Mutter geführt hatte, und irgendwie genügte es. Noch so viele Worte würden nichts klären oder irgend etwas ändern. Es war meine Sache, das alles, so gut es ging, zu verstehen, um meinetwillen.

»Das Radio, Ree?« fragte Sal noch einmal.

»Entschuldige«, sagte ich und drehte die Musik lauter. Die Klarinette und die Hörner schmetterten in den Wind, als

Benny Goodman in dem Moment mit dem Refrain einsetzte, als wir auf die leere Autobahn auffuhren. Um diese Zeit drängte sich der Berufsverkehr in der Gegenrichtung.

»Wenigstens kriegst du noch das Ende des Stückes mit, ha?«

»Ja. Mir gefällt der Schluß.« Wir fuhren jetzt schneller, und der Fahrtwind wehte kräftiger. Ich drückte auf den Knopf, um das Fenster zu schließen. Sal kramte in seiner Jackentasche und förderte die Ray-Ban-Fliegerbrille zutage, die ich ihm gekauft hatte, und streifte sie über wie ein altes Fliegeras.

»Sieht gut aus, Onkel Sal«, rief ich ihm über das Schlagzeug hinweg zu.

»Weißt du, Ree, irgendwie hat's mir gefallen, das Anwaltspielen«, schrie er zurück. »Vielleicht können wir noch mehr so Anwaltsachen machen.«

Wie lügen und betrügen und arglistige Täuschungen begehen? »Wie immer Sie wünschen, Mr. Livemore.«

Er zögerte. »Ree?«

»Was ist?«

»Kannst du dieser Karre nicht ein bißchen mehr Dampf machen?«

Ich lächelte. Onkel Sal war auch gerne in Bewegung. Wie wir alle, wenigstens ein bißchen.

»Halt dich fest, Süßer. Halt dich gut fest.«

Und das tat er.

Sing, sing, sing.

– 20 –

Tobin hatte ein In-Restaurant an der Main Street in Manayunk am Schuylkill River in der näheren Umgebung der Stadt ausgewählt. Vor zwanzig Jahren war die Main Street eine trostlose Aneinanderreihung von Schuh- und Textilgroßhandlungen gewesen, nichts weiter als der abschließende Rahmen für die dicht an dicht auf die Hügel gebauten Backsteinreihenhäuser. Aber wie wir alle, so hat sich auch Manayunk in den neunziger Jahren herausgeputzt. Inzwischen war was los hier. Es gab alljährlich ein Fahrradrennen die Hügel hinauf, Straßenrestaurants wie dieses und unzählige Boutiquen, die schwarze Kleider verkaufen. Nun frequentierten Zwölfzylinder-Mercedes und Pferdeschwänze, die angezogen waren wie Tobin, die Main Street.

»Mir gefällt es hier«, verkündete er, während er Ketchup auf einen Zehn-Dollar-Cheeseburger und einen Berg Pommes frites schüttete. »Ich habe ein Loft ein Stück die Straße runter, über dem Innenarchitekten.«

»Wir sind zu alt für Lofts.«

»Sie vielleicht, Frau Lehrerin.« Hingebungsvoll schlug er die Zähne in seinen Cheeseburger. Trotz seiner Tischmanieren schien es ihn nicht zu stören, daß er im Schaufenster saß. Nicht nur eine Frau taxierte im Vorbeigehen begehrlich den mit edlem Beiwerk betonten Armani-Anzug. »Also, da haben Sie ja eine ganz nette kleine Morduntersuchung am Laufen.«

»Sie zollen mir Anerkennung? Ach, das bedeutet mir so viel.«
»Das wußte ich. Was steht als nächstes auf dem Programm?«
»Morgen gehe ich mit Herman auf Motorradkauf. Wir wollen herausfinden, wer das blaue BMW-Motorrad gekauft hat.« Ich stach in einen Salat, aus verschiedenem Grünzeug komponiert, das offenbar auf dem Seitenstreifen der Autobahn gepflückt worden war. Ich hätte mich erkundigen sollen, was ein »Mesclun-Salat« ist, bevor ich das Zeug bestellte.
»Sie ziehen mit einem koscheren Fleischer los, an einem Samstag?«
»So koscher ist er nun auch wieder nicht.«
Er nickte. »Ich auch nicht. Also, Sie haben Herman, den koscheren Fleischer, Sie haben Cam mit dem einen Arm, und Sie haben Ihren alten Onkel Sal. Wahrlich ein Dream Team.«
»Vorsicht, Freundchen. Sie sprechen von meiner Familie.«
»Eine interessante Familie.«
»Sie müssen das nicht vertiefen, es reicht.«
Er verschlang ein wahres Kanu von einem Pommes. »Regen Sie sich ab, ich kritisiere keineswegs. Das ist ein großer Fall, und er fängt gerade erst an. Nehmen Sie alle Hilfe in Anspruch, die Sie kriegen können.«
»Das tue ich.«
»Außer meiner.«
Ich überlegte. »Ich bin hier, oder etwa nicht?«
»Ich habe Sie nicht zum Essen eingeladen, um Ihnen zu helfen. Ich habe Sie zum Essen eingeladen, um herauszukriegen, ob Sie Richie Rich heiraten.«
»Wen?«
»Diesen faden Heini aus gehobenen Kreisen, den Sie zur

Weihnachtsparty angeschleppt haben. Ich habe erfahren, daß Sie mit ihm zusammenleben.«

Ich kann nicht unbedingt behaupten, daß es mich in Anbetracht seines Rufes überrascht hätte, aber vor der Crème brulée war ich nicht darauf gefaßt gewesen. »Sie müssen mir schon erklären, was Sie das angeht.«

»Ich bin Ihr Partner.«

»Das sind fünfunddreißig andere auch.«

»Und alle reden hinter Ihrem Rücken über Sie. Heiratet sie tatsächlich den Sohn des Richters? Alle sind der Ansicht, das wäre das Beste, was Sie tun können, aber ich bin da ganz anderer Meinung.«

Angesichts seines dämlichen Grinsens ging ich davon aus, daß er mich auf den Arm nahm. »Sie verteidigen mich gegen boshaften Klatsch?«

»Auf Schritt und Tritt.«

»Aber andererseits futtern Sie Sno-caps zum Mittagessen.« Gierig verschlang er noch einen Pommes. »Und?«

»Was und?«

»Entweder sind Sie nicht verlobt, oder Sie tragen keinen Ring.«

Es versetzte mir einen Stich. »Nicht verlobt.«

»Sie sind nicht nur nicht verlobt, Sie sind sauer auf ihn.«

»Wie kommen Sie darauf?«

»Weil Sie ihn bei der Voruntersuchung total ignoriert haben, und er andauernd vergeblich versucht hat, Ihre Aufmerksamkeit zu erregen.«

Das war mir gar nicht aufgefallen. »Hat er nicht.«

»Und mir sagt man, Sie gehörten auf ewig zusammen.« Er leckte Ketchup von einem seiner Finger. »Deshalb glaube ich, entweder will Richie Rich Sie nicht heiraten, oder Sie wollen ihn nicht heiraten. Und da ich mir unmöglich vorstellen kann, daß ein Mann Sie nicht heiraten will, möchte ich nur eines wissen.«

Du lieber Gott. »Meine Lieblingsfarbe ist Rot, aber ich sage Ihnen nicht, wie alt ich bin oder wieviel ich wiege.«

Er sah mir direkt ins Gesicht. »Was hält Sie davon ab?«

»Sie haben recht, es ist albern. Sogar sexistisch. Ich bin zweiunddreißig.« Ungefähr.

»Wollen Sie keine feste Bindung wie all die anderen Mädchen?«

»Na gut, ich sage es Ihnen. Ich wiege hundertundfünf Pfund.« Wenn ich mich sportlich betätigen würde.

»Lieben Sie ihn vielleicht nicht genug?«

Autsch. Vielleicht doch. »Sie kriegen nichts aus mir raus, Tobin. Das geht Sie nichts an.«

»Wollen Sie es mir nicht trotzdem sagen?«

»Warum sollte ich?«

»Weil ich trotz der Art und Weise, wie ich mich gebe, oder der Art, wie ich mit meinen sogenannten Partnern umgehe, oder all dem Scheiß, den Sie über mich gehört haben, ein ganz anständiger Kerl bin. Und ich fühle mich zu Ihnen hingezogen.«

Ich wich seinen dunklen Augen aus und beobachtete die Kerze auf dem Tisch, die in ihrem Windglas flackerte. Seine Worte fielen nicht auf völlig unfruchtbaren Boden, mein weibliches Selbstwertgefühl muß mehr Schläge abbekommen haben, als ich gedacht hatte. »Mir gefällt diese Form der Unterhaltung nicht.«

»Aber Sie führen sie.«

»Nein, tue ich nicht.« Ich wandte den Blick ab, aber die Leute auf der Straße gingen so dicht an unserem Tisch vorbei, daß sie die Kräuter auf meinem Teller sehen konnten. »Beenden wir das Thema, okay?«

»Wollen Sie mir damit zu verstehen geben, daß dies ein Essen unter Einhaltung angemessener Distanz bleiben muß?«
»Genau.«
»Unter Kollegen? Nicht einmal unter Freunden? Wie in der High School, wir sind beide im Schachclub oder irgend so ein Scheiß?«
»Sie haben's kapiert.«
»Na wunderbar.« Er goß den Rest Bier aus der grünen Flasche in sein Glas und blickte sich nach der Kellnerin um. »Ich brauche noch ein Bier.«
»Sie hatten bereits drei. Ich hoffe, Sie gehen zu Fuß nach Hause.«
»Das ist Clausthaler, Mom.«
»Was ist das?«
»Pseudo-Bier. Alkoholfrei. Das war nicht immer so.«
Das hatte ich nicht gewußt. »Ehrlich?«
»Ehrlich.« Er gab es auf, nach der Kellnerin Ausschau zu halten, und wandte sich wieder mir zu. Plötzlich sah er müde aus, was ihn menschlicher erscheinen ließ, vertrauter. »Also, wie ist der Stand der Mordermittlung momentan?«
»Ich habe den einen oder anderen Verdacht, aber immer noch mehr offene Fragen als sonst was. Nichts erscheint logisch.«
»Mord ist nie logisch, immer emotional.«
»Aber man kann zur Aufklärung eines Mordes sehr wohl Logik einsetzen.«
»Nein, kann man nicht. Um wie ein Mörder zu denken, müssen Sie emotional denken. Mord ist reaktiv, eine emotionale Reaktion auf etwas. Sie müssen den Auslöser finden.«
Ich dachte an Paul, sein absolutes Vertrauen in logische Schlußfolgerungen. »Woher wissen Sie das, Tobin? Die Ty-

pen, die Sie verteidigt haben, kamen aus einem zwielichtigen Milieu. Sie begingen Morde unter dem Einfluß von Drogen oder Alkohol, stimmt's?«

»Seien Sie nicht so ein Snob. Auch clevere Leute morden. Auch Weiße morden.«

»Ich habe nicht gesagt, daß sie es nicht …«

»Mord ist eine irrationale Reaktion auf eine Reihe bestehender Umstände. Ob exakt geplant, vorsätzlich oder spontan verübt, in jedem Fall ist es eine emotionale Handlung. Und am heftigsten sind die Emotionen in einer Liebesbeziehung – Junge lernt Mädchen kennen, Junge bringt Mädchen um, weil sie fremdgeht.«

Erneut ging mir Paul durch den Sinn, doch dieses Mal fröstelte es mich dabei, und ich dachte daran, weshalb ich hier war. Wenn Tobin mir helfen sollte, und es hatte den Anschein, als könnte er das, mußte ich ihm reinen Wein einschenken. Einerseits traute ich ihm nicht, andererseits sagte ich mir, ich müsse das Risiko eingehen. Also holte ich tief Luft und erzählte ihm die ganze Geschichte von Fiskes Affäre mit Patricia, und weil er so aufmerksam zuhörte, gleich noch die von Paul und Patricia. Ich erzählte alles, so ruhig ich konnte, und als ich geendet hatte, trank ich einen Schluck Wein, und meine Hand zitterte nur leicht.

»Ach du Scheiße«, war Tobins Kommentar.

»Sie sagen es. Ich habe also Kate, Paul und vielleicht Fiske, alle mit einem Motiv, das irgendwie mit Sex zu tun hat, und keiner hat ein überzeugendes Alibi. Dann habe ich noch den Motorradfahrer, den ich aber erst aufspüren muß, und die anderen Liebhaber, die ich noch befragen muß, und keine Mordwaffe.«

»Von der Seite kann man es betrachten. Wenn man blind ist. Absichtlich.«

»Was soll das heißen?«
»Das heißt, Sie haben einen Hauptverdächtigen, mit dem Sie sich aber nicht näher befassen möchten. Richie Rich.«
Nein. »Paul?«
»Ach, kommen Sie schon, Rita, betrachten Sie doch einmal das Ergebnis unterm Strich. Ist das Mädchen erledigt, sind alle seine Probleme gelöst. Er bringt das Mädchen zum Schweigen, der Prozeß kommt nicht zustande, und er ist fein raus.«
»Was hätte Paul davon, wenn der Prozeß nicht zustande kommt?«
»Er würde dabei ebenfalls bloßgestellt. Die ganze Welt würde erfahren, daß er die Freundin seines Vaters gebumst hat. Wie würde das in den Heile-Welt-Vororten aufgenommen? Er hat seine eigene Firma, nicht wahr? Einen Ruf, den er schützen muß?«
»Aber warum sollte er sie umbringen?«
»Er zahlt ihr heim, daß sie ihn verarscht hat. Daß sie ihm das Leben versaut hat. Überlegen Sie doch, er hat Sie verloren, oder nicht?«
Tatsächlich? »Trotzdem, Paul steht seinem Vater sehr nahe. Niemals würde er seinem eigenen Vater einen Mord anhängen.«
»Nicht einmal, wenn Daddy gleichzeitig seine Freundin bumst *und* seine Mommy betrügt? Vielleicht rechnet er ja damit, daß Sie Daddy loseisen. Wachen Sie auf und betrachten Sie die Sache realistisch.«
Ich konnte es nicht glauben. »Tobin, ich habe gesehen, was man dieser Frau angetan hat. Dazu ist Paul nicht fähig. Er ist einfach nicht fähig dazu.«
»Fast jeder ist dazu fähig, es kommt lediglich auf die Umstände an. Wo war Richie Rich an jenem Tag?«

»Besorgungen machen.«
»Wirklich hieb- und stichfest«, sagte er schroff, dann wandte er den Blick ab und betrachtete das Treiben auf der Straße. Die Sonne war untergegangen, die Menge hatte sich ein wenig zerstreut. Die Leute, die die Restaurants aufgesucht hatten, hatten Paaren Platz gemacht, die mit Waffeltüten mit Fruchteis in der Hand einen Schaufensterbummel die Main Street hinauf und hinunter machten. In Manayunk, nahe am Fluß und an einem eigenen, in Windungen verlaufenden Kanal gelegen, war es am Abend einigermaßen kühl. Die Kerze auf dem Tisch tanzte in ihrem Glasbehälter.
Tobins Blick traf meinen. »Ich glaube, Sie stecken hübsch in der Scheiße, meine Schöne.«
»Warum? Bis zum Prozeß dauert es noch Monate.«
»Ich mache mir keine Sorgen wegen des Prozesses, da haben Sie sich bereits abgesichert. Wenn Sie einwandfrei nachweisen, was Sie mir über den Jaguar erzählt haben, und den Motorradfahrer geschickt ins Spiel bringen, wecken Sie begründete Zweifel. Ich könnte diesen Fall gewinnen. Sie können es vermutlich auch.«
»Ich ignoriere Ihre Arroganz.«
»Das tut jeder.«
Testosteron sollte verschreibungspflichtig sein. »Ich will diesen Motorradfahrer finden und ihn befragen.«
»Nein. Sie sind besser dran, wenn Sie ihn nicht finden. Lassen Sie ihn, wo der Pfeffer wächst. Setzen Sie ihn beim Prozeß als großes dickes Fragezeichen ein, zur Verstärkung berechtigter Zweifel. Ein schwarzer Junge mit einem Motorrad, auf der Flucht? Er ist für Sie verschwunden von größerem Nutzen als gefunden, besonders wenn es sich bei den Geschworenen in der Mehrzahl um gutbürgerliche Weiße handelt. Das ist wie ein Geschenk. Frohes Chanukkah.«

»Und wenn er den Mord begangen hat?«
»Das ist nicht Ihr Problem. Sie sind die Anwältin des Richters. Holen Sie den Richter raus.«
Soviel zur Gerechtigkeit.
»Hören Sie, Rita, das größte Problem besteht darin, daß Sie versuchen, einen Mörder zu überführen, aber zu eng und zu persönlich in den Fall verwickelt sind.«
»Ich kann damit umgehen.«
Er beugte sich vor und stützte sich auf die Ellenbogen, dabei blitzten aus seinen Ärmeln goldene runde Manschettenknöpfe wie Halbmonde hervor. »Ich rede nicht davon, ob Sie damit umgehen können. Ich rede davon, daß Sie sich eventuell in Gefahr befinden.«
»Weshalb?«
»Sagen wir, Richie Rich hängt die Sache seinem Vater an, weil er genau weiß, daß seine Freundin, die Superanwältin, die Verteidigung übernimmt. Er weiß, seine Freundin ist so clever, daß sie seinen Vater schon raushaut, und er weiß ferner, daß sie ihn zu sehr liebt, um ihn zu verdächtigen. Alles funktioniert wie geplant, und er kommt ungestraft mit einem Mord davon. Das ist perfekt. Der Typ ist ein Genie.«
Ich spürte, wie mein Herz schneller schlug. »Aber was ist mit dem Jaguar? Mit dem Lenkrad?«
»Vielleicht hat er sich den Wagen für eine Probefahrt geholt, wie Sie vermuten, vielleicht hat er sich aber auch Moms Wagen ausgeborgt, während sie bei den Rosen herumfummelte. An das Lenkrad auf der rechten Seite hat er nicht gedacht, aber das ist eine Bagatelle. Ihm geht es nur um Rache an dem Mädchen. Hat er nicht bereits dafür gesorgt, daß Sie den Fall mit der sexuellen Belästigung übernommen haben?«
Paul hatte Fiske allerdings ermuntert, mich zu engagieren.

»Ich wette, der Fall hat ihn auch sehr interessiert.«
Der Fall hätte fast unsere Beziehung gerettet.
»Er wollte sicher auch, daß Sie seinen Vater in dem Mordfall vertreten, stimmt's?«
Stimmt.
»Und als Sie den Fall mit der sexuellen Belästigung übernahmen, da wußte er natürlich, daß Sie vor Gericht die Gegnerin seiner Geliebten sein werden. Ein toller Trick!«
»Sie Scheißkerl.« Ich stand auf, um zu gehen.
Tobin lachte. »Oh, ich verstehe. Sie können damit umgehen, Sie können nur nicht darüber reden.«
Ich setzte mich wieder auf meinen unbequemen Stuhl und verschränkte die Arme. »Okay, reden wir darüber.«
»Ich glaube, Richie Rich hat Sie reingelegt. Ich glaube, wenn Sie kurz davor sind, ihn zu überführen, bringt er Sie auch um.«
Es schien ausgeschlossen. Paul und gewalttätig gegen mich?
»Deshalb glaube ich, daß ich mich eine Zeitlang zur Verfügung halten werde.«
»Was soll das heißen, ›zur Verfügung halten‹?«
»Ihr Kumpel sein, von Zeit zu Zeit mal vorbeischauen. Was man so im Schachclub macht. Sind Sie nicht froh, daß Sie Mitglied geworden sind?«
Ich war beunruhigt. Paul stand sich zu Hause auf der Veranda die Beine in den Bauch. Wie würde sein nächster Zug aussehen? »Spielen Sie Schach, Tobin?«
Er lächelte, seine Krähenfüße vertieften sich. »Wollen Sie mich auf den Arm nehmen? Schach ist für mich das letzte. Ich kann nicht zwei Züge im voraus denken.«
»Spielen Sie Karten?«
»Nein. Ich bin kein Spieler.«
»Sie spielen nur mit Frauen.«

»Irrtum. Ich spiele überhaupt keine Spiele.«
»Ah, richtig.«
»Das ist die Wahrheit. Wenn ich spiele, ist es nie ein Spiel«, sagte er, und dieses Mal lächelte er nicht. »Und jetzt bestellen wir uns noch zwei Eisbecher.«
Nach dem Dessert begleitete mich Tobin zum Parkplatz am Kanalufer und setzte mich mit einem freundlichen Klaps auf den Rücken in meinen Wagen. Auf der kurzen Fahrt nach Hause dachte ich über das nach, was er gesagt hatte, und versuchte, mich unvoreingenommen damit zu beschäftigen. Es schien möglich, aber nur, wenn man Paul nicht kannte. Ich hatte ihn nie anders als friedfertig und vernünftig erlebt, er verlor selten die Ruhe. Andererseits hatte ich ihm nie Anlaß zur Eifersucht gegeben. Bis heute abend.
Als ich in die Einfahrt einbog, wartete der Cherokee bereits.

– 21 –

Pauls Wagen parkte vor der Garage, der Innenraum war dunkel. Ich vermutete, daß er am Vordereingang wartete. Er mußte längst gemerkt haben, daß seine Schlüssel weder in die Vorder- noch in die Hintertür paßten. Ich schaltete den Motor aus, und trotz meiner Zweifel an Tobins Szenario stieg ich wachsam aus dem Wagen.

Ich ging über den Rasen, er fühlte sich feucht an. Paul mußte ihn gewässert haben, seine Mutter hatte ihm beigebracht, stets am Abend, wenn die Sonne nicht mehr schien, zu wässern. Ich dachte darüber nach, was Tobin gesagt hatte. Paul stand auch Kate sehr nahe; in der Schule hatte man ihn sogar als Mamas Liebling gehänselt. Könnte es sein, daß Paul Fiske in Schwierigkeiten brachte, weil dieser Kate betrogen hat? Ich ging stetig weiter.

Die Außenbeleuchtung war nicht eingeschaltet, auch im Haus brannten keine Lichter. Unser Haus, im Kolonialstil aus Steinen und Schindeln erbaut mit einem einladenden überdachten Eingang, ragte groß und dunkel auf. In der Nachbarschaft war alles ruhig, vermutlich waren die meisten unserer Nachbarn ausgegangen. Eine feuchte Brise raschelte in den Bäumen, die bei Tag den überdachten Vorbau beschatteten. Im Vorbeigehen lugte ich durch die Äste, aber Paul wartete nicht dort, wo ich ihn vermutet hatte. Er saß nicht auf einem der weißen Adirondack-Stühle, die er so liebte. Ich ging die mit Steinplatten belegten Stufen zum Eingang hinauf und blickte mich um. Kein Paul.

Es ergab keinen Sinn. Der Cherokee, aber kein Paul. Er konnte nicht ins Haus hinein, vielleicht machte er einen Spaziergang.

Ich sah auf die Uhr. 21 Uhr 35. Wenn er pünktlich gekommen war, und er war immer pünktlich, wartete er seit fast zwei Stunden. Zeit genug, um zur Lancaster Avenue zu gehen und einen Happen zu essen. Suchend wühlte ich in meiner Tasche nach den Schlüsseln und sperrte die Vordertür auf. Dunkel und still lag der Flur vor mir. Ich schloß die Tür hinter mir und verriegelte sie.

»Lucy, du bist mir 'ne Erklärung schuldig«, ertönte eine Ricky Ricardo imitierende Stimme. Paul. Seine Stimme kam aus dem dunklen Wohnzimmer. Ich hätte gerne das Licht angemacht, aber er befand sich näher am Schalter.

»Wie bist du reingekommen?«

»Du hast die Schlösser ausgetauscht und mich ausgesperrt, Lucy. Das war nicht sehr nett«, sagte er in leicht nuschelndem Tonfall.

»Wie bist du hier hereingekommen?«

»Wir haben einmal Streit, und da gehst du her und wechselst die Schlösser aus. Du sperrst mich aus meinem *Zuhause* aus.«

»Paul ...«

»Das nennt man hart durchgreifen. Ihr Rechtsanwälte seid eine besondere Sorte.« Ich hörte das Klirren von Eis in einem Kristallglas. Er trank Scotch, aber nie im Übermaß, jedenfalls bisher nicht.

»Sag mir, wie du reingekommen bist.«

»Ich kenne dieses Haus besser als du. Ich weiß, welche Fenster locker sind und welche nicht. Ich verbrachte mehr Zeit

in diesem Haus als du. Du mußtest ja immer hinaus in die weite Welt und das sprichwörtliche große Geld verdienen.«
Die alte Wunde. Ich hatte geglaubt, wir hätten das hinter uns.
»Los, mach schon ... sag deinen Text«, befahl er.
»Was für einen Text?«
»Immer, wenn ich das gesagt habe, hast du geantwortet: ›Paul, du bist in mehr Geld hineingeboren worden, als ich in meinem ganzen Leben je verdienen werde.‹«
Mir gefiel nicht, wie er meine Stimme nachmachte, es gefiel mir ganz und gar nicht. »Ich glaube, du solltest gehen. Sofort.«
»Ah, komm schon, alter Spielverderber,« sagte er, jetzt wieder Kubaner. »Du wirst dich gleich freuen, daß ich hier bin, wenn ich dir sage, was ich rausgekriegt habe, Lucy.«
»Hör auf, mich so zu nennen.«
»Gut, wie dem auch sei, du bist schließlich diejenige, die Lucy und Ricky mag. Ich habe den ganzen Tag schwer geschuftet und einen Mordfall aufgeklärt. Wo warst du?«
»Das geht dich nichts an.«
Das Licht flammte auf und fiel auf Pauls Gesicht. Hingelümmelt saß er in dem Morris-Ledersessel vor den Bücherregalen, das Glas in der Hand, den Kopf leicht zur Seite geneigt. »Ich weiß, wer Patricia Sullivan umgebracht hat.«
Du lieber Gott. »Wer?«
»Sag mir, wo du warst, und ich sage dir, wer es war.«
»Mach schon, Paul.«
»Das möchtest du gern wissen, stimmt's? Weil du dir Gedanken gemacht hast. Vielleicht sogar über mich, deinen Beinahe-Verlobten.«
»Wer ist der Mörder?«
»Dein Beinahe-Verlobter hat kein Alibi, hast du gedacht. Er

behauptet, er hätte Besorgungen gemacht, aber was für Besorgungen? Hat er Quittungen? Erinnert sich ein Verkäufer an ihn? Meine Mutter hast du auch so ausgefragt. Für wie dumm hältst du sie eigentlich?«

»Wer ist der Mörder, Paul?«

»Nicht jetzt. Sag mir, mit wem du heute abend zusammen warst.«

Ich spielte auf Zeit. »Bei meinem Vater.«

»Lucy, Lucy, Lucy. Ich habe im Krankenhaus angerufen. Man sagte mir, er würde schlafen. Ich habe sogar deine Freunde angerufen, die Pokerspieler.«

Scheiße. »Ich habe meinen Vater besucht, anschließend bin ich noch ins Büro gegangen.«

»Ts, ts, ts. Da habe ich auch angerufen.«

»Ich war in der Bibliothek.«

»Du und deinen Anrufbeantworter nicht abhören? Lügen ist ein schlecht Betragen, Flammen aus den Hosen schlagen. Nebenbei gefragt, stehen deine Höschen in Flammen? Du bist früh zu Hause.«

»Ich habe nicht vor, hier Spielchen mit dir zu spielen, Paul. Sag mir, was du weißt, oder ich gehe zur Polizei.« Ich griff nach dem Türknauf und drehte ihn so laut, daß er es hören mußte.

»Rate mal, was ich rausgefunden habe? Ich weiß, wo du heute abend warst. Ich wollte es nur aus deinem eigenen Mund hören.«

Plötzlich war meine Kehle wie zugeschnürt. Ich wußte nicht, ob ich ihm glauben sollte. »Wer ist der Mörder?«

»Du hast mich angelogen.«

»Du hast *mich* angelogen.«

»Oh, so ist das also?« sagte er zornig. »Auge um Auge? Eine Retourkutsche?«

Nicht vom Thema ablenken lassen. »Wer ist der *Mörder*?«
»Morrone bei der Arbeit, Leute. Immer im Dienst. Aber heute abend hat sie nicht gearbeitet, oder?«
»Das reicht, ich gehe.« Ich drehte ihm den Rücken zu und öffnete die Tür.
»Aramingo Avenue, im Nordosten. Großraum Nordosten, sagen sie in den Nachrichten.«
Ich drehte mich wieder um. »Wer wohnt dort?«
»Er fährt ein blaues Motorrad, er malt. Spielt natürlich Gitarre. Er hatte eine Bekanntschaftsanzeige aufgegeben, so lernten sie sich kennen. Er hatte nur vergessen zu erwähnen, daß er kokainsüchtig ist, einmal sogar wegen Rauschgifthandel verurteilt wurde. Und daß er ein sehr, sehr eifersüchtiger junger Mann ist.«
»Wie heißt er?«
»Tim Price.«
»Wie bist du an die Adresse gekommen? Logische Schlußfolgerungen?«
»Fürchte, nein«, sagte er wie zu sich selbst. »Ich bin kein sehr guter Architekt, sonst würde ich mehr Geld verdienen, stimmt's? Wenn du so clever bist, wie kommt's dann, daß du nicht reich bist? So wie Dad?«
Ich drehte den Türknauf. »Ich muß gehen.«
»Ich habe einen Brief gesehen, den er ihr geschrieben hat, da stand der Absender drauf. Er war verrückt nach ihr, aber für sie war er nur ein Spielzeug. Wie wir alle. Sie spielte, diese Frau.«
»Lebten sie zusammen?«
»So was Ähnliches, aber er war häufig weg, und wenn die Katze fort ist, na ja … du haßt abgedroschene Phrasen, stimmt's? Als ich das Spiel durchschaut hatte, machte ich Schluß mit ihr – als *er* es durchschaute, brachte er sie um.

Kein schönes Spiel, oder? Kein gefahrloses Spiel, so wie Poker.«
Scheißkerl. »Aber wenn er sie umgebracht hat, warum hat er dann sein Motorrad dort zurückgelassen?«
»Ich weiß nicht, wie so jemand denkt, meine Liebe.«
»Wie kommst du dazu, mit solcher Überzeugung zu behaupten, er sei der Mörder?«
»Sie erzählte mir, sie hätte Angst vor ihm, er habe sie geschlagen. Verprügelt, als er high war. Trotzdem ließ sie ihn immer wieder rein. Er hatte diese gewisse cool-brutale Ausstrahlung, auf die manche Frauen stehen.« Paul hielt sein Glas hoch und betrachtete aufmerksam den Schliff des Kristalls im Lampenschein. »Lange Haare, Außenseitertyp. Stehst du da auch drauf, Rita?«
Er mußte von Tobin wissen. Vielleicht hatte mich jemand gesehen, der uns beide kannte. Oder er war mir zum Restaurant gefolgt. Plötzlich überfiel mich Angst, und ich tastete hinter meinem Rücken nach dem Türknauf. »Morgen früh bist du weg«, sagte ich, drehte den Knopf und trat hinaus.
Hinter mir hörte ich das Splittern eines Kristallglases, das gegen die Wand geworfen wurde. »Verdammt noch mal! Ich wohne auch hier! Rita!«
Ich begann zu laufen und blieb nicht stehen, bis ich im Wagen saß.

Ich verbrachte die Nacht im Four Seasons in einem gemütlichen Zimmer mit Blick auf den Brunnen auf dem Logan Square. Nicht, daß ich Zeit gehabt hätte, den Ausblick zu genießen, ich telefonierte. Mit einem Vierundzwanzig-Stunden-Schlüsseldienst, der die Schlösser erneut auswechseln und sämtliche Fenster sichern sollte. Für fünfzig Dollar zusätzlich lieferten sie die neuen Schlüssel direkt ins Hotel. Anschließend blätterte ich die Gelben Seiten auf der Suche nach einer Firma für Alarmanlagen durch, aber dort meldete sich niemand mehr. Dann rief ich Herman an und sagte unsere Verabredung für morgen ab. Das Abklappern der Motorradgeschäfte hatte sich erübrigt, ich hatte die Adresse des Motorradfahrers. Der nächste Anruf galt meinem Vater. Seine Stimme klang munter, aber er erkundigte sich hartnäckig, warum Sal sich so fein herausgeputzt hatte. Und schließlich rief ich noch Cam an und sagte ihm, unsere Sache würde morgen steigen.

»Wie du befiehlst, Kleines«, sagte er.

Anschließend nahm ich einen Hotelkugelschreiber zur Hand und begann, auf dem Riesenbett sitzend, mit dem Formulieren eines Schriftsatzes. Ich hatte nie Familienrecht praktiziert, aber Strafrecht schließlich auch nicht. Ich behauptete, Grund zu der Annahme zu haben, daß mir von einem gewissen Paul Harlan Hamilton, meinem Lebensgefährten, Gefahr drohe, der offensichtlich betrunken und Ärgernis erregend in unserem früher gemeinsamen Haus erschienen sei. Ich bat das Gericht, Paul zur Auflage zu machen, sich bis auf zwei Meilen vom Grundstück entfernt zu halten, und forderte umgehend eine Verhandlung. Die Unterlagen fotokopierte ich unten am marmornen Empfangstresen. Einen Satz schickte ich mit der Post an Pauls Büro, einen faxte ich dorthin mit einer kurzen Notiz: *Wenn ich dich das nächste Mal im Haus antreffe, reiche ich das ein. Und schicke Kopien an deine Eltern, die Polizei und die Zeitungen.*

Es war meine erste Schutzverfügung, sowohl als Anwältin wie als Mandantin. Eine für das Sammelalbum also. Und zweifellos diente das Four Seasons zum erstenmal einer

Frau als Zufluchtsort. Leise in mich hineinlachend, ging ich zurück auf mein Zimmer. Immerhin besser als weinen.

Ich ließ mich auf das unendliche Bett fallen und knipste den Fernseher an. *Spectravision* stand darauf, und ich vermutete, das müsse so etwas wie Cinemascope sein. Ich stellte den Ton ab, die Bilder flimmerten lautlos über die Mattscheibe. Ein Mann und eine Frau in Jeans und Sweatshirts stießen mit Kaffeebechern über einen Küchentisch hinweg an. Dennis Hopper, nach all den Jahren immer noch verrückt, machte Werbung für Nike. Ich wartete auf die Elf-Uhr-Nachrichten und war fast zu müde, um noch neugierig darauf zu sein, in welcher Form sie über die Voruntersuchung berichteten. Es kam mir vor, als läge das alles Jahre zurück.

Aber ich war immer noch im Dienst, wie Paul sagte.

Ich wollte jetzt nicht an ihn denken. Doch das wäre mir sowieso vergangen. Denn nach einem Brand in einem Lagerhaus in Camden war Stan Julicher die Sensation des Tages. Ein fast religiöser Eifer beseelte sein gerötetes Gesicht hinter den schwarzen Mikrophonaufsätzen. Mit ihm am Pressetisch saß ein Trio Fernsehfeministinnen, zornige Frauen ohne Augen-Make-up und mit Anstaltsfrisuren.

»Es ist kein Verbrechen, gut auszusehen, meine Lieben«, sagte ich zum Fernseher. »Egal, was Naomi Wolf sagt.« Ich knipste den Ton an.

»Es ist an der Zeit, daß die Bürger dieser Stadt den Rücktritt von Richter Hamilton fordern«, verkündete Julicher eben. »Er ist offiziell des Mordes an einer jungen Frau angeklagt, die möglicherweise nur deshalb sterben mußte, weil sie ihr Recht in Anspruch zu nehmen versuchte, sich nicht sexuell belästigen lassen zu müssen. Dennoch sitzt der Ehrenwerte Richter Fiske Hamilton über *uns* zu Gericht.«

Du lieber Gott. Julicher, sauer, weil er seine Einnahmequelle eingebüßt hatte, war im Begriff, Fiske zu ruinieren.

Eine der Feministinnen sagte: »Auch wir fordern Richter Hamilton zum Rücktritt auf, zumindest, bis sämtliche Zweifel an seiner Täterschaft ausgeräumt sind. Er sollte nicht über Fälle, ob Zivil- oder Strafsachen, zu Gericht sitzen, solange auch nur der Schatten eines Verdachts auf ihm liegt.«

Sämtliche blöden, hirnverbrannten, vorhersehbaren Reaktionen. »Ihr Mädels kriegt kein Geld mehr von mir!« brüllte ich den Fernseher an.

Die dritte Frau beugte sich zum Mikrophon. »Wir halten es für die reinste Ironie, daß Richter Hamilton morgen über einen Mordfall zu Gericht sitzen kann, wo er doch selbst des Mordes angeklagt ist.«

Ich zielte mit der Fernbedienung zwischen ihre Augen. »Für Mord ist der Staat Pennsylvania zuständig, du Idiotin, und Fiske ist Bundesrichter. Ansonsten hast du allerdings absolut recht.« Ich brachte sie mit dem AUS-Knopf zum Schweigen und griff nach dem Telefon, um mich mit Fiske in Verbindung zu setzen, doch ich überlegte es mir anders. Ich war zu müde, um einen vernünftigen Rat geben zu können. Er mußte heute nacht allein klarkommen, ich würde mich morgen damit beschäftigen.

Ich merkte, wie ich in den Schlaf hinüberglitt, die Fernbedienung immer noch in der Hand. Ich dachte an Paul, daran, ob er das Haus verlassen hatte, aber mein letzter Gedanke galt Tobin in seinem Loft in Manayunk. Ich hätte gerne gewußt, ob er die Nachrichten gesehen hat.

Und ich hätte gerne gewußt, ob er allein war.

– 22 –

Am nächsten Morgen fühlte ich mich frisch und munter, auch wenn der kostenlose *Enquirer* vor meiner Tür mit der Schlagzeile aufwartete, mit der ich gerechnet hatte:

RÜCKTRITT VON KAMPFBEREITEM BUNDESRICHTER ERWARTET

Ich überflog den Artikel, lediglich ein Aufguß der Pressekonferenz und jede Menge selbstgerechte Zitate von Julicher. Fiske stand klugerweise »für einen Kommentar nicht zur Verfügung«, und wo ich war, wissen wir. Dem geschäftsführenden Partner von Avery, Shore & Macklin, meinem liebsten Blackjack-Spieler, war es gelungen, seinen Beitrag an maßloser Übertreibung mit einfließen zu lassen. Er bezeichnete mich als eine »der bekanntesten Anwältinnen des Landes«. Ich überschlug kurz, daß mir diese Titulierung in meinem neuen Vertrag mindestens fünfunddreißigtausend Dollar Prominentenbonus einbringen müßte, aber soviel, wie mich dieser Fall gekostet hatte, konnte mir Mack gar nicht bezahlen.

Ich schüttete den Gratiskaffee hinunter, vertilgte das Croissant und leistete mir eine Dusche mit vom Hotel zur Verfügung gestelltem Shampoo, Seife, Pflegelotion und Feuchtigkeitscreme. Nachdem ich sämtliche Gratisprodukte benutzt hatte, machte ich es mir bequem und rief Fiske an.

»Rita, wo bist du?« fragte er.

»In der Stadt. Wie geht es dir? Und zitiere nicht Gilbert & Sullivans ›Mikado‹.«

»Du hast die Nachrichten gesehen.« Er klang angespannt.

»Natürlich. Möchtest du einen juristischen Rat?«

»Ich höre.«

»Trete nicht zurück.«

»Der Vorsitzende des Gerichts hat mich angerufen. Er bat mich, zum Wohle des Gerichts darüber nachzudenken. Morgen möchte er meine Antwort.«

»Schön. Ruf ihn morgen an und sag ihm, du hättest es dir überlegt, du würdest nicht zurücktreten.«

»Kate meint, ich sollte mich mehr zurückhalten, so in der Art.«

»Hamiltons kneifen nicht, oder, Fiske? Sie laufen nicht davon. Du hast einen Familiennamen, den es in Ehren zu halten gilt, stimmt's nicht?« Ich konnte mich gerade noch rechtzeitig bremsen, bevor ich mich über die grundlegenden Prinzipien ausließ.

»Ich bin unschuldig, verdammt noch mal.«

Schön für mich. »Dann erledige deine Arbeit. Halte dich von der Presse fern. Überlaß den Rest mir.«

»Du klingst irgendwie anders, Rita.«

»Wirklich?«

»Ja. Zuversichtlicher. Machst du Fortschritte bei deinen Ermittlungen?«

»Ich habe die Adresse des Motorradfahrers, und ich bin den schwarzen Jaguars in der Gegend auf der Spur.«

»Großartige Arbeit!«

»Und ich habe ein bißchen an Gewicht verloren.« Ungefähr hundertneunzig Pfund namens Paul. »Aber vermutlich liegt es an der Cremespülung. Nichts verleiht einem Mädchen mehr Selbstvertrauen als eine gute Pflegespülung. Und seidigen Glanz.«

Cam stand oben auf der Leiter und schwang die lärmende elektrische Heckenschere in sanftem Bogen. Über ihm strahlte die heiße Mittagssonne an einem gnadenlos blauen Himmel. Seine Arbeitsstiefel waren abgestoßen, sein Banana-Republic-Arbeitshemd schweißnaß, und seine Fünfzig-Dollar-Khakihosen zierten Grasflecken an den Knien. Camille Lopo war der bestangezogene einarmige Gärtner-Darsteller in Wayne.

»Bist du sicher, daß du nicht müde wirst, Cam?« rief ich ihm über das laute Rattern der geölten Zähne der Heckenschere hinweg zu.

»Ha?«

»Alles in Ordnung da oben?«

»Was?« schrie er zurück.

»Bist du sicher, daß du dich nicht überanstrengst?«

Er warf einen Blick auf die Uhr. »Fast Mittag!«

Nur Italiener besitzen genügend Hartnäckigkeit, um sich über den Lärm einer Heckenschere hinweg zu unterhalten. Es braucht mehr als eine Black & Decker, damit man uns zum Schweigen bringt, selbst wenn einer von uns fast taub ist. »Bist du sicher, daß du dich nicht überanstrengst?« Ich brüllte ziemlich.

»Da ist jede Menge rausgewachsen! Man sieht das, weil die neuen Triebe grüner sind! So ein gelbliches Grün, kein Dunkelgrün!«

»Gesprochen wie ein Profi, Cam!« brüllte ich zurück und musterte das Gras. Ich wollte noch einmal jeden Zentimeter des Grundstücks um das Garagenhaus und Mrs. Mateers Haus gründlich inspizieren. Die einzige Möglichkeit, um das ungehindert und unter Ausschluß der offiziellen Augen der Polizei von Radnor oder ihrer Kontrollprotokolle zu tun, bestand in der Neugründung der Firma Lawns 'R' Us.

»Das ist unser dritter Rasen, Kleines! Ich *bin* ein Profi!«

Seine Worte versetzten mir einen Stich. Ich fühlte mich schuldig, weil ich einen Siebzigjährigen zur Gartenarbeit antrieb, und das nur, weil es meinen Interessen diente. »Ich bin dir was schuldig, du bist Spitze.«

»Baby, ich habe mehr zu tun als ein einarmiger Tapezierer.« Er schwang die Heckenschere und hielt sie gerade, daß die Linie des Schnittes so eben war wie die Oberfläche eines Kartentischs. Zu beiden Seiten der Hecke fiel Schnittgut herab und sammelte sich in kleinen Hügeln auf dem Gras.

»BIST DU SICHER, DASS DU DICH NICHT ...«

»FRAG DAS NOCH MAL, UND ICH SCHNEIDE DIR DEINEN ARM AB!«

Die Maschine glitt hin und her und brummte mir in den Ohren. Ich mimte Cams Assistentin und, abgesehen von meiner Eagles-Mütze, der Sonnenbrille und der Canon-Kamera, war ich identisch ausstaffiert. Ich schoß noch ein Foto von der Hecke. Die Fotos vom Grundstück wollte ich vergrößern lassen und den Geschworenen präsentieren, damit sie das Gelände aus meinem einzigartigen, subjektiven Blickwinkel betrachten konnten.

»Vergiß nicht, den Boden abzusuchen!« brüllte er von oben. »Nach Beweisen.«

Soviel zur Geheimhaltung. Ich blickte folgsam zu Boden, aber außer Mrs. Mateers frischgeschnittenem Rasen sah ich nichts. »Du leistest gute Arbeit, weißt du das?«

»Was?« Er schaltete die Heckenschere aus und wischte sich

die Stirn. Die grauen Haare an seinem zurückweichenden Haaransatz waren so feucht, daß sie wieder so schwarz aussahen wie früher. »Da ist vielleicht eine neue Karriere für mich drin.«

»Auf der Rennbahn verdienst du besser.«

»Ich weiß nicht, mir hat der Aufsitzmäher gefallen. Sehr gut gefallen sogar.« Cam hatte den Rasen mit einem gemieteten Toro-Rasentraktor gemäht, und ich war solange außer Sicht geblieben. Cam hatte auch an Mrs. Mateers Tür geklingelt, denn möglicherweise hätte sie mich trotz meiner Verkleidung wiedererkannt. »War wie 'ne Fahrt mit 'nem Buggy, mit dem Mäher.«

»Woher willst du Stadtgör wissen, wie das ist, wenn man mit einem Buggy rumfährt?«

»Machst du Witze? Ich bin oft mit dem Eismann rumgefahren. Wir sind hinten auf den Wagen raufgesprungen, um an den Bruch ranzukommen.«

Ich machte noch ein Foto vom Haus, das in einiger Entfernung lag. Anschließend einfach so zum Spaß einen Schnappschuß von Cam, wie er gerade die Leiter herunterkletterte.

»Betrachte es mal unter dem Gesichtspunkt, Kleines«, sagte er und zerrte die Leiter ein Stück weiter. »Wir haben ohne Probleme Arbeit bekommen. Wir hatten auf Anhieb drei Rasen.«

»Weil wir es umsonst machen, Cam. Und wegen deines Charmes.«

»Es liegt am Stumpf, damit kriegen wir sie immer rum.« Er ließ seinen leeren Ärmel flattern. »Theresa hat mich wegen des Stumpfes geheiratet, das schwöre ich dir. Ich tat ihr leid. Wenn wir uns gestritten haben, sagte ich zu ihr, ich bekäme Phantomschmerzen, und – *zack* – war alles vergessen.«

Ich lachte, aber ich setzte fest auf diesen Effekt. Wer wäre nicht damit einverstanden, sich von einem behinderten alten Herrn, der versuchte, ein neues Geschäft zu eröffnen, kostenlos den Rasen mähen zu lassen? Insbesondere, wenn er bereits für die beiden Häuser auf der anderen Straßenseite gearbeitet hat und die Gärten hervorragend gepflegt aussahen?

»Also, wie sieht die Ausbeute bis jetzt aus?« fragte er.

»Du meinst die offiziellen Beweise der Verteidigung?« Ich griff in die Fächer meiner offiziellen Beweissammelausrüstung, einem goldenen Make-up-Täschchen von Lancôme. Mit einer Revlon-Pinzette pflückte ich jeden Gegenstand vom Boden auf und steckte ihn in ein eigenes Zellophansäckchen, das ich mit einem Augenbrauenstift von Clinique beschriftete. »Wollen mal sehen, Beweisstück A ist das Einwickelpapier von einem Fruchtkaugummi. Beweisstück B ist eine Zigarettenkippe. Dann haben wir eine Plastikfigur von Kater Garfield, in tadellosem Zustand, als Beweisstück C. Mit Garfield liegen wir gut, Camille. Er könnte entscheidend zur Lösung dieses Falles beitragen.«

»Ist das Spielzeug vom Donovan-Grundstück?«

»Ja.«

Er schüttelte den Kopf. »Dieses Donovan-Kind war vielleicht ein Gör. In meinem ganzen Leben habe ich noch nie soviel Spielzeug in einem Garten gesehen. Und dann dieses schloßartige Ding mit der grünen Spitze oben drauf und der komischen Rutschbahn. Hast du dir das mal angesehen?«

»Ein echtes Monstrum.« Ich war über die Verankerung der Halterung gestolpert. »Mist.«

Er lachte. »Als ich klein war, hatte ich einen Lastwagen. Einen roten Lastwagen. Damit hatte's sich.«

»Die Reichen werden immer reicher, Cam.«

»Ist das denn die Möglichkeit.«

Er kletterte wieder auf seine Leiter und stellte die Heckenschere an. Sie ratterte los, und ich sah die dreizehn Beutel durch, die ich bis jetzt gesammelt hatte. Jeder enthielt nichts weiter als irgendwelchen Müll aus irgendeinem Garten, deshalb nahm ich meine Schatzsuche wieder auf und marschierte, die Augen unverwandt auf den Boden gerichtet, an Mrs. Mateers Hecke entlang. Am Fuß der Hecke waren trockene Erde, alte Blätter und teurer Rindenmulch.

Der Lärm der Heckenschere entfernte sich weiter und weiter. Ich brauchte fünf Minuten, bis ich am Ende der Hecke angelangt war, wo sie an das gleichermaßen riesige Grundstück von Mrs. Mateers Nachbarn angrenzte. Endstation. Vermutlich verschwendete ich nur meine Zeit. Und die des armen Cam, der sich fast zu Tode schwitzte, mit seinem einen Arm, auf einer Leiter. Dafür würde ich in der Hölle braten. Sicher ein ähnliches Gefühl wie das, was mich gerade jetzt plagte.

Ich überlegte, ob ich noch einmal versuchen sollte, Price anzurufen, den Motorradfahrer, aber ich hatte bereits drei Nachrichten auf sein Band gesprochen. Ich hatte ein Handy in der Tasche meiner Hose für den Fall, daß er zurückrufen würde. Falls nicht, hatte ich vor, ihn unangemeldet zu besuchen, sobald dieses Abenteuer hier vorbei war.

Ich machte auf dem nicht vorhandenen Absatz meiner Turnschuhe kehrt und erblickte in der Ferne das Garagenhaus. Die Tür war kreuzweise mit gelbem Polizeiband verklebt, versiegelt, aber nicht bewacht. Trotzdem mußte ich mich bei meiner Herumschnüffelei geschickt anstellen wegen der Nachbarn und der Vorstädter, die ihre Landrover abbremsten und langsam fuhren, um das Haus, in dem eine Frau verblutet war, anzustarren.

Ich marschierte zurück in Richtung Cam, die Nase am Boden wie ein studierter Bluthund, und apportierte einen neuen, blau lackierten Ames-Rechen. Lawns 'R' Us war nicht nur die schickste Schwindelfirma weit und breit, wir waren auch die am besten ausgestattete. Ich verdrängte den Gedanken, was ich später mit dieser dämlichen Ausrüstung anfangen sollte, denn ich hatte keine Ahnung. Vielmehr konzentrierte ich mich auf das Zusammenrechen des Schnittgutes, das ich haufenweise in Richtung auf das Garagenhaus schob.

Beim Rechen sah ich mich genau um und verstaute jeden Abfall, den ich fand, in meinen Säckchen. Eine Stunde später war Cam fast am Ende der Hecke angelangt, die die Auffahrt von Mrs. Mateer begrenzte, und mein Arbeitshemd war schweißgetränkt. Vor mir auf dem Rasen lagen, wie lange Brötchen auf einem Partytablett, die von mir zu Rollen zusammengerechten Schnittguthaufen. Aufgesammelt hatte ich zwei weitere Kaugummihüllen, beides Doublemint, und eine weitere Zigarettenkippe. Entweder war dieser Garten vermüllt, oder der Mörder war stark oral fixiert.

Fotozeit. Verstohlen blickte ich mich um und vergewisserte mich, daß mich niemand beobachtete, aber Gott und die Welt schien unterwegs zu sein, um noch mehr Dinge zu kaufen, die kein Mensch brauchte. Ich machte vom Garagenhaus aus ein paar Aufnahmen des Mateer-Hauses und knipste wie ein gieriger Immobilienmakler. Als ich durch den viereckigen Sucher der Canon blickte, entdeckte ich Cam, der mit seinem einen Arm winkte.

So ein Amateur. Ich machte wie erbeten den Schnappschuß von ihm und hob dann die Kamera ein wenig hoch, damit ich eine bessere Sicht auf das Mateer-Haus hatte.

Cam winkte immer noch. Es war ein niedliches Bild, aber meiner Ansicht nach würde es kaum zur Erleuchtung der Geschworenen beitragen. Ich machte vom Mateer-Haus noch ein Foto, auf dem man sah, daß die Bäume den Blick vom Küchenfenster aus teilweise verdeckten.

»June, June!« hörte ich Cam rufen. Das war mein Deckname, auf den wir uns einigen konnten, weil es gerade Juni war. Außerdem gefiel es mir, zur Abwechslung einen Namen zu tragen, der so klang wie die der Mädchen auf den Ausklappseiten. »June!«

Über die Kamera hinweg sah ich zu ihm hinüber.

Cam winkte wieder, aber irgendwie bewegte er sich eigenartig, so ruckartig. Entweder hatte er etwas entdeckt, oder er litt unter nervösen Verdauungsbeschwerden. Ich blickte durch die Kamera und zoomte, bis ich seinen Gesichtsausdruck in der Vergrößerung sah. Sein Gesicht war mit Schmutz verschmiert, seine Miene angespannt und beunruhigt. Aufgeregt deutete er auf den Boden zu seinen Füßen.

Baby, Baby. So unauffällig wie möglich setzte ich mich in Trab, die Kamera schlenkerte um meinen Hals. Cam stand auf Mrs. Mateers geteerter Auffahrt, da, wo die Hecke an den weißen Verputz des Hauses stieß.

»Rita, sieh mal«, sagte er mit ersterbender Stimme.

Eingebettet zwischen Heckenschnitt, einem durchgeweichten grünen Tennisball und einer rundlichen rosa Begonie, lag ein Messer.

Ich blinzelte, aber das Messer löste sich nicht in Nichts auf. Ich hatte im Laden meines Vaters mehr als genug mit Messern hantiert, trotzdem hatte ich keine Ahnung, was das für eine Art Messer war. Es hatte einen dunkelbraunen Griff, und bräunliche Flecken verunzierten die stumpf bronzefarbene Klinge. Die Flecken hätten alles mögliche klebrige Zeug sein können, aber am stärksten erinnerten sie an getrocknetes Blut. Ich traute meinen Augen nicht, Cam erging es nicht anders. Wir standen vor dem Messer wie Kinder, die im Garten eine Vipernatter entdeckt hatten. Zu sehr von Ehrfurcht ergriffen, um wegzulaufen, zu ängstlich, um das Ding anzufassen.

»Bravo, Camille«, sagte ich.

»Ich bin ein Glückspilz heute, Kleines. Vielleicht hätte ich doch auf die Rennbahn gehen sollen.«

»Dann hättest du die Gelegenheit verpaßt, Junior-Detektiv zu spielen.«

»Senior-Detektiv meinst du wohl.« Er lächelte, doch gleich darauf starrte er wieder auf das Messer hinunter. »Was machst du jetzt damit?«

Eine hervorragende Frage. Sollte ich es in einen Beutel pakken? Sollte ich die Bullen rufen? Kann man ein Messer mit einer Augenbrauenpinzette aufheben? »Verdammt, ich weiß es nicht. Mit Garfield komme ich zurecht, aber damit?«

»Wir dürfen es nicht mitnehmen, oder?«

Hm. »Laß mich mal überlegen.« In der Zwischenzeit schnappte ich die Kamera und machte Fotos aus jedem Blickwinkel, aus der Nähe, aus der Ferne. Allein für das Messer verbrauchte ich zwei Filme. Und je länger ich das Messer durch die helle Scharfeinstellung im Sucher der Kamera betrachtete, desto mehr war ich davon überzeugt, daß Cam gefunden hatte, was ich nicht zu hoffen gewagt hatte: das Messer, mit dem Patricia Sullivan umgebracht wurde.

Aber ich mußte mehr über das Messer erfahren, bevor ich Rückschlüsse auf den Besitzer ziehen konnte.

Und wie der Zufall so spielt, kannte ich einen Messerexperten. Ziemlich gut sogar.

– 23 –

Mein Vater saß aufgestützt in seinem Krankenhausbett und betrachtete, durch seine Bifokalbrille blinzelnd, das Foto. »Das ist ein Messer.«

Mein Experte. »Das weiß ich, Dad. Aber was für eine Art von Messer ist das?«

»Ein Allzweckmesser. Wie ein Hirschfänger.«

»Aber es ist kein Hirschfänger?«

Er hielt das Foto näher vor das Gesicht. »Nein.«

»Hab' ich dir doch gleich gesagt«, triumphierte Cam, der auf der anderen Seite des Bettes saß und immer noch seine schmutzigen Gartenklamotten trug.

»Könnte man mit dem Ding jemanden umbringen?« fragte ich.

»Mit dem Messer? Aber sicher, blitzartig.«

Eine Gänsehaut überlief mich. »Wer könnte so ein Messer brauchen, Dad? Wozu benutzt man es?«

»Für alles und jedes.«

»Zum Beispiel?«

Angestrengt starrte er auf das Foto. »Zum Jagen, zum Fischen, für die Gartenarbeit, was auch immer. Sogar in der Garage zum Reparieren. Kartons kann man damit zerschneiden, vielleicht sogar Draht. Einfach alles.«

Mir sank das Herz. »Wirklich alles?«

»Ein Allzweckmesser.« Er legte das Bild auf seinen Bauch

und ergriff das nächste Foto vorsichtig an den Ecken. »Du glaubst, das ist die Mordwaffe?«
»Ja. Wem könnte so ein Messer gehören?«
»Jedem.«
»Scheiße.«
Er leckte sich die Lippen, die ein wenig aufgesprungen waren. »Es ist ein gutes Messer, so eines hat man gern zur Hand. Was soll ich sonst sagen? Ich hab' auch so eins, hinten in der Küche, so alt wie das da. Ich nehme es zum Beschneiden des Gummibaumes.«
»Ich habe es nie gesehen. Damit hast du mich noch nie bedroht.«
Er lächelte schwach. »Vielleicht ist das gar nicht die Mordwaffe.«
»Für mich sieht das aus wie Blut«, sagte ich und sammelte die Fotos ein. »Was glaubst du? Du bist der Hämatologe hier.«
»Ja, kann sein.« Ermattet schloß er die Augen. »Was haben die Bullen gesagt?«
Cam lachte. »Wir haben nicht auf sie gewartet, Vito. Wir machten, daß wir wegkamen.«
Es hatte eine Stunde gedauert, bis die Fotos entwickelt waren, aber längst nicht so lang, bis die Polizei von Radnor zum Mateer-Grundstück kam. Ich hatte sie von meinem Handy aus angerufen, aber entschieden, nicht bis zu ihrem Eintreffen am Fundort zu warten. Es bestand keine Notwendigkeit, sie darauf aufmerksam zu machen, daß ich in meiner Arbeitskluft eine arglistige Täuschung begangen hatte, ganz zu schweigen davon, daß ich die Moral eines alten Mannes untergraben hatte.
»Mir ist unbegreiflich, daß die Bullen es nicht gefunden haben«, meinte Cam. »Es lag einfach so da.«

Dieser Punkt bereitete mir ebenfalls Kopfzerbrechen. Cam und ich hatten im Drugstore wieder und wieder darüber gesprochen, während wir auf die Fotos warteten. Der Laborant bedachte uns mit merkwürdigen Seitenblicken. Anscheinend wurde er nicht oft Zeuge von Gesprächen über Mordwaffen vor dem Regal mit Tabletten gegen Menstruationsbeschwerden.

»Ich meine«, fuhr Cam fort, »wie kommt es, daß ich es gefunden habe und die nicht?«

»*Du* hast es gefunden?« fragte mein Vater. »Bei *deinen* Augen?«

Cam sah beleidigt aus. »Ich habe gute Augen. Stimmt's, Rita?«

»Stimmt, Cam. Mit den Ohren hapert's.«

»Scheißdreck«, sagte mein Vater. Mir wurde warm ums Herz, als ich hörte, daß er wieder mit seiner Flucherei anfing. »Seine Augen sind miserabel. Andauernd fragt er Herman, ob es Kreuz oder Pik ist.«

»Einmal hab' ich das gemacht«, berichtigte Cam.

»Na, na, das war öfter.«

»Ich sehe immer noch besser als du, Vito.«

»Das will nicht viel heißen«, warf ich ein, und mein Vater stieß mich mit dem Fuß. Seine Gesichtsfarbe hatte sich gebessert, und der Stoß war recht kräftig, aber mir entging nicht, daß er das Essen kaum angerührt hatte. Er fühlte sich entsetzlich, weil er nicht zu LeVonnes Beerdigung gehen konnte. Sie fand morgen statt, der Leichnam war freigegeben worden. »Warum, glaubst du, haben die Bullen das Messer nicht gefunden, Pop?«

Seufzend legte er das Foto auf seinen Bauch. »Wer weiß? Bullen. Sie finden auch LeVonnes Mörder nicht, dabei habe ich ihnen eine brauchbare Beschreibung gegeben.«

»Immer noch keine Anhaltspunkte?«
»Das sagt jedenfalls Herman. Er ruft sie dauernd an, die Herren Detectives. Er macht ihnen die Hölle heiß.«
Cam lachte leise, aber mein Vater nicht. Er ließ sich tiefer in die dünnen Kissen sinken. Ich sorgte mich um ihn, denn ich fürchtete, er könnte Depressionen bekommen. »Schläfst du gut, Dad?«
»Sehr gut.«
Die Schwestern hatten mir gesagt, er schliefe nur hin und wieder. »Hast du Appetit?«
»Wie ein Pferd.«
Welche Übertreibung. »Die Schwestern haben gesagt, du würdest kaum etwas essen.«
»Die Schwestern bilden sich ein, sie wüßten alles«, erwiderte er, die Augen immer noch geschlossen. »Es gefällt ihnen, wenn sie einen herumkommandieren können, außer der Kleinen mit den roten Haaren, auf die Sal ein Auge geworfen hat. Betty.«
»Gibt es immer noch Leute, die Betty heißen?« fragte ich.
»Die schon«, antwortete Cam. »*Madonne*, das ist eine tolle Biene.«
Wa-wa-wa-wummm. »Sagen Männer das heute immer noch? Wo bin ich hier, hat eine Zeitverschiebung stattgefunden?«
Mein Vater lächelte. »Sal gefällt sie, aber er ist zu feige, um sie anzumachen.«
»Wo steckt Sal eigentlich?« erkundigte sich Cam.
»Er ist mit Herman unterwegs.« Mein Vater öffnete die Augen und griff nach meiner Hand. Seine Hand fühlte sich rauh und warm an, vertraut. »Geht es dir gut, Kleines?«
»Prima.«
»Nimmt dich dieser Fall völlig in Anspruch?«

»Ja.«
»Arbeite nicht zuviel.«
»Ich? Nie.«
»Miß Grün.« Er schloß die Augen, hielt aber weiter meine Hand fest. »Ich höre dein Gehirn arbeiten, es ist intensiv beschäftigt.«
Ich lachte, aber er hatte recht. Inzwischen hatte ich nämlich eine Erklärung, warum die Polizei das Messer im Zuge ihrer Ermittlungen nicht gefunden hatte: Es war nicht dort gewesen. Hatte es der Mörder erst nach der polizeilichen Untersuchung dort deponiert, und wenn ja, warum? Das war schließlich eine verdammt riskante Sache.
Wenn mir das Messer schon nichts verriet – denn ich vermutete, der Mörder war so schlau, keine Fingerabdrücke zu hinterlassen –, so verriet mir die Tatsache, daß er es einfach neben die Begonien gelegt hatte, immerhin etwas. Der Mörder fürchtete ein Risiko ebensowenig wie ich. Er spielte ein Spiel mit der Polizei, vielleicht sogar mit mir.
Und er hatte den Einsatz erhöht.

Früher wiesen die Reklametafeln entlang der I-95 Nord auf Sesame Place in Langhorne hin, und Bibo wies den Weg dahin mit seinem gefiederten Zeigefinger. Jetzt warben die Reklametafeln für die Casinos in Atlantic City. POKERMANIA. HIGHROLLERS. QUARTERMANIA. Letzten Monat nahmen die Casinos dreihundertfünfzig Millionen Dollar ein. Allemal ein besseres Geschäft als Bibo.
Ich war immer noch als Gärtner verkleidet und befand mich auf dem Weg zu dem mir liebsten Motorradfahrer von allen, Tim Price. Er hatte meine Anrufe ignoriert, aber die kürzere Zeitspanne auf seinem Anrufbeantworter zeigte an, daß er seine Nachrichten inzwischen abgehört hatte.

Ich hoffte, ihn während meines Verhörs mit einer Baumschere in Angst und Schrecken versetzen zu können, und wenn das nichts half, dann vielleicht die Drohung mit einem Prozeß vor dem Bundesgericht. Ich ging gerade meinen Vorrat an Drohungen durch und ordnete ihn bedarfsgerecht, als ein Anruf über das Autotelefon kam.

Es war Lieutenant Dunstan von der Polizei aus Radnor.

»Ich bitte Sie, aufs Revier zu kommen, Ms. Morrone, zu einem kleinen Gespräch.«

Ich hatte vorausgesehen, daß er nicht gerade überglücklich über mich ist. Die Rundfunknachrichten meldeten bereits, daß eine Anwältin die Mordwaffe gefunden hatte. »Sehen Sie, Lieutenant, es tut mir leid, was heute morgen passiert ist. Ich weiß, ich hätte Ihnen sagen sollen, daß ich zum Tatort gehe ...«

»Darum handelt es sich nicht, Ms. Morrone«, unterbrach er mich schroff.

»Worum dann?« Ich fuhr an einer Reklametafel für Trump Castle vorbei. SUPER-SLOTMASCHINEN – ACTION – MAGIE.

»Wir haben eine Information für Sie.«

»Über das Messer?«

»Nein, wie schon gesagt, die Untersuchungen werden einige Zeit in Anspruch nehmen. Es geht um die Schießerei im Laden Ihres Vaters.«

Mein Puls beschleunigte sich. »Gibt es eine Spur?«

»Die Polizei aus Philadelphia rief hier an, weil Sie anscheinend nicht erreichbar waren. Man hat den Mann gefunden, den die Polizei für den Täter hält. Er wurde draußen beim Flughafen tot aufgefunden.«

Tot? »Wer war es?«

Am anderen Ende der Leitung raschelte Papier. »Ein Gangster, mal drin im Gefängnis, mal draußen.«

»Woher weiß die Polizei, daß er es war?«
»Er hatte eine Waffe bei sich, eine neun Millimeter Beretta. Die Untersuchungen der Ballistiker haben eine Übereinstimmung der Geschosse mit der Kugel ergeben, die den jungen Mann getötet hat.«
Armer LeVonne. »Kann man das so genau feststellen?«
»Aber sicher. Wenn eine Kugel in weichem Gewebe stekkenbleibt, bleibt sie unbeschädigt. Man vergleicht dann die typischen Kennzeichen, Kerben und so weiter.«
Also hatte die Polizei LeVonnes Mörder gefaßt, der nun ebenfalls tot war. Ich verspürte eine bittere Genugtuung.
»Der Schütze heißt Danny Suri. Sein letzter bekannter Wohnort war Port Richmond.«
Das war im Nordwesten Philadelphias, nicht weit vom Haus des Motorradfahrers entfernt. »Könnte dieser Suri Tim Price gekannt haben? Haben Sie Price gefunden, Lieutenant? Haben Sie ihn inzwischen verhört?«
»Wir konnten ihn bisher nicht ausfindig machen, aber wir haben sorgfältig über ihn ermittelt. Er hat keine einschlägigen Vorstrafen.«
»Wußten Sie, daß er mit Patricia Sullivan zusammengelebt hat?«
»Natürlich. Wir haben ihn überprüft, Ms. Morrone. Es war nicht so, wie Sie es uns bei der Voruntersuchung unterstellt haben. Wir wußten von Price, sobald wir das Motorrad entdeckt hatten. Eine Frau könnte keine 750er fahren, jedenfalls keine BMW.«
Sexist. »Warum nicht?«
»Sie hätte nicht genug Kraft, um die Maschine an einer Ampel zu halten.«
Oh. »Könnte Price diesen Suri gekannt haben? Könnte da eine Verbindung bestehen?« Ich fuhr an einer Reklametafel

vorbei mit der Aufschrift PFERDEWETTEN PER TELEFON – PHILADELPHIA PARK. Darunter stand eine 800er Nummer.
»Wir haben keinerlei Beweise für eine solche Verbindung. Suri war ein Gangster mit einem langen Vorstrafenregister. Tätlicher Angriff, bewaffneter Überfall, zwei Verurteilungen wegen Raubs, und das im Alter von fünfundzwanzig.«
»Aber warum sollte Suri eine Fleischerei überfallen? Mein Vater hat so gut wie nichts verdient, und das sah man.«
»Es besteht der Verdacht auf Drogenabhängigkeit. Er war wegen seiner Kokainsucht immer wieder in Therapie.«
Mir fiel ein, was Paul gesagt hatte. »Price war auch kokainsüchtig. Könnten sich die beiden in irgendeiner Therapie-Einrichtung kennengelernt haben?«
Am anderen Ende der Leitung herrschte kurzes Schweigen. »Die Polizei in Philadelphia sagt, man hätte Suri anheuern können.«
»Wofür?«
»Damit er Leute übel zurichtet.«
»Aber wer sollte jemanden anheuern, damit er LeVonne was antut?« Das ergab keinen Sinn. Plötzlich dachte ich an die Worte meines Vaters im Krankenhaus. »LeVonne wollte mir das Leben retten. LeVonne rief nicht nach mir.« Natürlich. »Lieutenant Dunstan, könnte es sein, daß Suri angeheuert wurde, um meinem Vater etwas anzutun? Ihn zusammenzuschlagen? Ihn sogar umzubringen?«
»Warum kommen Sie nicht aufs Revier? Mir wäre es lieber, wenn wir dieses Gespräch nicht über ein Funktelefon führen würden.«
Eine Ausflucht, ich griff selbst des öfteren auf diesen Trick zurück. »Haben Sie Beweise, die Suri in irgendeiner Form mit meinem Vater in Verbindung bringen, Lieutenant? Oder mit mir? Oder mit dem Hamilton-Fall?«

»Bis jetzt haben wir dafür nicht den geringsten Beweis. Das wäre reine Spekulation, Ms. Morrone.«
»Dann spekulieren Sie.«
»Ich möchte keine voreiligen Schlüsse ziehen.«
Aber ich. »Es ist nicht Ihr Vater, Lieutenant.« Meine Hand krampfte sich um das Lenkrad. Hatte jemand versucht, meinem Vater etwas anzutun und dabei versehentlich LeVonne getötet? Wollte man mich treffen, mich aus dem Fall ausschalten? Befand sich mein Vater in Gefahr? Immer noch? Blanke Wut packte mich, und Angst. Ich trat das Gaspedal bis zum Anschlag durch, zog eine Spur über den grasbewachsenen Mittelstreifen und raste auf der Autobahn Richtung Süden zurück in die Stadt.
»Ms. Morrone?« Der Lieutenant platzte mitten hinein in meine verbrecherische Verkehrsübertretung.
»Ich muß aufhören, Officer«, sagte ich und schaltete ab. Meine Gedanken rasten so schnell wie der Wagen. Könnte Paul so etwas tun? Wären Fiske oder Kate zu so etwas imstande? Woher könnte Price Suri gekannt haben? Könnte irgendeiner von ihnen Suri gekannt haben? Ich durfte nicht weiter darüber nachgrübeln, und ich hatte auch keine Lust mehr dazu. Es war an der Zeit, dem Ganzen ein Ende zu machen.
Zeit, den Mörder aufzuscheuchen. Niemand würde meinen Vater noch einmal bedrohen. Niemand würde einen weiteren unschuldigen Menschen töten.
Ich raste auf die Stadt zu, und innerhalb kürzester Zeit hatte ich William Penn oben auf dem Uhrturm des Rathauses, einem der schönsten Gebäude meiner Heimatstadt, im Visier. Ich kannte diesen Uhrturm mein Leben lang, als Kind ging ich mit meinem Vater dorthin. Er fuhr mit mir mit dem vergitterten Aufzug im Innern des Turmes hinauf, und

wir gingen hinter dem großen gelben Zifferblatt vorbei, vorüber an dem geölten Messinguhrwerk, während die Zahnräder sich mit der Zeit drehten. Die dunklen Innereien der Uhr jagten mir Angst und Schrecken ein, und ich klammerte mich fest an die Hand meines Vaters. Und nun hatte ihn jemand überfallen, sein Leben bedroht.

Ich mußte etwas dagegen unternehmen. Aber zuallererst galt es, dafür sorgen, daß er sich in Sicherheit befand. Ich rief im Krankenhaus an und bat Cam, unter allen Umständen bei ihm zu bleiben, ich würde später alles erklären. Ich legte den Hörer auf und flitzte – in Gedanken versunken – an Reklametafeln und Ausfahrten vorbei. Die Tachonadel bewegte sich nach oben, und der Motor heulte entsprechend auf. Ich wünschte, mein Verstand würde ebenso präzise arbeiten wie dieser Wagen. Ich brauchte dringend einen Plan.

NUR WER SPIELT, GEWINNT, las ich auf einer Reklametafel der Lotterie von Pennsylvania.

»Verdammt wahr«, sagte ich. Der Slogan verfolgte mich.

Nur wer spielt, gewinnt. Ich wußte, wie man spielt. Ich wußte, wie man gewinnt. Wenn der Mörder ein Spiel spielte, würde ich auch spielen. Und ich würde gewinnen. Bei der Ausfahrt Callowhill wußte ich, wie. Mit meiner Spezialität.

Einem Bluff.

– 24 –

Mein Vater schnarchte laut. Sal, Cam und Herman wachten über ihn wie die drei Weisen im Ruhestand. Ich setzte mich und erläuterte ihnen meinen Plan. Während ich sprach, beobachtete ich ihre angespannten, faltigen Gesichter, weil ich sehen wollte, wie sie reagierten. Keiner erhob die von mir erwarteten Einwände. Sie hatten die Wirtschaftskrise und den Weltkrieg mitgemacht, Herman hatte die Ardennenschlacht überlebt. Egal, wie gebrechlich sie aussahen, sie besaßen einen Kern aus Stahl, und sie waren bereit, meinen Vater und LeVonne zu rächen. Ihrer Meinung nach würde der Bluff gelingen.

»Also dann am Montag«, sagte ich.

Herman verschränkte die Arme. »Warum so lange warten? Warum nicht gleich?«

»Ich möchte die Sache durchziehen, wenn am meisten Betrieb herrscht. An den Wochenenden ist es dort wie ausgestorben.«

»Paß auf, was du sagst«, sagte Cam ohne jede Heiterkeit.

Herman nickte. »Also gut, Montag. Am Sonntag findet ohnehin LeVonnes Beerdigung statt.«

Wir schwiegen eine Minute. Sal hatte sich noch nicht geäußert. Er hatte die Stirn in die üblichen ängstlichen Falten gelegt und den Burberry wieder gegen seine kurzärmelige Kombination mit den kreideweißen Ellenbogen vertauscht.

»Sind Sie dabei, Mr. Livemore?« forderte ich ihn heraus.
»Du hast gesagt, du würdest gerne noch ein paar Anwaltssachen machen.«
»Das ist nicht ganz das, was ich gemeint habe, Ree.«
»Ich weiß. Trotzdem, spielst du mit?«
»Ich halte das nicht für eine so gute Idee. Dir könnte etwas passieren.«
»Darum brauche ich ja euch. Ihr drei seid mein Schutz. Meine Rückendeckung.«
»Wirst du es deinem Vater sagen?«
»Machst du Witze? Er regt sich schon auf, wenn ich bis spätabends arbeite, glaubst du, er würde das erlauben?«
»Was ist mit der Polizei?«
»Ich glaube kaum, daß die davon begeistert wäre. Was soll's, wir brauchen sonst niemanden, Sal. Kennst du einen, der besser Poker spielt als wir?«
Cam lächelte, Herman ebenfalls. Sals Blick verweilte auf meinem Vater. Er schwieg.
Ich konnte nicht länger auf seine Antwort warten. Ich nahm den Hörer des Krankenhaustelefones ab und rief den Anrufbeantworter des Motorradfahrers an. Am Ton war zu erkennen, daß der Junge nach wie vor seine Nachrichten abhörte. Ich hinterließ meine Nachricht und legte damit den ersten Köder meines Bluffs aus. Diese Nachricht würde er nicht ignorieren, wenn er der Mörder war. Ich legte auf. Cam lächelte.
»Bravo, Kleines«, sagte er, und Herman nickte.
Sal verschränkte die mageren Arme, sein Blick ruhte unverwandt auf meinem Vater.
»Onkel Sal?« fragte ich.
»Ich bin dabei«, sagte er nach kurzem Zögern. »Ich bin dabei.«

»Gut.« Ich stand auf, um zu gehen. »Dann verschwinde ich jetzt.«
»Wo gehst du hin?«
»Zu den Hamiltons. Das Spiel beginnt.«

– 25 –

Eine verwirrte Kate öffnete die Tür. Ihre Halbbrille thronte bedenklich weit vorne auf der Nase, eine narrensichere Nikon-Kamera hing ihr um den Hals. »Oh, Rita. Komm rein, meine Liebe. Sieh nur, womit ich beschäftigt bin.«
Mit der Planung eines weiteren Mordes? Diese Frau bräuchte einen Job.
»Du hast das noch gar nicht gesehen, glaube ich«, sagte sie. »Jedenfalls nicht alles.« Sie führte mich in ihre große Landhausküche mit den maßgefertigten Kiefernholzschränken und funkelnden weißen Arbeitsflächen. Überall stapelten sich dekorative Teller, Vasen und Tassen, alle leuchteten in den gleichen farbenfrohen Mustern wie die Dekorstücke an den Küchenwänden. Nirgendwo blutverkrustete Messer. Ich entspannte mich.
»Was treibst du da, Kate?«
»Was hältst du davon?« Auf einem rustikalen Tisch aus Kiefernholz hatte sie ein Stück schwarzen Samt ausgebreitet. Ein Teller stand darauf. »Das wollte ich schon längst mal machen«, sagte sie, beugte sich über den Teller und machte ein Foto.
»Du fotografierst eine Platte?« Sie brauchte wahrlich dringend einen Job.
»Nicht irgendeine Platte, das ist Quimper. Französische Fayence. Keramik aus der Bretagne.« Sie nahm die Platte

vom Tisch, drehte sie um und zeigte sie mir. Auf der Rückseite befand sich ein schwarzer Schnörkel. »Siehst du dieses Zeichen? Es ist ein P, steht für Charles Porquier. Er führte das erste Signet dieses Hauses ein. Das einzelne P ist eine extrem seltene Signatur.«

»Warum fotografierst du das?«

Vorsichtig stellte sie den Teller zurück auf den Tisch und machte ein Foto von dem P. »Aus Versicherungsgründen. Ich habe hundertfünfzig Stücke, wenn man die Messerbänkchen und die Sachen in den Nischen mitrechnet, alles zusammen.« Sie wedelte mit der Hand in Richtung auf eine mit Tellern vollgestopfte Vitrine. »Die Sammlung ist, oh, an die sechzigtausend Dollar wert.«

Hätte ich gerade Kaffee getrunken, wäre er mir hochgekommen, aber sie hatte mir keinen angeboten.

»Du siehst müde aus, meine Liebe.« Sie nahm den Teller von der Samtunterlage und stellte ihn zurück in die Vitrine. »Wie geht es deinem Vater? Besser?«

Die Frage erinnerte mich an den Zweck meines Besuches. »Es geht ihm gut, danke.«

»Das freut mich. Du mußt zur Zeit sehr unter Streß stehen.«

»Du auch. Überall Reporter, Fiske in Schwierigkeiten. Ich habe darüber nachgedacht, wie man vorgehen könnte, um den Mord aufzuklären, und bin hergekommen, um mit dir und Fiske über das Ergebnis meiner Überlegungen zu sprechen. Ist er da?«

»Oben in seiner Bibliothek.« Sie nahm einen Teller von der Wand. Vorsichtig löste sie ihn von den Haltehaken und legte ihn auf den Samt. »Fiske hat sich selbst in Schwierigkeiten gebracht, meine Liebe. Er wird selbst zusehen müssen, wie er da wieder herauskommt. Er hat sich ebenfalls einen Plan zurechtgelegt, er wird ihn dir erläutern.«

Ich war mir nicht sicher, ob ich sie richtig verstanden hatte. »Wie bitte?«

»Hat er das nicht alles selbst in Gang gesetzt? Mit seiner kleinen Affäre?«

Ich wußte nicht, was ich sagen sollte. »Affäre?«

Verkniffen lächelte sie mich über ihre Brille hinweg an. »Er steckt in einer Midlife-Krise, deshalb hat er mit seiner ... Sekretärin getändelt. So was soll schon mal vorgekommen sein.«

Sie wußte Bescheid?

»Mach nicht so ein überraschtes Gesicht, meine Liebe. Selbstverständlich wußte ich, daß er eine Affäre hatte. Ich lebe seit fünfzig Jahren mit diesem Mann zusammen, ich habe ihn direkt von Bryn Mawr weg geheiratet. Nicht einmal mein Examen habe ich gemacht.« Ihre Stimme klang ein wenig bitter, aber in ihrem Gesicht konnte ich nicht lesen, weil sie sich vorbeugte und die Nikon davor hielt. »Das ist mein absolutes Lieblingsstück«, sagte sie hinter der Kamera.

»Du hast es gewußt und hast dir nichts anmerken lassen?«

»Nein. Ehrlich gesagt, als er es mir heute morgen gestand, tat ich sehr überrascht. Sind Männer nicht töricht?«

»Er *sagte* es dir, heute morgen?« Was, zum Teufel, ging da vor?

»O ja. Das gehört alles zu seinem großartigen Plan. Zum Endspiel, wie er es nennt. Willst du dir die Malerei auf dieser Platte ansehen? Alles handgemalt, mußt du wissen.« Sie hielt den Teller hoch. Orangefarbene und blaue Blumen zogen sich am Rand entlang, in der Mitte prangte eine Bauersfrau mit einer weißen Haube und einem leuchtend orangeroten Rock. »Ist sie nicht wunderschön?«

Ehrlich gesagt, nein.

Das Gesicht der Frau war nur skizziert, ihre Züge bestanden lediglich aus ein oder zwei Strichen. »Sie sieht irgendwie ausdruckslos aus, findest du nicht?«
»Naiv.«
»Was, sie sieht naiv aus?« Ich projizierte.
»Nein. Der Stil. Der Stil ist naiv. Primitiv.«
Schluß mit den verdammten Tellern. »Woher wußtest du das von Fiske?«
Ihr verging sogar das verkniffene Lächeln, und sie legte den Teller auf den Tisch zurück. »Er benahm sich wieder wie ein junger Mann, er war fröhlich wie eine Lerche. Darum bin überzeugt, es war das erste Mal, daß er ... fremdging. Weil ich ihn nie zuvor so glücklich erlebt habe.«
Die reine Ironie. Ich dachte an Paul. Er hatte mich betrogen, und er schien trotzdem nicht glücklich. »Hast du ihm gesagt, daß du Bescheid wußtest?«
»Nein.«
»Du warst nicht wütend?« Wütend genug, um zu morden?
»Nein.« Sie zuckte die Achseln unter ihrem dünnen Baumwollpullover.
»Du hast nicht daran gedacht, Schluß zu machen?«
Sie machte noch ein Foto, dann hob sie den Blick und sah mich an. »Warum sollte ich, meine Liebe? Fiske und ich sind zusammen aufgewachsen. Wir haben uns ein gemeinsames Leben aufgebaut, ein Zuhause. Warum sollte ich das wegwerfen? Warum sollte er? Ich wußte, er würde darüber hinwegkommen.« Sie wandte sich ab und drehte den Teller um. Zurück zur Tagesordnung.
Fiske hatte ihr also nicht gesagt, daß er Patricia geliebt hatte, und sie würde sich das sowieso niemals eingestehen. Ich betrachtete die Teller, die an den Küchenwänden hingen, als sähe ich sie zum erstenmal. Auf jedem war eine Bäuerin

oder ein Bauer im Profil dargestellt, die Männer mit dem Gesicht nach rechts, die Frauen mit dem Gesicht nach links. Kate hatte die Teller paarweise aufgehängt, so daß die Männer und die Frauen einander ansahen. Trotzdem wirkten ihre Gesichter ernst und ausdruckslos.
Sie konnte die Paare zusammenbringen, aber glücklich machen konnte sie sie nicht. Niemand könnte das.

»Ah, Rita«, dröhnte Fiske, als ich seine Bibliothek betrat. »Schön, dich zu sehen.«
So frohgemut hatte ich ihn seit seiner Verhaftung nicht mehr erlebt. Eine verdrehte Familie. »Fiske, wie geht es dir?«
»Gut, sehr gut, danke. Ich habe jetzt alles unter Kontrolle. Ich trete nicht zurück. Ich habe es dem Vorsitzenden des Gerichts bereits mitgeteilt.«
»Gut. Ich bin nur kurz vorbeigekommen, weil ich etwas mit dir besprechen möchte. Kate sagte, sie würde gleich raufkommen ...«
»Weißt du, warum ich das königliche Spiel liebe, Rita?« Überschwenglich fuchtelte er mit der Hand zu den Schachbrettern auf dem langen, glänzend polierten Tisch hinüber.
Ha? »Bitte?«
»Schach. Ich liebe dieses Spiel, weil es uns etwas über Kampf, über Auseinandersetzung lehrt. Ursprünglich war es ein Kriegsspiel, weißt du, in Indien, im sechsten Jahrhundert. Einer der Großmeister, Lasker, sagte einmal, Schach sei ein Kampf, aber beherrscht vom reinen Intellekt.«
»Ach, wirklich.« Er und Kate unterhielten hier zusammen eine richtiggehende Universität.
»Ich bin erst heute darauf gekommen, als ich die Schlagzei-

le las, in der man mich als ›kampfbereit‹ bezeichnete. Da dachte ich, ja, das bin ich. Bereit zum Kampf.« Er blickte auf und lächelte. »Bereit zum Kampf.«

Ich hatte verstanden. »Fiske, hör mal ...«

»In den Figuren steckt Macht, vorausgesetzt, sie werden richtig eingesetzt. Nimm die zum Beispiel.« Er hielt die weiße Königin hoch. »Sie hat die größte Reichweite, die größte Schlagkraft auf einem freien Brett. Sie kann von der Mitte des Brettes aus siebenundzwanzig Felder besetzen.« Er drehte die Figur zwischen Daumen und Zeigefinger. »Sie kann über ein oder zwei Felder schlagen, aber auch aus großer Entfernung. Dann ist sie am wirkungsvollsten. Man rechnet nicht mit ihr, sie kommt aus dem Hinterhalt, sie *täuscht*. Genau wie eine Frau, eh?« Er stellte die Königin auf das Brett und lachte, ich nicht.

»Fiske ...«

»Weißt du, was Ben Franklin über Schach gesagt hat, Rita? Daß es uns Lehren über das Leben erteilen kann.«

Falsch. Nicht Schach ist ein Spiegel des Lebens, sondern Poker. Wenn Spiele aufeinanderprallen.

»Ich habe Franklins Essay gerade da. Ich erinnerte mich daran, nachdem ich die Schlagzeile gelesen hatte.« Er griff hinter sich in das Regal nach einem Buch und blätterte darin. »Da ist es. Franklin schreibt in *The Morals of Chess*, Schach lehre uns Beharrlichkeit, weil man in Erfahrung bringt, ›wie man sich selbst aus einer unüberwindlich scheinenden Schwierigkeit befreit‹, und weil es einen ermutigt, ›den Kampf bis zum Schluß fortzusetzen‹. Ist das nicht wunderschön, Rita?«

»Vermutlich.«

Er klappte das Buch zu. »Nun, ich befreie mich selbst. Auch der König besitzt Macht. Er verfügt zwar nicht über die

Schlagdistanz der Königin, aber er schlägt ehrlich. Von Angesicht zu Angesicht, nicht aus der Ferne. Bei jedem Angriff setzt er sich einem großen Risiko aus, einfach aufgrund der Nähe. Trotzdem blickt er dem Feind ins Auge – und er *schlägt.*« Er sog die Luft ein, als käme ihm eine Erleuchtung. »Wußtest du, daß der König im Endspiel in der Mitte des Brettes nicht schachmatt gesetzt werden kann? Daß er an den Rand getrieben werden muß? Jetzt frage ich dich, warum sollte ich zulassen, daß man mich an den Rand treibt?«
»Das solltest du nicht.« Endlich war es soweit. Fiske hatte sich in den weißen König verwandelt.
Er schlug so fest mit dem Buch auf den Tisch, daß die Schachfiguren wackelten. »Aber genau das habe ich getan, Rita! Von der Presse, vom Vorsitzenden des Gerichts, von Mr. Julicher, von jeder Frauengruppe in der Stadt. Von jeder *geringeren* Figur auf dem Brett. Und ich habe es geduldet! Aber jetzt schlage ich zurück. Den ersten Zug habe ich bereits gemacht.«
»Kate reinen Wein einzuschenken?«
Er zögerte kurz. »Ja, hat sie es dir gesagt?«
»Ja.«
»Ein aggressives Gambit, meine Version der sizilianischen Verteidigung. Weißt du, was sie gesagt hat, meine wundervolle Frau? Sie war schrecklich verletzt, aber sie sagte, sie verzeihe mir.«
Ich konnte immer noch nicht glauben, daß Kate so ruhig reagiert haben sollte, keine Frau reagiert so. Zumindest reagierte ich nicht so. »Das war alles?«
Er lächelte. »Was gab es weiter zu sagen? Menschen sind keine Schachfiguren, sie bewegen sich nicht in vorhersehbaren Bahnen. Ich hätte nie gedacht, daß Kate dafür Verständnis haben würde, aber sie hat es verstanden. Sie hat

versprochen, zu mir zu stehen, und sie wird ihr Wort halten. Mein nächster Zug bestand darin, Patricias Anwalt, Mr. Julicher, hierher zu bitten – er müßte jede Minute eintreffen –, weil ich mich mit ihm auseinandersetzen möchte. Ehrlich. Fair. Von Angesicht zu Angesicht.«

»Stan Julicher? Er kommt hierher?«

»Ich werde ihm die Wahrheit sagen und ihn bitten, die Sache auf sich beruhen zu lassen. Wenn meine eigene Frau keinen Grund zur Klage sieht, warum er?«

Was? Fiske machte einen falschen Zug und ruinierte mein eigenes Spiel. »Warte eine Sekunde. Julicher wird nicht lockerlassen.«

»Selbst dann nicht, wenn man ihm klarmacht, daß er hinter einem Unschuldigen her ist?«

Da sage noch einer was von naiv. »Komm schon, er ist publicitygeil! Ihn stört das nicht im geringsten.«

Fiske verzog den Mund zu einem entschlossenen Strich und verschränkte die Arme vor der Brust wie ein Regent. »Dann muß man ihm begreiflich machen, mit wem er es zu tun hat. Er wird begreifen, daß ich meinen nächsten Zug mache, wenn er nicht Ruhe gibt und mit dieser Hexenjagd in den Medien aufhört. Dann tauschen wir die Figuren, ich nehme den König als Bauern.«

»Was heißt das?«

»Ich werde Klage wegen Verleumdung und Beleidigung einreichen. Julicher ist weit über das Ziel hinausgeschossen, er hat kein Recht, diese Sache öffentlich zu erörtern. In die Klage schließe ich jede Fernseh- und Rundfunkstation ein, bei der er auftritt, jede Zeitung, die sein Gerede veröffentlicht. Schachmatt!«

»Fiske ...«

»Mach dir keine Gedanken. Bei meiner Eröffnung gehe ich

auf Nummer sicher. Ich habe ihn hierhergebeten, obendrein mit seinen Frauengruppen. Aber keine Presse, das war meine Bedingung. Er war einverstanden.«
Ich schüttelte den Kopf. Es ging alles zu schnell. Ich wußte nicht, ob ich mit meinem eigenen Plan rausrücken sollte oder nicht. Doch ich dachte an meinen Vater und an LeVonne. »Fiske, hör zu. Ich muß dir und Kate etwas sagen.«
»Bin schon da«, sagte eine Stimme in knappem Ton von der Tür her. Es war Kate, gefolgt von Stan Julicher. »Seht nur, wer uns da ins Haus geschneit ist«, sagte sie betont lustig und bot Julicher einen Ohrensessel an. Sie setzte sich auf die Lehne ihres Clubsessels und zündete sich eine Zigarette an.
»Mr. Julicher, ich glaube, wir wurden uns noch nicht vorgestellt«, sagte Fiske und streckte eine Hand aus. »Ich bin Fiske Hamilton. Freut mich, Sie kennenzulernen.«
Julicher schüttelte die dargebotene Hand und blickte sich in dem eleganten Raum um. »Schön, Sie kennenzulernen, Sir.«
Fiske räusperte sich. »Wie ich, glaube ich, erwähnt habe, bat ich Sie her, um mit Ihnen so offen und ehrlich wie möglich über den Fall Sullivan zu sprechen.«
»Fiske«, unterbrach ihn Kate. »Rita wollte uns etwas mitteilen.« Herausfordernd hob sie den Kopf in meine Richtung. »Stimmt's nicht, meine Liebe?«
Ein heikler Moment. Ich wollte nicht in Julichers Beisein darüber reden. »Was ich zu sagen habe, ist vertraulich, Kate.«
»Vertraulich im Sinne Anwalt-Mandant?« fragte Fiske.
»Ja, selbstverständlich.«
»Aber ich habe absolut nichts zu verbergen, Rita. Es besteht kein Grund mehr zur Vertraulichkeit. Ich bin eben dabei,

Mr. Julicher die Wahrheit über Patricia und mich zu sagen, und eines anderen Vergehens habe ich mich nicht schuldig gemacht. Also bitte, sprich so offen, als wären wir allein.«

Undenkbar. »Fiske, du stehst noch immer unter Mordverdacht. Alles, was wir hier miteinander besprechen, darf nach außen getragen werden, wenn du auf die Vertraulichkeit verzichtest. Das heißt, Mr. Julicher könnte, wenn er wollte, als Zeuge aussagen ...«

Fiske straffte sich. »Ich habe dir meine Meinung gesagt, und daran ändert sich nichts. Soll doch nach außen getragen werden, daß ich Mr. Julicher zu mir gebeten habe, um meinen Namen von diesem Verdacht zu reinigen! Soll doch nach außen getragen werden, daß ich mich mit ihm getroffen habe, von Mann zu Mann, um diese Sache ein für allemal aus der Welt zu schaffen!«

Julicher rutschte auf seinem Sessel nach vorn. »Alles, was mir in diesem Zimmer zu Ohren kommt, bleibt in diesen vier Wänden.«

Ich lachte. »Also bitte, Stan. Soll das heißen, daß Sie die Presse nicht im gleichen Moment informieren, in dem Sie aus der Auffahrt fahren?«

Seine Augen weiteten sich. »Ich schwöre es.«

»Quatsch.« Es gab keinen Grund, ihm zu trauen. Da fiel mir ein, was mein Mentor Mack über Publicity gesagt hatte, und ich hatte eine Idee. »Ich sage Ihnen was, Stan. Sie können der Presse alles erzählen, was Sie hier im Raum hören, aber nicht vor Montag nachmittag. Dann gebe ich Ihnen ein Interview, ein Exklusivinterview. Stellen Sie sich vor, Sie interviewen mich, und wir – zwei ehemalige Gegner – sprechen darüber, wie wir die entscheidende Wende in einem Mordfall herbeiführten.«

Julicher fiel fast vom Sessel. »Ein Exklusivinterview?«

»Ja, unter der Bedingung, daß Sie kein Wort verlauten lassen, bis ich Sie am Montag nachmittag anrufe. Falls Sie dennoch etwas sagen, dementiere ich die ganze verdammte Sache. Dann schauen Sie schön dumm aus der Wäsche.«
»Einverstanden.«
Es funktionierte, ich war mir ziemlich sicher. Ich schielte zu Fiske hinüber. Zeit zur Eröffnung des Spiels. »Dieses Gespräch ist vertraulich und bleibt unter uns, Paul ist die einzige Ausnahme.«
Rauch kräuselte sich um Kates Silberhaare. »Wir haben Paul heute noch gar nicht gesehen«, warf sie ein. »Du?«
Wußte sie Bescheid über uns oder nicht? Es spielte sowieso keine Rolle mehr. »Ihr seht ihn wie gewöhnlich zum Brunch am Sonntag?«
Kate nickte. »Natürlich.«
»Ich kann nicht kommen, ich muß zu LeVonnes Beerdigung. Erzählt ihm, was wir hier besprochen haben, ja? Ich möchte, daß er davon Kenntnis erhält und sich dazu äußert, weil ich wissen will, ob es sich um eine logische Schlußfolgerung handelt.« Genauso hatte ich es geplant. Ich wußte nicht, ob es mir gelang, Paul selbst auszutricksen. Ich wollte es lieber nicht versuchen.
»In Ordnung.«
»Gut. Also mein Plan sieht ...«
»Ein Plan?« fragte Fiske. »Mit welchem Ziel?«
»Einen Mörder zu fassen, natürlich.«
Ich holte tief Luft und log, log, log – nicht zu sehr ins Detail gehen, aber auch nicht zu wenig; nur eine einzige Karte im Spiel, mit dem Bild nach unten liegend, und ein hoher Einsatz. Und ständig ein Pokergesicht. Adrenalin strömte durch meine Adern, meine Nerven vibrierten vor Spannung. Soweit ich es beurteilen konnte, kauften sie mir

die ganze verdammte Geschichte ab. Für mich war es der größte Bluff aller Zeiten mit dem höchsten Einsatz.
Immerhin setzte ich mein Leben.

– 26 –

Als die Dunkelheit hereinbrach, war ich erschöpft, aber das Spiel lief. Es paßte mir gar nicht, daß ich bis Montag warten mußte, aber mir blieb keine andere Wahl. Vielleicht war es sogar besser so. Der Mörder würde so lange schmoren. Sollte er ruhig auf kleiner Flamme kochen, sich drehen und wenden und darüber grübeln, was meine Karten tatsächlich wert waren. Angst würde sich einschleichen, die Phantasie die Realität beeinflussen. Wenn ich den Mörder richtig einschätzte, war er ein draufgängerischer Spieler. Er würde ein Risiko zuviel eingehen und sich verraten. Ich mußte nur fest daran glauben. Am Kartentisch und im Gerichtssaal gelang mir das. Gelang es mir auch am Montag?

Ich hatte mehr Angst, als ich mir eingestehen wollte.

Ich fuhr an meinem leeren Haus vorbei, aber ich wollte nicht hineingehen.

Ich überprüfte das Krankenhaus. Mein Vater schlief unter den wachsamen Augen der drei Musketiere.

Ich parkte vor dem Four Seasons, aber sie hatten sämtliche Zimmer, inklusive meines, an die Teilnehmer eines Zahnarztkongresses vergeben.

Ich hielt am Italian Market. In dieser feuchten Nacht roch es dort nach schweren Düften. Am Samstag war stets am meisten los auf dem Market, und die schwüle Luft war geschwängert vom Gestank nach verfaultem Obst und Gemüse. Die Stände waren dunkel, alle geschlossen. Die Bremsen eines Wagens der Mafia-Müllabfuhr kreischten in der Stille. Vor dem Laden meines Vaters, der seit dem Mord an LeVonne geschlossen war, fuhr ich an den Straßenrand. Ein Rest des Bandes, mit dem der Tatort versiegelt worden war, baumelte schlaff an der Tür. Das Neonschwein flackerte orangefarben in der Dunkelheit.

Ich betrat den Laden, holte schnell, was ich brauchte, und schloß die Tür wieder ab. Das GESCHLOSSEN-Schild schaukelte still hin und her. Ich durfte nicht daran denken, wie es früher war. Wie ich auf dem Plastikhocker saß und meinem Vater beim Fettabschneiden zusah. Oder an LeVonne, wie er geheimnisvoll über seinem Besenstiel gelächelt hatte. Ich schaltete meinen Verstand auf Tempostat, und den Wagen ebenfalls.

Als ich den Motor ausmachte, überraschte es mich nur ein wenig, wo ich gelandet war.

»Sie sehen aus, als könnten Sie einen Drink vertragen«, begrüßte mich Tobin. Barfuß trottete er in einem DREXEL-UNIVERSITY-T-Shirt und Turnhosen in die Küche.

»Kaltes Wasser wäre prima«, rief ich ihm nach und ließ mich auf ein schwarzes Ledersofa fallen. Das teuer eingerichtete Wohnzimmer hatte unverputzte Ziegelwände, und zusammen mit den japanischen Schwarzweißfotos verliehen sie dem Raum einen Hauch von Galerie. In einem Halbkreis auf dem kastanienbraunen Teppich lagen Schreibblöcke und Fotokopien neben einer Rosti-Schale voller Süßigkeiten. »Essen Sie M&Ms als Hauptmahlzeit?«

»Snickers sind mir ausgegangen.«

»Essen Sie überhaupt jemals etwas *ohne* Zucker, Tobin?«

Er kehrte mit einem Pilsglas zurück und reichte mir das

Bier. »Nein, ich achte auf meine Ernährung. Besonders, wenn ich arbeite.«

»Sie haben gearbeitet?«

»Das kommt vor, wissen Sie.« Er machte es sich mir gegenüber in einem zum Sofa passenden Sessel bequem. »Trinken Sie Ihr Pseudo-Bier.«

Ich trank einen Schluck, es schmeckte bitter und kalt. »Es ist zu jung.«

Er verdrehte die Augen.

»Wie kommt es, daß Sie allein sind?«

»Auch das kommt vor.«

»An einem Samstag abend?«

»Sind Sie hergekommen, um mich zu verscheißern oder um hallo zu sagen?«

Ich hatte – ehrlich gesagt – keine Ahnung, warum ich gekommen bin. »Beides?«

Er lächelte. »Sie sind müde.«

Ich strich meine Haare zurück und fragte mich, wie schlecht ich wohl aussah. »Ich habe heute schwer gearbeitet.«

»Zu schwer, um mich trotz meiner auf dem Anrufbeantworter hinterlassenen Nachrichten zurückzurufen, nehme ich an.«

»Ich bin nicht zu Hause gewesen.«

»Ich habe mir Sorgen um Sie gemacht, ich habe den ganzen Tag angerufen. Ich kam mir vor wie Leslie Gore. Ich habe sogar auf das dreimalige Läuten gewartet.«

»Wovon reden Sie?« Ich nippte an dem Bier, und er sah zu, wie ich trank.

»Das dreimalige Läuten? Hat Ihre Mutter nie zu Ihnen gesagt, Sie sollen es dreimal läuten lassen, wenn Sie nach Hause kommen?«

Themawechsel. »Nein.«

»Also, was ist passiert? Ich habe gehört, Sie haben die Mordwaffe gefunden. Wie haben Sie das zustande gebracht?«
»Das ist eine lange Geschichte.«
»Erzählen Sie sie mir.« Er beugte den Oberkörper über seine nackten Knie nach vorn. »Sie leben noch, folglich gehe ich davon aus, daß Richie Rich Sie nicht umgebracht hat.«
Auch hier war ein Themawechsel angebracht. »Bis jetzt noch nicht.«
»Sie sind ausgesprochen gesprächig heute abend.«
Ich stellte das Bierglas hin. »Ich möchte nur nicht über Paul reden.«
Er lehnte sich in seinem Sessel zurück. »Worüber möchten Sie sprechen? Über die Arbeit? Über Strafverfahren?«
»Nein.«
»Über Jujyfruits? Sno-caps? Ich mag Baby Ruth, Sie auch? Mir gefällt New York im Juni, Ihnen auch?«
»Nein.«
»Was wollen Sie dann von mir?«
Eine berechtigte Frage. Ich dachte an das, was Fiske über die Königin gesagt hatte, daß sie aus der Distanz, aus dem Hinterhalt schlägt, daß sie täuscht. So ein Typ Frau wollte ich nicht sein. Ich hatte allerdings auch keine Ahnung, was für ein Typ Frau ich sein wollte. »Tobin, ich weiß nur eines mit Gewißheit.«
»Was?«
»Ich weiß nur, was ich nicht von Ihnen will.«
»Und das wäre?«
»Ich will nicht, daß Sie irgendwelche Spiele mit mir spielen.« Wie Paul.
»Ich habe nie Spiele mit Ihnen oder mit irgendeiner anderen Frau gespielt.«

Bestimmt. »Ich habe Sie auf Firmenpartys erlebt. Jedesmal eine andere Frau.«

Er sah gekränkt aus. »Was ist dabei, wenn ich mich ab und zu verabrede?«

»Ab und zu? Sie gehen auf die Vierzig zu.«

»Na und? Ich habe die Frau bisher noch nicht kennengelernt, mit der ich eine feste Bindung eingehen möchte. Wie sieht's bei Ihnen aus? Sie bringen immer denselben Mann zu Partys mit, aber eine feste Bindung sind Sie mit ihm auch nicht eingegangen. Wo ist der Unterschied?«

Es gab keinen.

»Ich höre nichts.« Lachend legte er eine Hand hinter das Ohr.

Es paßte mir nicht, ihm recht geben zu müssen. »Kein großer, in dieser Hinsicht jedenfalls.«

»In dieser Hinsicht! Wissen Sie, an wen Sie mich am meisten erinnern?«

»An Cindy Crawford?«

»An *mich*.«

Also bitte.

»Wir sind uns ähnlich, Sie und ich«, fuhr er fort. »Wir haben eine Menge gemeinsam.«

»Wir haben beide einen Pferdeschwanz, damit hat's sich.«

»Machen Sie Witze? Wir haben den gleichen Hintergrund, wir sind beide hier aufgewachsen. Wir arbeiten beide schwer, wir lachen gern. Wir sind Einzelgänger. Und wir haben nie geheiratet, was aber nicht heißt, daß wir uns nicht binden können.«

Vielleicht.

»Bitte?« fragte er.

»Ich habe nichts gesagt.«

»Ich weiß. Sie haben eine schlechte Angewohnheit. Sie

denken jede Menge, aber Sie sagen nicht, was. Sie sind zu introvertiert. Alles spielt sich in Ihrem Kopf ab.«

Das saß. »Vielen Dank.«

»Aber es stimmt. Ich beobachte Sie. Mir fällt so manches auf.« Er beugte sich vor, und der Abstand zwischen uns verringerte sich. »Warum sagen Sie mir nicht, was Sie denken. Jetzt sofort.«

Schön. »Ich dachte, vielleicht *bedeutet* es auch, daß wir uns nicht binden können.«

Er zuckte ein wenig zusammen, aber gleich darauf lächelte er. »Möglich. Wollen Sie es feststellen?«

Schluck. »Ich weiß nicht.«

Sanft berührte er meine Wange.

»Ich bin nicht sicher.«

Er nickte. »Das ist ehrlich.«

»Ich will auch keine Spiele mit Ihnen spielen.«

»Das brauchen Sie auch nicht. Ehrlich gesagt, sollen Sie es nicht tun, weil ich das überhaupt nicht mag.«

Frauen schlagen aus dem Hinterhalt.

»Rita, spucken Sie es aus.«

Ich dachte an Patricias höchst riskantes Spiel und an Pauls Bemerkung über Poker. Ein gefahrloses Spiel, hatte er gesagt. Patricia und ich; wie sehr ähnelten wir uns, wie sehr unterschieden wir uns? Und meine Mutter. »Mögen Sie Frauen nicht, die Spiele spielen, Tobin? Frauen, die sich freuen, wenn was los ist, wenn was passiert? Finden Sie diese Frauen nicht aufregend? Toll? Den Nervenkitzel, das Risiko und all das?«

»Nein«, antwortete er entschieden.

»Sagen Sie mir, warum nicht.«

»Das liegt doch auf der Hand, oder nicht?«

»Für mich nicht.«

Er griff nach meiner Hand und hielt sie fest. Seine Hand fühlte sich warm an, anders. Nicht so nachdrücklich wie Pauls Hand, aber trotzdem kräftig. »Meiner Ansicht nach liegt Risiko – wahres Risiko – nicht im Spielen irgendwelcher Spiele. Wahres Risiko, das sind Sie eingegangen, indem Sie gekommen sind. Das wahre Risiko, das sind Sie und ich.«

Es machte mich nervös.

»Wenn Sie wirklich ein Risiko eingehen wollen, müssen Sie mir sagen, was Sie denken. Sie müssen aufhören, Spiele zu spielen.« Er verstummte und strich mit dem Zeigefinger über eine vortretende Ader auf meiner Hand. Er war mir so nah, daß ich die Sommerhitze auf seiner Stirn riechen konnte. »Ich hoffe, Sie können es, denn ich würde es wirklich gerne versuchen. Mit dir.«

Ich lauschte seinen Worten und hörte das ein wenig rauhe Timbre seiner Stimme an meinem Ohr. Es war alles neu, das, und alles, was ihn betraf, war neu. Die Regeln hatten sich geändert, es war kein Spiel mehr. Ich wollte nicht noch einmal die Fehler begehen, die ich bei Paul gemacht hatte. Auch ich wollte anders sein. Darum tat ich das erste, was mir in den Sinn kam.

Ich beugte mich vor und küßte ihn.

Es war genau das Richtige.

Und auch später, als wir uns in seinem weichen Bett liebten, war alles anders. Sein Geruch, seine Laute. Ich ließ es zu, daß er mich berührte und mich nahm, und ich schloß die Augen und konnte es genießen, ohne so tun zu müssen, als sei ich zu einer anderen Zeit an einem anderen Ort. Ich mußte keine Zweifel vor ihm verbergen. Ich mußte kein Mißtrauen und keinen Zorn verdrängen. Keinen Kummer und keine Angst.

Schließlich weinte ich ein bißchen, und er hielt mich fest und brachte mich zum Lachen. Rollte mich herum, berührte mich genau richtig. Dann hob er mich hoch und setzte mich auf sich, stützte mich mit beiden Armen. Hielt mich mit den Händen an den Hüften fest, bewegte mich im Rhythmus, ermunterte mich. Ganz selbstverständlich nahm ich ihn. Ehrlich. Offen. Und jedesmal, wenn ich versuchte, das Licht auszumachen, hielt er mich davon ab.
Aber ich mag es so, sagte ich.
Lern was Neues, sagte er. Er ließ sich nichts abschlagen.
Und so lernte ich auch das.

– 27 –

Ich bat Tobin nicht, mich zu LeVonnes Beerdigung zu begleiten. Ich wußte nicht, wie und ob er überhaupt in mein Leben passen würde. Ich erzählte ihm auch nichts von meinem Plan für Montag. Es war allein meine Sache und die von Cam, Herman und Onkel Sal. Die drei saßen neben mir auf einer Eichenbank ziemlich weit hinten und hielten die grauen Köpfe während des Gottesdienstes gesenkt.

Der trübe Morgen dämpfte die üppigen Farben der Buntglasfenster; die geräumige Kirche strahlte zwar Würde aus, war aber karg und düster. Messingleuchten, die zu hoch oben angebracht waren, um großartige Wirkung erzielen zu können, spendeten das einzige Licht. Eichenbalken stützten die gewölbte Decke, und über dem Altar spannte sich ein dekorativ geschnitzter Bogen. Vor dem Altar stand erhöht ein Sarg, in dem eine kleine dunkle Gestalt lag.

LeVonne.

Er ruhte auf weichem, elfenbeinfarbenem Musselin. Seine zartgliedrigen Hände waren übereinander gelegt. Man hatte ihn in einen grauen Anzug mit schwarzer Krawatte und in ein weißes Hemd mit zu weitem Kragen gekleidet. Seine Lippen waren fest aufeinandergepreßt, wie so oft zu seinen Lebzeiten, aber die geschlossenen Augen nahmen dem Gesicht die Wärme, die es im Leben ausgestrahlt hatte. Als der Gottesdienst begann, drapierte der Bestattungsunter-

nehmer ein weißes Tuch über LeVonnes Gesicht. Ich wußte nicht, warum, denn es half gar nichts.
LeVonnes Großmutter weinte in der ersten Reihe, neben ihr saßen ihre Freundinnen und eine dralle Krankenschwester in weißem Kleid und gestärkter Haube. Nur eine Handvoll Trauergäste waren anwesend. Sie fächelten sich Luft zu mit Papptäfelchen, auf denen die Leichenhalle Reklame machte. Ein Onkel und zwei Cousins, aber keine Mutter und kein Vater.
Nachbarn waren da, aber nur ein oder zwei Jungs aus LeVonnes Klasse. Seine Lehrerin sagte, bestimmt wären mehr gekommen, wenn er während des Schuljahres gestorben wäre wie der Junge, der letzten Monat ins Kreuzfeuer rivalisierender Gangs geraten und umgebracht worden war. Ich sagte, das würde ich verstehen, aber ich verstand es nicht.
Ich lauschte der verhalten spielenden Orgel und beobachtete die weinenden Frauen. Sie wiegten sich vor und zurück, und als der Prediger mit dem Nachruf begann, streckten sie die rechte Hand hoch in die warme Luft. In gedämpftem Bariton sprach er von LeVonne, der jede Woche mit seiner Großmutter in die Kirche kam, obwohl er zu »leise« war, um im Chor zu singen. Der Prediger erzählte, wie hart LeVonne für die Schule und in Popeye's Fried Chicken gearbeitet hatte, und wie er schließlich Arbeit in einer Fleischerei bekam, wo er »ein Zuhause fand«. Und wie sehr er *Star Trek* und *Batman* mochte, obwohl es immer an ihm hängengeblieben sei, Robin zu spielen.
Abschließend sagte der Prediger, wir sollten LeVonnes Leben preisen und aus seinem Tod Trost schöpfen. Daran glauben, daß LeVonne sterben mußte aus einem Grund, den nur Gott allein kennt. Und als er das sagte, hörte ich

auf zu weinen und wischte mir die Augen. Verstehen Sie, ich wußte es besser.
Ich wußte, warum LeVonne sterben mußte. Sein Tod hatte nichts mit einem göttlichen Plan zu tun. Es war lediglich eine Sache der Ballistik, der typischen Kennzeichen von Kugeln in weichem Gewebe. Es hatte nichts mit Glauben zu tun, sondern mit Wissenschaft. Der Grund war bekannt und erwiesen. LeVonne starb, weil ihm ein Mann eine Kugel ins Herz geschossen hatte, und dieser Mann erhielt für diese Tat Geld von einem anderen Mann. Und LeVonnes Tod ließ sich nicht nur zu meinem Vater zurückverfolgen, für den er sein Leben gegeben hatte, sondern letzten Endes bis zu mir. Ich war der Grund, warum LeVonne da vorn unter einer Laube aus kleinen weißen Rosen in der Kirche lag.
Ich konnte LeVonne nicht zurückbringen oder irgend etwas an den Geschehnissen ändern, aber ich konnte die Verantwortung dafür übernehmen. Ich konnte reinen Tisch machen.
Und das würde ich tun. Morgen mittag.

– 28 –

Das Rathaus, ein riesiges viktorianisches Gebäude aus weißem Marmor mit einem schiefergedeckten Mansardendach mit Dachgauben, steht im Mittelpunkt der Gitterstruktur, in der Philadelphia erbaut worden ist. In dem Gebäude verteilen sich auf sieben Stockwerken um einen Innenhof angeordnete Gerichtssäle und Verwaltungsbüros.

Ich stand im Innenhof. Städtische Angestellte, die gerade Mittagspause hatten, gingen plaudernd an mir vorbei. Anwälte mit Aktenkoffern eilten flüsternd vorüber und besprachen sich mit ihren Mandanten in der mittäglichen Verhandlungspause. Polizisten, die im Rathaus waren, um als Zeugen in Strafprozessen auszusagen, schlenderten zu zweit oder dritt durch den Hof. Ich hielt diesen Hof für den sichersten Ort in der ganzen Stadt für die Begegnung mit einem Mörder. Schön, ich schlief mit Rechtsanwälten, aber komplett verrückt war ich trotzdem nicht.

In meinen bequemen Pumps stand ich im schwarzen Mittelpunkt des großen, auf den Boden des Hofes gemalten Kompasses. Die schwarzen Spitzen der mit rissiger Goldfarbe hervorgehobenen Richtungsstrahlen wiesen auf die vier in den Hof führenden Torbogen. Ich blickte nach Süden in Richtung auf die Fleischerei meines Vaters und wartete auf den Mörder. Nur mit Mühe verdrängte ich das Unbehagen, das mich auf dieser Zielscheibe beschlich.

Menschen strömten durch den Südbogen in den Hof, aber kein bekanntes Gesicht war darunter. Niemand näherte sich mir. Beobachtete mich der Mörder aus dem Gebäude heraus? Prüfend wanderte mein Blick an den Fenstern entlang. Einige Jalousien waren herabgelassen, andere hingen ein wenig schief. Im Erdgeschoß standen zwei weibliche Angestellte an einem großen Fenster und unterhielten sich. Keine Verbrecher im Rathaus, es sei denn, Sie suchten Gründe für das Haushaltsdefizit.

Hoch über den obersten Fensterreihen wölbte sich ein klarer blauer Himmel. Die heiße Sonne funkelte in der über dem Kompaß schwebenden großen verspiegelten Kugel. Diese Kugel, deren Anblick an einen glitzernden Planeten erinnerte, war ein merkwürdiger Fremdkörper in dem Marmorhof. Der Sinn des Objekts bestand darin, daß sich die Menschen durch den Fischaugeeffekt der Spiegel als ein Teil der gesamten Stadt betrachteten, aber diese gutgemeinte Absicht fiel bei den Kindern nicht auf fruchtbaren Boden, sie schnitten lediglich Grimassen beim Hineinsehen.

Auch mir entzog sich die tiefere Bedeutung des Kunstwerks. Mir kam die verspiegelte Kugel zupaß, weil ich darin sämtliche vier Hofeingänge gleichzeitig überblicken konnte. In der sacht in der warmen Brise schwingenden Kugel überprüfte ich meine Rückendeckung.

Cam mit seiner Phillies-Mütze lümmelte scheinbar lässig unter dem Südbogen herum, lag aber wachsam auf der Lauer. Herman lehnte am Westbogen und gab vor, *The Daily News* zu lesen. Sal, die Ray-Ban-Sonnenbrille auf der Nase, stand unter dem Nordbogen und aß eine Brezel. Den Ostbogen bewachte niemand, weil mir die älteren Mitbürger ausgegangen waren. Ich hatte schon David Moscow,

den Werbetexter, und seinen Freund anheuern müssen, damit sie meinen Vater im Krankenhaus bewachten.
Ich verlagerte mein Gewicht auf den anderen Fuß und blickte auf die Uhr. 11 Uhr 55.
Aufmerksam nahm ich die durch den Hof flanierende Menge unter die Lupe. Funktionierte der Bluff, mußte der Mörder um zwölf Uhr mittags durch einen der Torbogen kommen. Der für das entsprechende Tor zuständige Veteran meiner Truppe sollte ihn beschatten, stets zum Zuschlagen bereit sein und »verdammter Mörder« brüllen, sobald ich das verabredete Zeichen gab. Ich hoffte, daß sich der Motorradfahrer mit den Rastalocken als Mörder entpuppte. Jetzt, wo es fast soweit war, wußte ich nicht, wie ich reagieren würde, wenn es Paul wäre.
11 Uhr 58. Ich tastete nach dem Plastikbeutel in meiner Blazertasche, in dem sich das Messer meines Vaters befand, das der Mordwaffe so ähnlich sah. Anschließend überprüfte ich noch einmal die Polaroids, die in meiner anderen Tasche steckten. Die Aufnahmen vom Messer meines Vaters hatte ich gestern gemacht. Es war nicht ganz einfach gewesen, denn sie sollten den Eindruck erwecken, als seien sie in einem Labor aufgenommen worden. Ich biß die Zähne zusammen. Ich war bereit. Der Mörder auch? Ich wippte auf meinen Pumps und gab mir Mühe, im schwarzen Mittelpunkt der Zielscheibe nicht zu schwitzen.
Plötzlich herrschte Bewegung unter dem Westbogen. Mein Körper straffte sich. Hatte Herman den Mörder entdeckt? Die Menge unter dem Bogen stob auseinander. Ein Teenagertrio mit nackten Oberkörpern brach sich Bahn, Rowdys, die spielerisch miteinander kämpften. Zwei Bullen schlenderten vorbei, wandten die Köpfe, wechselten ein

paar Worte miteinander und gingen weiter. Ich stieß einen Seufzer der Erleichterung aus.

12 Uhr 01. Er kam zu spät. Vielleicht kam er überhaupt nicht, vielleicht war er nicht darauf hereingefallen. Mein Bluff beruhte auf der Behauptung, ich hätte die echte Mordwaffe beiseite geschafft und privat untersuchen lassen. Bei der Untersuchung wären etliche verräterische DNS-Spuren, sogenannte genetische Fingerabdrücke, festgestellt worden. Ich hatte einen Handel angeboten, das Messer und mein Schweigen gegen das Leben meines Vaters. Kein schlechter Bluff. Woher sollte der Mörder mit absoluter Sicherheit wissen, daß das offensichtlich alte und häufig benutzte Messer völlig sauber war? Darauf zu setzen, wäre ein zu großes Risiko, sogar für einen sehr draufgängerischen Spieler.

12 Uhr 06. Wieder überprüfte ich die Eingänge. Osten, Süden, Westen, Norden. Alles sah aus wie immer. Herman nickte mir unauffällig über sein Revolverblatt hinweg zu. Er wußte, daß mich die Teenager nervös gemacht hatten.

Ich wartete. 12 Uhr 08.

Vielleicht war es doch kein so guter Bluff. Vielleicht hatte der Mörder das Messer tadellos gereinigt, oder er hatte es geliehen. Vielleicht hatte ich meine gute Nase verloren. Hinter einem älteren Paar, das vor mir vorbeiging, erregte etwas meine Aufmerksamkeit. Eine hektisch flatternde Phillies-Mütze – das war Cams Signal. Das Paar wirkte völlig unauffällig. Touristen mit einem Stadtplan, die auf die Spiegelkugel zeigten. Aber hinter der Schulter des Mannes tauchte eine Gestalt auf, die ich kannte.

Paul. O Gott. Mir drehte sich fast der Magen um. Nicht er. Rasch eilte er auf mich zu. Sein Gesicht spiegelte Angst, seine Miene wirkte angespannt. Seine Kleidung war in Un-

ordnung, und seine Augen waren blutunterlaufen. Rücksichtslos stieß er die Touristen aus dem Weg.
Ich befahl mir, ruhig zu bleiben. »Paul?« Trotz allem konnte ich immer noch nicht glauben, daß er es war.
»Rita, wir müssen miteinander reden«, sagte er mit zorniger Stimme. Grob packte er mich am Arm.
»Worüber?« fragte ich. Über Pauls Schulter sah ich Cam, der sich rasch näherte. Er durfte Paul noch nicht hochgehen lassen, ich hatte noch nichts Belastendes auf dem Diktaphon in meiner Brusttasche. Warte, Cam, betete ich lautlos. Laß mir noch eine Minute Zeit. »Warum bist du hier, Paul? Wegen –?«
»Nein!« unterbrach mich Paul. »Hier reden wir nicht. Das alles ist lächerlich!« Er verstärkte seinen Griff und schob mich in Richtung Ostausgang.
Cam schaute erst verzweifelt, dann entschlossen zu uns her. Unvermittelt schnellte er nach vorn und zerrte Paul mit einem Ruck nach hinten. Ich erhaschte einen flüchtigen Blick auf Pauls geschockte Miene und hörte seinen überraschten Aufschrei, als Cam, dessen Kopf hochrot war, ihn in rasender Wut zu Boden riß. »Wag nicht, ihr was anzutun!« schrie Cam. »Wag es bloß nicht!«
»Cam, warte!« brüllte ich, aber er konnte oder wollte nicht hören. Entsetzt klammerten sich die Touristen aneinander fest. Passanten beobachteten erschrocken die Szene. Pauls Kopf schlug gegen die Steine. Es sah aus, als würde Cam Paul umbringen.
»Cam, nein!« kreischte ich. »Hilfe!«
Sal rannte herbei, kletterte auf Cam und versuchte, ihn hochzuziehen. Eine Gruppe Teenager sprintete heran. Zwei Bullen eilten vom Südbogen herüber, einer zückte im Laufen seinen Schlagstock. Voller Entsetzen sah ich, wie mein

schöner Plan völlig danebenging. Da hörte ich eine flüsternde Stimme direkt hinter meinem Ohr. »Los jetzt«, befahl sie.

»Was ist?« Wer stand hinter mir? Ich wollte mich umdrehen, aber ein kräftiger Arm quetschte meinen und hinderte mich daran.

»Nichts da. Vorwärts. *Sofort.*«

Ich spürte einen harten Gegenstand in meinem Rücken. Wie im Fieber starrte ich in die Spiegelkugel, aber die Kugel drehte sich und verzerrte die Bilder. Ich konnte Herman in der Menge nicht entdecken. Es herrschte totale Verwirrung. »Hilfe!« schrie ich, aber jeder, der mich hörte, mußte denken, ich schrie wegen der Schlägerei.

»Los! *Jetzt*!« kommandierte die Stimme. Die Waffe bohrte sich in mein Rückgrat und schob mich von dem Handgemenge weg auf den Ostbogen zu.

Du lieber Gott. Solange er nicht im Besitz des Messers war, würde er nicht schießen. *Los, lauf.* Ich holte tief Luft, riß mich von ihm los und rannte, so schnell ich konnte, durch den Hof. »Hilfe!« schrie ich, aber die Gaffer begriffen nicht und eilten an mir vorbei. Hinter mir hörte ich das Klappern seiner Absätze. Ein schwerer Schritt. Fast hatte er mich eingeholt.

Wohin fliehen? In das Gebäude. Dort hielten sich bestimmt mehr Bullen auf, und ich kannte das Rathaus wie meine Westentasche, schließlich hatte ich hier Hunderte von Fällen verhandelt. Ich kämpfte mich durch die in den Hof drängende Menge und rannte durch den Ostbogen zum Treppenhaus. Ich rammte einen Souvenirverkäufer und hastete, immer zwei Stufen auf einmal nehmend, die Steinstufen zum ersten Stock hinauf. Oben angelangt, drehte ich mich um. Ich wollte endlich sehen, wer mich verfolgte.

Unten an der Treppe stand Stan Julicher.

Er war der Mörder? Großer Gott.

Ich wandte mich um und rannte durch die Holztüren in den Flur des ersten Stocks. Blitzschnell ging ich in die Knie, um die Türen zu versperren, aber der glänzende Messingriegel unten saß fest. Durch das Glas in der Tür konnte ich Julicher sehen. Sein Gesicht war fleckig vor Wut.

Lauf.

Auf dem gewachsten Boden geriet ich ins Rutschen. Ich lief nach links. Den Bruchteil einer Sekunde zu spät fiel mir ein, daß sich das Büro des Bürgermeisters auf der rechten Seite befand. Um Hilfe schreiend, sprintete ich bis zum Ende des Flures, aber niemand hörte mich. Alle waren in der Mittagspause, und wer im Büro geblieben war, stand inzwischen auch draußen auf dem Hof. Ich hörte Sirenen, gleich darauf dicht hinter mir Julichers Schritte.

»Hilfe! Hilfe!« schrie ich.

»Hilfe! Hilfe!« Julicher brüllte noch lauter als ich. »Unten im Hof!«

Sehr schlau. Ich stürmte durch die Türen am Ende des Korridors und fegte die imposante freitragende Treppe hinauf. Ich rannte um mein Leben. Meine Brust hob und senkte sich schwer, mein Herz hämmerte. Julicher hatte Patricia umgebracht, seine eigene Mandantin. Warum? Die Granitstufen schraubten sich in schwindelerregenden Sechsecken immer höher hinauf. Es war dunkel, nur ein winziges Fenster auf dem Treppenabsatz spendete Licht. Ich hielt mich an dem Mahagonigeländer fest, um nicht zu stürzen.

Lauf, lauf. Schneller. Noch schneller. Noch sechs Stockwerke bis ganz nach oben, und niemand befand sich im Treppenhaus außer einem Obdachlosen, der zusammengesackt im zweiten Stock hockte. Großer Gott. Lauf.

»Wir können miteinander reden, Rita!« keuchte Julicher hinter mir. »Haben Sie es dabei?«
Natürlich. Das Messer. Ich tastete in meiner Tasche danach, dabei flatterten die Polaroids heraus und segelten über die Stufen. Ich rannte weiter. Julicher, die Waffe in der Hand, hob ein Foto auf, ließ es aber im Weiterrennen fallen. »Stehenbleiben, Rita! Reden wir miteinander!«
Sicher. Gewiß. Ich lief höher und höher, schwitzte meine Bluse durch, rang nach Atem. Vor dem Aufzug im siebten Stock befand sich eine Alarmanlage, ich wußte es von der Verhandlung letzte Woche. Das war der Prozeß gewesen, den ich mit meinem letzten Bluff gewonnen hatte, mit dem vorgetäuschten Trauerfall. Dieses Mal ging es um meine eigene Beerdigung.
»Haben Sie es dabei?« rief Julicher, der aufholte.
Das Messer. Ich ließ das Geländer los und zwängte meine Hand in die Tasche. Plötzlich stolperte ich und stürzte. Hart schlug mein Kinn gegen die rauhe Granitstufe, und unwillkürlich stieß ich einen Schmerzensschrei aus. Taumelnd kam ich wieder auf die Beine. Blut spritzte über meine Jakke, aber ich hielt den Beutel mit dem Messer in der Hand.
»Schließen wir eine Abmachung, Rita!«
Ich zerriß den Beutel mit den Zähnen und lief weiter die Treppe hinauf. Fünfter Stock. Ich bekam kaum noch Luft. Hektisch schüttelte ich den Beutel vom Messer ab und nahm es in die Hand. Der Griff fühlte sich an wie ein alter Freund. Ich und die Messer, wir hatten eine lange Beziehung. Ich rannte die Treppe hinauf, mit dem Messer am Geländer entlang. Noch zwei Stockwerke.
Weglaufen. Wie meine Mutter. Es erfüllte mich mit Zorn, trieb mich an. Ich stürmte in den sechsten Stock und fiel gegen die kalte Marmorwand, mir war schwindlig von der

sich endlos windenden Treppe. Julicher rückte näher und nahm den sechsten Stock in Angriff.

Ich stolperte die Treppe zum siebten Stock hinauf. Gleich im Flur neben dem Aufzug befand sich die Alarmanlage. FEUERMELDER. BENUTZEN SIE DEN SCHLÜSSEL ODER SCHLAGEN SIE DIE SCHEIBE EIN. Mit dem dicken Ende des Messergriffs schlug ich die Glasscheibe ein. Sie splitterte, ich griff hinein und riß den Hörer von der Gabel. Wenn es in diesem Gericht eine Gerechtigkeit gab, kam in ein paar Minuten Hilfe. Ich wollte den Aufzugknopf drücken, doch mitten in der Bewegung hielt ich inne. Nein. Diese Aufzüge waren zu langsam, er käme nie rechtzeitig an.

Kein Weglaufen mehr. Ich hatte ein Messer, und ich wußte, wie man es benutzt. Ich dachte an LeVonne und an meinen Vater. Ich konnte nicht weglaufen, ich mußte bleiben. Und keine Tricks mehr. Ich würde offen und ehrlich spielen. Von Angesicht zu Angesicht. Oder ich würde sterben, und alles würde auf Band aufgezeichnet.

Mit gezücktem Messer ging ich zurück zum Treppengeländer. Ich wartete auf ihn. Ich war wie verrückt, richtig aufgedreht. »Bleiben Sie verdammt noch mal da, wo Sie sind, Julicher!« rief ich.

Mitten auf der Treppe blieb er stehen und lachte. »Was tun Sie da oben, Rita? Ich habe eine Kanone, Sie haben ein Messer.«

»Wir haben eine Abmachung. Die Mordwaffe gegen das Leben meines Vaters.«

»Ah ja? Wollen Sie eine schriftliche Bestätigung?«

Bring ihn zum Reden, wegen der Bandaufzeichnung. »Warum haben Sie es getan? Warum haben Sie Patricia umgebracht?«

»Sie wollte die Klage fallenlassen. Sagte, sie wolle das nicht durchmachen, nach dem, was bei ihrer Vernehmung passiert ist. Ich sagte, nein, nicht jetzt, wo ich schon alles organisiert habe. Alles war arrangiert, sogar über Buchrechte wurde schon verhandelt. Und über einen Fernsehfilm, nach einer wahren Begebenheit. Zuerst machte sie mir den Mund wässerig und sagte, sie biete mir den Fall meines Lebens, und dann wollte sie mich linken.«

»Da haben Sie sie umgebracht?«

Er wurde wütend. »Was hätte ich denn tun sollen? Zulassen, daß mich das Miststück zum Idioten stempelt? Vor dem ganzen gottverfluchten Land?«

Draußen ertönten Sirenen. »Und Sie haben den Mord dem Richter angehängt.«

»Reicht das Leben dir eine Zitrone, mach Limonade daraus. Kennen Sie das nicht?« Er kletterte eine Stufe höher und zielte mit der Waffe auf meine Brust. Ich versuchte, nicht auf den tödlichen schwarzen Lauf zu blicken.

»Warum waren Sie hinter meinem Vater her? Warum haben Sie LeVonne umgebracht?«

»Damit wollte ich Sie außer Gefecht setzen. Das mit dem Nigger war ein Mißgeschick.«

Mir kam die Galle hoch. »Warum haben Sie das Messer zurückgebracht und an der Hecke deponiert, Sie Scheißkerl?«

Er zog eine Augenbraue hoch. »Um die Sache am Laufen zu halten. Der Fall mußte weiter Schlagzeilen machen. Jeden Tag muß was Neues passieren. Nichts ist schlimmer als die Nachrichten von gestern.«

»Und Sie haben den Jaguar ...«

»Was veranstalten wir hier, ein Quiz? Mein Cousin hatte einen.« Er lachte und entsicherte die Waffe.

Phantastisch. Ich schluckte schwer bei dem metallischen Geräusch.

»So wie sich alles entwickelt hat, war es eine noch bessere PR als der Sieg in einem Prozeß wegen sexueller Belästigung.« Er lachte noch einmal und rückte einen Schritt näher, so nah, daß ich beinahe nach der Waffe greifen konnte. »Sagen Sie mir eins, Rita. Was haben die Laboruntersuchungen ergeben? Fingerabdrücke nicht, das weiß ich. Das Messer war blitzsauber.«

Darauf kannst du wetten. »Ein Allzweckmesser, benutzt beim Jagen ...«

»Angeln.«

Scheiße. Der Sonnenbrand vom Wochenende, das Boot, von dem er bei der Zeugenvernehmung gesprochen hatte. Mein Vater, der sagte, das Messer könne auch beim Fischen verwendet werden. Die Sirenen erklangen lauter, aber keinesfalls laut und nah genug.

»He!« rief eine Stimme von unten. Der Obdachlose war nur noch halb bewußtlos. Julicher wandte den Kopf, um zu sehen, was da unten vor sich ging, und in diesem Bruchteil einer Sekunde setzte ich auf die einzige Eröffnung, die mir noch möglich war. Ich stieß das Messer in die Hand, die den Revolver hielt, und trieb die scharfe Messerspitze genau zwischen die Knochen, so wie es mir mein Vater einst gezeigt hatte. Der Revolver entglitt Julichers Hand und polterte auf den Boden.

»Du hast mich gestochen, du Miststück!« schrie er schmerzgepeinigt.

Da hast du verdammt recht. Bevor er reagieren konnte, stieß ich noch einmal mit dem Messer zu und schnitt sauber in das erstbeste Stück Fleisch, das ich erwischte. Seine Wange spaltete sich wie das Fleisch eines Ferkels.

»Aaah!« schrie er gequält und taumelte gegen das Geländer. Blut strömte ihm über Hemd und Krawatte.

»He, Baby!« rief der fast besinnungslos besoffene Penner. »Hast du mich gerufen, Süße?«
Im Erdgeschoß erklangen Stimmen. Nicht die Feuerwehr, die Bullen. Drei Polizisten mit gezogenen Waffen, aber zu weit entfernt, um von Nutzen zu sein. Ich betete, daß ein paar den Aufzug genommen hatten. »Hilfe, Polizei! Siebter Stock!« kreischte ich.
Julicher, dessen Gesicht und Hand blutverschmiert waren, griff nach meinem Hals. Ich wich zurück, aber er war schneller. Stärker. Er packte mich am Hals, drückte fest zu und schlug meinen Kopf gegen die Glastür. Schmerz explodierte in meinem Schädel. Ich bekam keine Luft mehr. Sinnlos schlug ich mit dem Messer um mich. Das Treppenhaus wurde dunkler und dunkler.
Plötzlich ertönte ein fürchterlicher Knall, und das Glas hinter mir zersplitterte. Mitten auf Julichers Stirn öffnete sich ein rundes rotes Loch. Er fiel nach hinten, sein Gesicht erstarrte vor Schmerz. Ein weiterer Schuß peitschte. Julichers Brust explodierte hochrot, und die Wucht des Aufpralls wirbelte ihn herum. Bevor ich ihn erreichen konnte, fiel er wie eine Vogelscheuche gegen das Geländer und stürzte hinunter.
Ich drehte mich um, um zu sehen, wer mir das Leben gerettet hatte.
Da stand Herman mit einem abwesenden Ausdruck in den Augen und einer Luger in der Hand.

– 29 –

Sonnenlicht flutete durch das offene Fenster herein und fiel in einem großen Rechteck auf die Krankenhausbettdecke. Mein Vater saß gegen ein paar Kissen gestützt im Bett. Er sah mitgenommen aus, aber er lächelte. »Wahrscheinlich bist du jetzt der Meinung, ich schulde dir was«, sagte er zu Herman, der am Fußende des Bettes stand.

Herman schüttelte den Kopf. »Hab' ich das gesagt? Hab' ich irgend so was gesagt?«

Ich saß auf der Bettkante. »Nein, *ich* habe es gesagt. Du bist ihm was schuldig, Dad. Und ich auch. Was willst du für einen Wagen, Herman?«

»Alles, bloß keinen Jaguar«, antwortete Cam von der anderen Seite des Bettes her.

Ich lachte. »Na, komm schon, Herman. Was willst du? Alte Pokerchips? Ich brauche hundert Pfund koschere Hühnchen. Du mußt nicht einmal die Hühnerbrüste teilen.«

Er winkte mit einem Lächeln ab. »Du hast es mir bereits vergolten, Rita. Du hast diesem Staatsanwalt die Hucke vollgeredet, damit er mich nicht wegen Mordes anklagt.«

»Da gab's nicht viel zu reden. Das war Tötung in Notwehr, und das wußten sie. Also, was bin ich dir schuldig?«

»Gar nichts. Niemand ist mir was schuldig.«

»Dann schick mir eine Tonne von Mindys Geschäftskarten,

machst du das wenigstens? Ich gebe jedem Mitglied der Anwaltskammer von Philadelphia eine. Ich bringe sie ganz groß als Gerichtsschreiberin raus.«

»Ich bin froh, daß ich dagewesen bin, das ist alles«, sagte Herman. »Gut, daß ich da war.«

Welche Untertreibung. Nie werde ich das Bild vergessen, wie Herman mit der Waffe in der Hand dastand. Ich hatte keine Ahnung, daß er eine mitgenommen hatte, aber ich war froh darüber.

»Vielleicht hast du einen Fehler gemacht, Herman«, meinte Cam. »Vielleicht hättest du vorher überlegen sollen, bevor du sie gerettet hast. Was bedeutet schon ein Anwalt weniger? Ein Dienst an der Öffentlichkeit?«

Spielerisch schlug ich nach ihm. »Paß auf. Superman. Schlägt einen wehrlosen Architekten zusammen.« Nicht, daß ich übertrieben unglücklich darüber gewesen wäre, daß Paul Prügel bezogen hatte. Es glich die Rechnung zwischen uns aus, jedenfalls fast.

Herman gluckste. »Der arme *zhlub*. Er hat nur versucht, dich zu beschützen.«

»Das war nicht meine Schuld«, begehrte Cam auf. »Wie lange hätte ich denn warten sollen? Bis er sie umgebracht hat? Wem sollte ich denn dann am Dienstagabend Geld abnehmen?«

Jetzt versuchte ich wirklich, ihn zu schlagen. »Scheiße! Nächste Woche nehme ich dir deine Sozialhilfe ab, Camille. Dann helfen dir nicht mal mehr deine Hörhilfen.«

»Nette Worte von meinem eigenen Patenkind.« Cam wandte sich an Herman. »Los, Herm. Verlange einen Koffer voller Elfenbeinchips von ihr. Ach was, verlang zwei, die Dinger sind klein.«

Herman schüttelte den Kopf. »Bloß gut, daß ich da war. Hat mir auch geholfen.«

Sonderbar. Verwundert sah ich Herman an. »Was meinst du damit?«
»Nichts.«
»Es ist nicht Nichts. Ein Leben retten ist nicht ›Nichts‹, besonders nicht, wenn es sich um mein Leben handelt. Also?«
Er steckte die Hände in die Taschen seiner Madras-Shorts.
»Vielleicht deshalb, eben.«
»Weshalb?«
»Vielleicht hab' ich deshalb überlebt. Fast keiner aus meiner Kompanie hat überlebt, nur zwei von uns. Vielleicht war es Vorsehung. Ich habe die Waffe all die Jahre behalten. Vielleicht deshalb.« Er schüttelte den Kopf und machte mit dieser Bewegung unmißverständlich klar, daß er nicht gewillt war, noch ein Wort darüber zu verlieren.
Plötzlich öffnete sich die Tür, und Onkel Sal kam herein.
Ich riß Mund und Augen auf. »Onkel Sal?«
»Sallie?« sagte Cam. »Alles in Ordnung?«
Herman lachte. »Ist das denn die Möglichkeit?«
Mein Vater war perplex. »Wer, zum Teufel, glaubst du eigentlich, wer du bist, Sallie?«
»Was, euch paßt nicht, wie ich aussehe?« fragte Onkel Sal.
Er hatte die dünnen grauen Haare flott nach hinten gekämmt und trug die schwarze Lederjacke und die Stiefel, die ich für Herman gekauft hatte. Er sah aus wie ein siebzigjähriger Halbstarker. »Betty sagt, ich würde richtig gut aussehen. Stattlich, so in dem Sinn.«
»Betty?« fragte ich.
»Die tolle Biene?« fragte Cam.
»Die Kleine?« fragte Herman.
»Die Rothaarige?« fragte mein Vater
Sal zuckte die Achseln. »Du hast gesagt, Spaß sei was Feines, Ree. Also hab' ich Spaß. Guckt mal aus dem Fenster.«

Cam und ich standen auf und eilten zum Fenster. Vor dem Krankenhauseingang stand irgendeine Großmutter mit einer Zigarette im Mund und unwahrscheinlich roten Haaren und angezogen wie eine Krankenschwester. Trotz ihres Alters hatte sie eine tolle Figur und einen Lidstrich, den man noch vom vierten Stock aus erkennen konnte. »*Betty*?« fragte ich ungläubig.

»Ist sie nicht toll?« fragte Sal und hüpfte hoch, um mir über die Schulter blicken zu können. »Ich habe sie zu einer Spazierfahrt eingeladen.«

Cam lachte. »Zu einer Spazierfahrt? Womit denn.«

»Was?« Mein Vater war verwirrt. »Was? Du hast doch gar kein Auto.«

Sal deutete aus dem Fenster. »Damit.«

Vor dem Krankenhaus stand eine brandneue, nachtschwarze Harley Davidson mit geschmeidigen Linien in Onyx, funkelnden Auspuffrohren aus Chrom und einem Ledersitz mit nach hinten gebogener Rückenlehne wie das Cabrio, das Castro benutzte. Die Maschine war verbotswidrig geparkt, aber die rotgekleideten Hausdiener, die sie mit offenem Mund begafften, schien das nicht zu stören. Ich blinzelte und blinzelte noch einmal.

»Ein Motorrad?« fragte Cam ungläubig. »Kannst du denn überhaupt damit fahren?«

Sal nickte stolz. »Herm hat es mir beigebracht.«

Herman zog den Vorhang weiter zurück. »Ich hab's beim Militär gelernt.«

»Ein Motorrad?!« Mein Vater geriet völlig durcheinander. »Hast du gesagt, ein Motorrad?«

Ich blinzelte unablässig. Ich hatte einiges durchgemacht: die Untreue meines Freundes, Sex mit einem mir fast fremden Pferdeschwanz, den gewaltsamen Tod eines Mannes vor meinen Augen, und nun das. Ich war sprachlos. »*Betty*?« war alles, was ich herausbrachte.

»Ein Motorrad?« sagte mein Vater konsterniert. »Du hast dir ein Motorrad gekauft? Bist du total übergeschnappt, Sal?«

Sal drehte sich auf seinen hohen Stiefelabsätzen um. »Ich mache, was ich will, Vito. Du bist nicht mein Boß.«

Cam und Herman wechselten vielsagende Blicke.

Ich blinzelte und blinzelte.

»Sal?« krächzte mein Vater und sah aus wie vom Blitz getroffen. Krampfhaft preßte er die Hand auf seine Operationswunde, zumindest dachte ich, es wäre seine Wunde und nicht sein Herz.

»Außerdem habe ich es nicht gekauft«, fügte Sal hinzu.

»Das Motorrad? Wie bist du denn dann drangekommen?« erkundigte sich Cam.

Ich hatte da so meine Vermutung, aber ich hielt den Mund. Ich blinzelte zu Sal hinüber, der breit grinste.

»Sie haben es mir für den ganzen Nachmittag überlassen, Ree. Und sie waren sogar völlig hingerissen von dem Akzent.«

»*Betty*?« stieß ich hervor.

Am Abend war ich mit meinem Vater allein. Ich hatte nicht den geringsten Grund, wegzugehen, und wollte es auch nicht. Nach dem Ende der Besuchszeit war es draußen auf dem Korridor ruhig. Die Leute, die mehr Respekt vor Regeln haben, hatten sich pünktlich verabschiedet. Mein Vater schloß die Augen, als ich die Decke unter der dicken Matratze feststeckte.

»Das hättest du nicht tun dürfen, das weißt du«, brummte er.

»Ich weiß.«

»Nie hätte ich erlaubt, daß du was so Verrücktes machst.«
»Auch das weiß ich.«
»Du hättest umgebracht werden können, Rita.«
»Du auch, Dad.«
»Darum also? Glaubst du, es ist deine Schuld, daß ich hier drin bin?«
Natürlich. »Nein. Du hast die Ferien dringend gebraucht. Ich bin froh, daß du angeschossen wurdest.«
Er schloß die Augen. »Miß Grün.«
Vielen Dank, lieber Gott. »War's schön mit David und seinem Freund?«
Er lächelte schläfrig. »Sie haben mir erklärt, wie man Brot backt. Sie haben gesagt, sie tun Möhren rein, aber ich werde die Möhren weglassen. Möhren gehören nicht ins Brot.«
»Nein.«
»Ihrer Meinung nach sollte ich den Laden verkaufen. Ich denke das auch.«
Halleluja. »Eine gute Idee, Dad.«
»Ich wollte ihn LeVonne übergeben«, sagte er, aber seine Stimme verlor sich, und sein Kopf kippte zur Seite. Er schlief ein. Ich zog die Decke über seine Füße und weckte ihn damit kurz auf. »Und was machst du jetzt, Rita?«
»Schlaf, Dad. Du bist schon im Halbschlaf.«
»Du mußt dich entscheiden.«
Er meinte Paul oder Tobin. Ich hatte ihm die ganze Geschichte erzählt, als wir allein waren. Er hatte darauf bestanden, und ehrlich gesagt, es hatte gutgetan, mit jemandem darüber zu reden.
»Ich könnte wetten, du gehst zu diesem Blödmann zurück.«
Es versetzte mir einen Stich. »Es wäre leichter, wenn du keine Vorurteile gegen Paul hättest, Dad.«

»Wie dem auch auch sei, ich liebe dich. Also wetten wir.«
»Bei wem ich letztendlich lande?«
»Ja.« Er lächelte schlaftrunken und schwerlidrig wie ein alter Kater. »Ich gehe in den Ruhestand, ich brauche Bargeld. Fünfzig Dollar, daß du Paul in einem Jahr heiratest.«
»Über so was schließt man keine Wetten ab, Dad.«
»Warum nicht? Ich habe dich anders erzogen.«
Ich lachte. »Fünfzig Dollar?«
»Du hast mich verstanden.«
»Ich nehme dir nur ungern Geld ab, mein Alter.«
»Ha. Du hast nur Schiß.«
»*Was* sagst du da? Ich bin mit einem Fischmesser über einen bewaffneten Mann hergefallen!«
»Das war ein Anwalt.«
»Na und?«
»Wie ich gesagt habe«, sagte er, schlief aber ein, bevor ich eine Erklärung verlangen konnte.

– 30 –

Die Sonne kämpfte sich durch die Bleiglasfenster in Fiskes Bibliothek. Auf dem CD-Player spielten kreischende Geigen klassische Musik. Die Klimaanlage wehte eisige Luft um meine bloßen Füße in den Sandalen. Und gerade, als ich dachte, schlimmer könnte es nicht mehr kommen, wünschte mein Mandant Schach zu spielen. Sagt da noch einer was, von wegen Rechtsanwälte hätten es leicht?

Ich machte meinen ersten Zug und schob einen weißen Bauern aus Holz über zwei Felder. »Ta-ta.«

»Nein«, sagte Fiske.

»Nein?«

»Nein.« Er griff über das Schachbrett, nahm den kleinen Bauern und stellte ihn wieder zurück vor mein Pferd.

»Darf ich meine Figuren nicht ziehen, wie ich will?«

»Diese Eröffnung ist bestimmt nicht das, was du wolltest, meine Liebe. Weißt du noch, was ich über die Dominanz in der Mitte des Brettes gesagt habe?«

Nein. »Ja.«

»Das ist wie beim Squash. Einer dominiert das T.«

»Fiske, Italiener spielen nicht Squash, sie essen *squash*. Kürbis mit ein bißchen Oregano, in Olivenöl eingelegt.«

Er lächelte. In seinem Polohemd und der marineblauen Baumwollstrickjacke wirkte er heute richtig entspannt. »Aber Tennis spielst du, oder?«

»Nein, ich arbeite. Und das sehr viel.«

Er lächelte erneut. »Aber du hast schon Leuten beim Tennisspielen zugesehen. Paul zum Beispiel. Paul ist ein erstklassiger Tennisspieler.«

Hm. Plötzlich kam mir ein Verdacht, worauf das hinauslaufen sollte, warum Fiske mich hergebeten hatte. Es ging nicht darum, Bauern herumzuschieben. Oder vielleicht doch.

»Im Unterschied zu vielen anderen Spielern weiß Paul instinktiv, wann er an der Grundlinie bleiben und wann er vor ans Netz laufen muß. Durch seine Größe hat er einen natürlichen Vorteil, und den nutzt er aus. Wenn er vor ans Netz läuft, wird er zu einer echten Gefahr. Weißt du, warum?«

Weil er eine Gabe Gottes ist? »Nein, warum?«

»Weil er weiß, welche Macht im richtigen Stellungsspiel steckt. Er dominiert den Platz. Er ist schnell und sicher in seinen Reaktionen. Nichts läuft an ihm vorbei, nicht einmal entlang der Seitenlinie. Das heißt, er beherrscht jederzeit die Mitte des Brettes. So.« Fiske streckte die Hand über das Schachbrett, nahm den vor meinem König stehenden Bauern und stellte ihn zwei Felder weiter vor. »Begreifst du, was ich da mache?«

Puh. »Ja.«

»Jetzt befindest du dich gegenüber den übrigen Figuren in einer Machtposition. Du erhebst Anspruch auf die Vorherrschaft. Du hast Weiß, und diesen Vorteil hast du jetzt genutzt. Du bist praktisch vor ans Netz gerückt.«

»Ooh, mir wird ganz kribbelig.«

Fiske lehnte sich in seinem hohen Ledersessel zurück. »Weißt du, warum ich den Zug nicht mit dem Bauern der Königin gemacht habe?«

»Was, wenn ich dir sage, daß mir das verdammt egal ist?«
»Dann sage ich es dir trotzdem.«
»Dachte ich mir.« Ich lachte. Fiske war kein schlechter Kerl, es lag nur an seiner Herkunft. Er hatte eine heile Familie gehabt, ein steinernes Herrenhaus und ein Treuhandvermögen, wo er doch eher einen Fleischer und einen Plastikhocker gebraucht hätte.
»Ich habe den Zug nicht mit dem Bauern der Königin gemacht, weil ich damit deinen König exponiert, das heißt, ihn verletzbar für einen Angriff gemacht hätte. Ein zu großes Risiko ohne triftigen Grund.«
Ich buhte.
»Genau.« Er lächelte, aber das Lächeln erlosch rasch. »Du weißt, Rita, du bist ein Risiko eingegangen – ein zu großes Risiko – bei deinem Gambit im Rathaus. Ich hätte mich nie damit einverstanden erklären dürfen.«
Aber du warst einverstanden. »Du hattest keine andere Wahl«, sagte ich und ließ es dabei bewenden.
»Ich bin dir dankbar. Vielen Dank, falls ich das bis jetzt noch nicht gesagt habe.«
»Doch, hast du, und bitte sehr, aber ich habe es nicht für dich getan. Sondern für mich. Und ich hatte einen triftigen Grund.«
Er zögerte einen Moment. »Genau das hat Paul auch gesagt, weißt du, als ich ihn ins Gebet nahm, weil er dir in das Rathaus folgen wollte. Er sagte, er könne nicht einfach tatenlos dasitzen und zusehen, wie dir etwas passiert. So ein Mann ist mein Sohn, Rita.«
Ich fühlte mich ein wenig schuldig. »Ich weiß es zu schätzen, was er getan hat.«
»Das weiß ich. Aber ich weiß auch, daß er zu Hause ausgezogen ist. Er sagte, ihr beide hättet Probleme. Der Streß

mit dem Prozeß, die Belastungen durch eure beiden Berufe.«
Ich nahm an, Paul hatte ihm nichts von Patricia erzählt. Kluger Zug. »Hat er das gesagt?«
Er nickte. »Er möchte nach Hause zurück, Rita.«
»Das habe ich mitgekriegt.« Paul hinterließ täglich Nachrichten auf dem Anrufbeantworter, aber ich rief nicht zurück.
»Er liebt dich sehr.«
»Auch das habe ich mitgekriegt.«
»Ihr habt viel in diese Beziehung investiert, viel Zeit. Ihr besitzt gemeinsam ein Haus, ihr habt euch ein gemeinsames Leben aufgebaut.«
Hatte ich das nicht schon einmal gehört? »Wie du und Kate.«
»Ja. Wie Kate und ich. Obwohl ich mich wegen der Sache mit Patricia entsetzlich fühle, bin ich froh, daß ich Kate habe. Wir sind glücklich miteinander.«
Ich dachte an Kates französische Teller an den Küchenwänden, auf denen die Figuren einander starr anblickten. »Und du möchtest, daß ich wieder mit Paul zusammenlebe.«
»Ja. Was immer er getan hat, in welchem Punkt auch immer Meinungsverschiedenheiten zwischen euch bestehen, eines ist unwiderlegbar und keinesfalls selbstverständlich: Er hat sein Leben für dich riskiert, Rita. Er hat sich selbst in Gefahr begeben. Für dich.«
Autsch. »Ich soll ihn also wieder aufnehmen, weil ich ihm etwas schulde?«
»Natürlich nicht. Aber der entscheidende Punkt ist doch, wie viele andere Männer würden das tun?«
Ich dachte an Tobin und überlegte. »Steckt da Paul dahinter?«

»Ehrlich gesagt, nein. Zutreffender wäre, *ich* stecke dahinter.«
»Was soll das heißen?«
»Du bist am Zug, Rita«, sagte Fiske und blickte über meine Schulter. Ich drehte mich um.
Dort, in der offenen Tür, mit einem überraschten Ausdruck auf dem zerschlagenen Gesicht, stand Paul.

– 31 –

Meine Sekretärin Janine zitterte vor Aufregung, als sie die Tür hinter sich schloß. »Sind Sie soweit?« fragte sie und schaute mich aus glänzend schwarzumrahmten Augen an.
»Bin soweit.« Ich nickte und trank einen Schluck aus dem dampfenden Kaffeebecher. Es war schön, wieder im Büro zu sein. Meine graue Couch war unter Akten begraben, zwischen Aktenschrank und Stuhl steckten die großen Beweisstücke, und die Korrespondenz schwebte in weißen Wolken auf meinem Schreibtisch wie frischgefallener Schnee. Alles in Unordnung. Glücklich wackelte ich mit den Zehen.
»Sind Sie sicher, daß Sie soweit sind?«
»Zeig's mir, Kind.«
»Okay, also los.« Sie trat vor meinen Schreibtisch, zog mit einem Ruck ihre schwarze Bluse hoch und enthüllte den Saum eines orangefarbenen BHs und eine nackte Taille. Und tatsächlich, durch Janines zarten rosa Nabel war ein goldener Ring gezogen. Unbarmherzig funkelte er in der Morgensonne. »Cool, ha?«
Nicht ganz das, was mir spontan durch den Kopf ging. Ich beugte mich weiter vor und erhaschte einen Hauch von Babypuder und den Vanilleduft von Körperöl. »Hast du das übers Wochenende gemacht?«
»Ja? Es ist mein sechstes Loch?«

»Du hörst dich an wie ein Golfplatz.« Ich starrte auf ihren Bauchnabel. Das neue Loch sah verschwollen und entzündet aus.

»Ich habe drei im einen Ohr, zwei im anderen, und jetzt das, das macht sechs?«

Das in deinem Kopf nicht mitgerechnet. »Hast du irgend etwas draufgetan zum Desinfizieren, eine Salbe oder ein Antibiotikum?«

»Der Typ hat irgendwas draufgetan, irgend so ein klebriges Zeug?«

Klebriges Zeug. Ich vermutete, Motorenöl. »Was ist mit heute früh, hast du etwas draufgetan?«

»Nur Spucke?«

Großer Gott. Ich mußte in der Mittagspause im Drugstore vorbei. »Hat es weh getan, als er das Loch gebohrt hat?«

»Fast kaum?«

»Du meinst, es hat fast nicht weh getan?«

»Richtig?«

»Du bist ein tapferes Mädchen«, sagte ich und meinte es so. Janine strahlte über ihre durchlöcherte Taille auf mich herab.

»Nicht so tapfer wie Sie? Ich meine, ich dachte, Sie wären irgendwie langweilig? Weil Sie einfach so arbeiten?«

Oh.

»Aber jetzt halte ich Sie für irgendwie cool. Und tapfer. Sie haben mir total imponiert.«

Die Form erstaunte mich mehr als der Inhalt. »Janine, hast du das gehört?«

»Was?«

»Wie du das gerade eben gesagt hast?«

Sie nickte. »Am Satzende geht die Stimme nach unten. Wie Sie immer gesagt haben.«

Ich wollte ihr gerade gratulieren, da sprang die Tür auf und schlug heftig gegen die Wand. Janine stieß einen erschrokkenen Laut aus und ließ die Bluse herunter. In der Tür stand mein geschäftsführender Partner Mack in einem knappsitzenden Zweireiher, keuchend wie ein alternder Revolverheld. Ich hatte damit gerechnet, von ihm zu hören, allerdings nicht vor der zweiten Tasse Kaffee.
»Anklopfen empfiehlt sich immer«, bot ich an.
»Wir müssen miteinander reden, Rita«, sagte er streng. Sein Blick glitt hinüber zu Janine. »Unter vier Augen.«
»Oh, lassen Sie sie bleiben, Mack. Sie ist härter im Nehmen als wir beide zusammen, glauben Sie mir.«
»Unter vier Augen«, wiederholte er, aber eine schrecklich nervöse Janine drückte sich bereits an ihm vorbei zur Tür hinaus und schloß sie hinter sich.
»Das war nicht sehr nett«, sagte ich, als wir allein waren.
»Mir ist nicht nach Nettigkeiten zumute.«
»Ihnen ist nie sehr nach Nettigkeiten zumute, Mack.«
»Falsch. Ich bin sehr nett, wenn ich gewinne.«
»Ich auch.«
Er verschränkte die mächtigen Arme vor der Brust und trat näher. Macks morgendliche Gerüche waren kein so angenehmer Duft wie der von Janine; er stank nach Hochfinanz und Betrug. »Ich habe erfahren, daß Sie in der Hamilton-Sache keine Interviews geben. Sie haben Ihre Auftritte bei *Good Morning, America* und Court-TV abgesagt. Was steckt dahinter?«
Ich stellte meine Kaffeetasse hin. »Ich bin beschäftigt. Ich muß meine eigenen Fälle bearbeiten und habe Mandanten, die ich dringend zurückrufen muß. Manche warten bereits seit zwei Wochen. Und ich muß Neosporin für Janine besorgen.«

»Das ist alles nicht so wichtig wie diese Interviews.«
»Für wen? Wem?«
»Für mich.«
»Verstehe. Nun, für mich sind meine Mandanten wichtiger. Ehrlich gesagt, ist der Bauchnabel meiner Sekretärin wichtiger für mich.«
»Das ist nicht komisch, Rita.«
»Allerdings nicht. Übrigens, wußten Sie, daß ich diesen Monat keine Gehaltserhöhung bekommen habe? Ich habe den Umschlag heute vormittag aufgemacht, und die Summe entsprach exakt der vor der Neueinstufung. Wurde ich nicht höher eingestuft, Mack?«
»Nein.«
»Wir hatten eine Abmachung, wenn ich mich recht erinnere.«
»Hatten wir nicht.«
Mistkerl. »*Was* heißt das?«
»Sie haben mein Angebot an dem bewußten Vormittag nicht akzeptiert. Der Ausschuß hat die Verteilung vorgenommen, wie er es für richtig hielt.«
»Ich habe meine Sekretärin am gleichen Tag noch beauftragt, Sie anzurufen und Ihnen Bescheid zu geben!«
»Ich habe diesbezüglich weder von Ihnen noch von Ihrer Sekretärin irgend etwas gehört.«
»Aber Sie haben meine Fälle neu zugeteilt.«
»Von einer Gehaltserhöhung hat Ihre Sekretärin nichts erwähnt.«
Phantastisch. Ihren Nabel vergaß sie nicht, aber meine Erhöhung. »Na und? Sie wußten genau, daß ich den Fall behalten hatte, nicht wahr? Jeden Tag lasen Sie meinen Namen in der Zeitung. Sie haben die Sache weidlich ausgeschlachtet. Alles lief so, wie Sie es wollten. Spielen Sie also

keine Spielchen mit mir, Mack. Ich verdiene diese Gehaltserhöhung.«

Seine Augen wurden schmal. »Ich verstehe. Keine Gehaltserhöhung, keine Interviews?«

»Nur ein bißchen Flexing. Sind Sie beeindruckt?« Mit den gleichen Mitteln zurückzuschlagen war fair, oder nicht? »Die ganze Angelegenheit untersteht völlig Ihrer Kontrolle, Mack.«

»Das ist lächerlich.«

»Sie haben die Wahl, Boß.«

Er beugte sich über den mit grauem Stoff bezogenen Stuhl vor meinem Schreibtisch. »Lieber Gott! Worum geht's, Rita? Ihnen geht es doch nicht um das Geld. Sie brauchen das Geld nicht.«

Richtig. »Es geht um das Prinzip. Um die grundlegenden Prinzipien. Sie stehen in der Verfassung der Vereinigten Staaten. Kennen Sie das Stichwortverzeichnis?«

»Ich verstehe kein Wort von dem, was Sie da sagen.«

»Sie kennen die grundlegenden Prinzipien nicht, Mack? Das erste lautet: ›Du sollst dein Wort halten.‹ Sie haben gesagt, Sie würden mein Gehalt erhöhen, also tun Sie es. Ein anderes grundlegendes Prinzip lautet: ›Du sollst nicht weglaufen.‹ Das dritte: ›Du sollst deine Freunde nicht verpfeifen.‹ Und das vierte, das mir persönlich am liebsten ist: ›Du sollst dir nehmen, was dir zusteht.‹ Soll ich weitermachen?«

Er verdrehte die Augen. »Wenn ich dafür sorge, daß Sie die Gehaltserhöhung bekommen, geben Sie dann die Interviews?«

»Mit einem Wort?«

Er lachte kurz auf. »Okay.«

»Dann verstehen wir einander.«

»Immer mit der Ruhe. Ich muß das erst mit dem Ausschuß klären. Das dauert.«

»Mein Interview bei Court-TV sollte heute um drei Uhr stattfinden. Ich kann den Termin noch wahrnehmen, wenn Sie mir rechtzeitig Bescheid geben. Andererseits, wer weiß, wann es mein Terminplan wieder erlaubt ...«

»Jetzt reicht's.« Sein Gesicht verfinsterte sich. »Also, abgemacht?«

»Wenn Sie sich daran halten. Warum rufen Sie mich nicht zurück und machen mir ein Angebot? Ich möchte Sie jetzt nicht festnageln und in Verlegenheit bringen.«

Kopfschüttelnd wandte sich Mack zur Tür. »Ich hätte wissen müssen, daß Sie eine solche Show abziehen.«

»Komisch, das gleiche dachte ich, als ich meinen Gehaltsscheck sah.«

»Sie lernen schnell, Mädchen«, sagte er und öffnete die Tür.

»Ist das gut?«

»Mit einem Wort?« Er lächelte dämlich, und ich erwiderte sein Lächeln. Aber ich dachte: Ganz bestimmt nicht.

»Und, Mack?« rief ich ihm nach. »Ich möchte auch ein Laptop.«

»Wozu?«

»Einfach so, zur Schau. Ich möchte es auf meinen Schreibtisch stellen und nicht benutzen. Wie die großen Jungs.«

»Nein«, sagte er mit ausdrucksloser Stimme.

Ich nahm es als ein Vielleicht.

– 32 –

Im Jahr darauf passierte eine Menge. Mein Vater erholte sich von seinen Verletzungen, allerdings verschlechterten sich seine Augen, und er mußte sich einer Staroperation unterziehen. Seine psychische Verfassung besserte sich langsam, und er sah nur ungern, daß die Fleischerei schließlich verkauft wurde. Sonntag morgens gingen wir an LeVonnes Grab, aber diese Wunde würde nie heilen. Mein Vater konnte sich mit LeVonnes Tod nicht abfinden, und ich konnte ihm daraus keinen Vorwurf machen. Der Mord an einem jungen Mann sollte nie beiläufig zur Kenntnis genommen werden, auch wenn das tagtäglich geschieht.

Onkel Sal und Betty haben geheiratet und kauften sich jeder eine Harley. Cam verkaufte die Ausrüstung von Lawns 'R' Us, ging mit dem Erlös auf die Rennbahn und gewann einen Batzen Geld mit der Dreierwette. Herman häufte eine respektable Chipssammlung an, und seine Tochter Mindy wurde meine beste Freundin und Brautjungfer. Als der Morgen meines Hochzeitstages kam, war dermaßen viel passiert, daß ich mich beim besten Willen an keine Wette erinnern konnte.

»Du bist nicht ganz bei Trost«, sagte ich zu meinem Vater. »Was für eine Wette?«

»Wir haben gewettet, wir beide, Rita«, sagte er. »Du und

ich.« Durch seine neue Brille blinzelnd, blickte er in den Spiegel und richtete seine geborgte Fliege. Wir bereiteten uns darauf vor, in den nicht öffentlichen Vorraum des Horticultural Center im Fairmount Park zu gehen.

»Ich habe überhaupt nicht mit dir gewettet.« Ich stand neben ihm und taxierte mein Spiegelbild. Ein elfenbeinfarbenes Etuikleid, das nur paßte, wenn ich einatmete, mehr Krähenfüße als letztes Jahr und blankes Entsetzen im Gesicht. Ich war kurz davor, verheiratet zu werden. »Über so etwas würde ich nie wetten.«

»*Meine* Tochter?«

»Na gut, vielleicht.« Obwohl ich mich verheiratete, hatte ich das Pokern nicht aufgegeben. Mit erheblichem Nachdruck meinerseits hatte mein zukünftiger Ehemann sich entschlossen, es wenigstens mal mit Pokern zu probieren und sich uns an den Dienstagabenden angeschlossen. »Trotzdem, ich kann mich an keine Wette erinnern.«

»Fünfzig Dollar. Klingelt's da bei dir?«

»Fünfzig!« Ich war zu kribblig, um klar denken zu können. Alle warteten da draußen. Fiske und Kate. Mack und die halbe Firma, einschließlich Janine. Cam, Herman und Essie, Sal und Betty. David Moscow und sein brotbackender Freund. Nur die Presse war ausgeschlossen; was mich anging, ich müßte in meinem ganzen Leben nie wieder einen Reporter zu Gesicht bekommen. Erst letzte Woche hatte ich ein weiteres Angebot für einen Fernsehfilm abgelehnt. Basierend auf einer wahren Begebenheit, Scheiße.

»Wir haben gewettet, als ich im Krankenhaus lag«, erklärte er. »Es ging darum, wen du heiratest. Erinnerst du dich?«

Durch die offene Tür drang der erste Takt von Purcells »Trumpet Voluntary«, und mein Mund wurde trocken. »Dad, wir müssen gehen.« Schwankend auf den formellen

elfenbeinfarbenen Pumps, ergriff ich seinen Arm, und gemeinsam hasteten wir in den Vorraum hinaus.
»Wir haben gewettet, als ich krank war, im Krankenhaus. Nicht bei der Augenoperation, das Mal davor.«
Arm in Arm standen wir vor dem Eingang in das Center und warteten auf unseren Einsatz. Der Raum, in dem die Feier stattfand, war in Wahrheit ein riesiges Gewächshaus, in dem zwischen exotischem Hibiskus und duftenden Gardenien weiße Holzstühle aufgereiht waren. Überall wuchsen Gummibäume und Palmen, und aus dem tropischen Blätterwald funkelten winzige weiße Lichter. Es war hübsch, aber heißer, als ich gedacht hatte. Nur Italiener mieten im Sommer in Philadelphia ein Gewächshaus mit hoher Luftfeuchtigkeit.
»Rita, erinnerst du dich? Ich habe fünfzig Dollar gewettet, daß du Paul heiratest.«
Die Musik wurde lauter, unser Einsatz kam, und wir stolperten auf dem weißen Papierläufer nach vorn. Die Gäste drehten sich um und verrenkten sich fast die Hälse. Ich befeuchtete meine Lippen. Ein Versuch, jungfräulich auszusehen. »Du hast fünfzig auf Paul gesetzt?« nuschelte ich aus dem Mundwinkel.
»Ja. Erinnerst du dich?«
Ich sah zu Paul hin, der meinen Blick nervös lächelnd erwiderte. Mein Herz flatterte tatsächlich. Er sah immer so stattlich aus im Smoking. Groß und kräftig, mit hübschen langen Koteletten. »Du hast echt darauf gewettet, daß ich Paul heirate, Dad?«
Mein Vater nickte und lächelte. Wir gingen an der hintersten Reihe der Gäste vorbei. Die Köpfe drehten sich langsam, unserem Gang folgend. Mein Herz wurde leicht und unbeschwert. Ich wußte, ich hatte mich richtig entschie-

den. Ich blickte den Gang entlang zu dem besten Pferdeschwanz, der mir je begegnet ist, und Tobin lächelte zurück. Ich drückte den Arm meines Vaters.
»Zocker«, sagte ich.
Und er lachte.

Danksagung

Rita Morrone war schwieriger zu fassen als die meisten italienischen Mädchen, so daß ich beim Schreiben dieses Buches reichlich Rat benötigte. Ich verließ mich in jeder Hinsicht und ohne jede Scheu auf Lieutenant Jerry Gregory vom Polizeirevier in Radnor, der mir viel von seiner Zeit opferte und mir mit seiner Fachkenntnis sehr half. Ich kann ihm gar nicht genug dafür danken und hoffe, er verzeiht mir die Freiheiten, die ich mir bezüglich seines schönen Polizeireviers herausgenommen habe, das sauberer ist als mein Haus. Besonderer Dank geht auch an Detective John Moroney (nicht verwandt und nicht verschwägert, lediglich hervorragendes Karma) und an Detective Lennie Azzaroni von der Polizei in Philadelphia, die alle meine Fragen mit Geduld und Humor beantworteten. Dank an Maureen Rowley, Esq., Leiterin des hervorragenden Bundesbüros der Pflichtverteidiger in Philadelphia. Sämtliche Irrtümer oder Versäumnisse gehen zu meinen Lasten.

Auch Geoff Hannell, meinem wundervollen Verleger, möchte ich danken. Und Gene Mydlowski, dem Mitherausgeber und Art-director für seine Verbesserungen an diesem Manuskript. Besonderer Dank geht an Carolyn Marino, meine Lektorin, die mich und meine Karriere von Anfang an unterstützt hat. Carolyn allein ist verantwortlich für den Inhalt (sofern er etwas taugt, heißt das), und ihre

Vorschläge zur Verbesserung des Manuskriptes trafen wie immer mitten ins Schwarze. Sie ist ganz einfach unbezahlbar.

Ein Wort des Dankes an die Belegschaft von HarperCollins, die so hart für mich gearbeitet hat, auch an Laura Baker, eine ausgezeichnete Werbefachfrau, und an die Verlagsvertreter. Kein Autor erkennt je die Leistung der Verlagsvertreter an, aber ihren Bemühungen, auch wenn sie im Hintergrund stattfinden, ist es zu verdanken, daß dieses Buch aus meinen Händen in Ihre Hände gelangt. Dank euch allen. Und Bruce Unck für die Krispy Kremes.

Aufrichtigen Dank an meine Agentin Linda Hayes von Columbia Literary Associates, die alles in Gang gebracht und jeden Tag ein Auge auf mich und meine Arbeit geworfen hat.

Dank an die Giuntas vom Italian Market, und an Gene und Arlene Grossblatt, die mir Unterricht im Sammeln von Spielmarken gegeben haben. Vielen Dank an Autorin, Krankenschwester und Freundin Eileen Dreyer und auch an Pat Isenberg und Helene Tulsky für medizinische Ratschläge zu absolut ungünstiger Zeit.

Meine ganze Liebe gilt meinem Vater und Fayne und meiner Mutter. Rachel Kull, Franca Palumbo und Sandy Steingard. Kiki, einem Juwel, und Peter Tobey, der alles veränderte.

Und schließlich möchte ich Onkel Mikey, Onkel Domenic und Onkel Rocky gedenken. Sie sind mir ständig gegenwärtig, und jeder von ihnen verdient ein eigenes Buch. Eines Tages wird es soweit sein.